KB235435

서정시와 미메시스

서정시와 미메시스

최 승 호

도서출판 역락

　사전적으로 서정시는 흔히 '대상에 대해 주관적인 감정을 노래한
것'으로 정의된다. 지극히 상식적이지만 타당성 있는 정의이다. 이러
한 전통적인 정의에 대해 비판하는 논자들이 많이 나오고 있는 것이
오늘날의 추세이다. 이같은 정의에는 알게 모르게 근대 서양의 주체
중심주의 미학사상이 들어가 있어서 제국주의적인 폐해를 지니고 있
다는 게 그들의 견해이다. 이러한 주체중심주의적 근대미학을 극복하
기 위해 여러 가지로 탈근대적인 시학을 모색하고 있다. 그 중에 대
표적인 것이 전통 동양시학의 부활과 수용이다. 주체 중심도 대상 중
심도 아닌 물아일체의 시학을 가져와서 근대문학의 왜곡된 것을 바로
잡자는 것이다.

　그런데 알고 보면 물아일체를 이야기하는 전통 동양적 생명시학에
도 주관적인 정서가 들어가 있다. 자아와 대상을 대등하게 보는 시각
역시 시적 주체의 주관에 지나지 않는다. 사물과 인간 간의 관계는
보는 이의 관점에 따라 달리 보이고 그게 진리인 양 여겨지는 것이다.
근대 서양 낭만주의자들의 시는 그야말로 주체 중심적인 발화로 이루
어져 있다. 즉 주관적 감정이 대상에 착색되어 있다. 그들은 자신의
시각이 주관적인 것을 잘 알고 있다.

　이제 그 주관적인 시각 내지 주체 중심적 발화의 내용을 찬찬히 살
펴볼 때가 아닌가 한다. 분명 서구 낭만주의자들은 주체 중심적으로
대상을 보고 있다. 그런데 그 주체 중심적 발화의 내용을 보면 시인
주체가 자연 대상을 숭상하고 동경하고 그것을 모방하고 본받고 닮고

베끼는 가운데 그 대상에게 동화되고 있음을 볼 수 있다. 낭만적인 자연서정시에 나오는 자연은 있는 그대로의 자연, 사실적인 자연이 아니다. 그것은 잃어버린 낙원으로서 시적으로 회복하고 싶은 바 관념으로서의 낙원이다. 그것은 하나의 이데아이다. 이 이데아로서의 낙원을 허구적으로 설정하고 그것을 모방하고 싶어하는 은유적 열망으로 가득 차 있는 게 바로 그 주관적 정서이다. 근대 부르주아들이 이성중심주의적 태도로 자연을 지배하고 타자화시키는 것과 정반대다.

여기서는 낭만적 자연서정시와 전통 동양적 자연서정시에 나타나는 그러한 주관적인 정서의 내용을 은유적 욕망, 곧 미메시스적 욕망의 관점에서 살펴보고 있다. 미메시스란 진리를 추구하는 시학이다. 진리를 모방하는 시학이다. 흔히 '신이 떠나버린 시대', '신이 숨어버린 시대'라 불리는 시대에 신을 찾아나서는 문학이 바로 근대문학이다. 통합의 원리로서의 신, 삶의 목표와 방향으로서의 진리를 상정하고 그 진리를 모방하는 가운데 구원을 받고자 하는 근대문학에는 미메시스가 단순한 창작원리로서가 아니라 삶의 원리로서 작동한다.

일찍이 아도르노가 미메시스를 동화되기로 해석한 바 있다. 아도르노는 이성이 발달되기 전 선사시대 인간들이 절대적으로 완벽해 보이는 자연에 동화됨으로써 정체성을 형성할 수 있었다고 보고 있다. 플라톤에게서도 미메시스는 동화되기로 해석된다는 게 필자의 견해이다. 플라톤의 미메시스를 새롭게 해석함으로써 새로운 길, 학문적 가능성을 체험했다. 그리고 리꾀르의 미메시스론 또한 학문적 진전에

큰 보탬이 되었다. 필자는 기존의 미메시스 개념을 정리하면서 나름
대로 새롭게 외연과 내포를 확장시켜왔다고 생각한다.

　필자에게 있어서 미메시스는 삶의 원리이자 하나의 이데올로기이
다. 그래서 <서정시와 미메시스>라는 제목으로 하나의 일반론을 쓰
려고도 해보았으나 현재로서는 유보하기로 했다. 일반론이란 것이 지
니고 있는 위험성을 의식한 탓도 있지만, 논문을 한 편 한 편 써가는
가운데 좀 더 세련되게 다듬어지는 이론이 더 의미가 있을 수도 있다
는 생각이 들었기 때문이다. 플라톤도 아리스토텔레스도 아우어바하
도 벤야민도 아도르노도 리꾀르도 그들의 대작 속에서 미메시스가 무
엇인지 똑 부러지게 정의를 내려놓은 적이 없는 것을 확인하고서 일
반론적인 개념정의를 내려야 한다는 강박관념으로부터 자유로울 수
있었다.

　이 책을 발간해주기로 선뜻 결정한 역락 이대현 사장님께 깊이 감
사드린다. 여름으로 접어드는 날씨에 편집과 교정 등 힘든 일을 맡아
서 고생하시는 출판사 직원들께도 진심으로 감사드린다.

2006년 초여름

불암산 자락에서 최 승 호

차 례

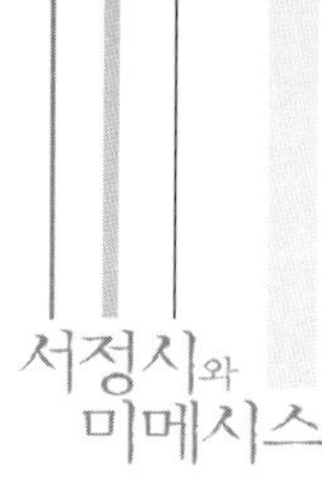

서정시와
미메시스

김소월 서정시의 미메시스적 읽기

1. 머리말

서정시를 이해하고 해석하는 데는 여러 가지 방법들이 있겠으나 동
일성에 대한 탐구는 그 중에서도 가장 핵심적인 것이다. 서정적 동일
성은 다양한 형태로 존재해 왔고 그것에 이르는 방법들도 다양하다.
서정적 동일성에 이르는 다양한 방법들은 그 방법들이 배태된 문화적
토대나 철학적 미학적 사유체계와 떼어놓고 생각할 수 없다.[1]

근대 이후 동일성에 대한 사유는 통합적 사유의 회복에 초점이 맞
추어져 있다. 근대 이전에는 자명하고 당연했던 동일성에 대한 사유가
근대 이후에는 심각하게 도전을 받아오고 있기 때문이다. 따라서 모든
동일성의 사유는 동일성의 상실과 회복에 초점이 맞추어져 있다. 근대
에 들어와서 잃어버린 동일성을 어떻게 회복하느냐에 근본 취지가 있
고, 그 방법들은 시대와 장소에 따라 다양하게 전개되어 왔다.

---

1) 서 림, 『말의 혀』, 새미, 2000, pp.11~16.

서정적 동일성에 이르는 현대적 방법들 가운데 가장 보편적으로 적용되고 있는 것 중 하나는 신화이론이다. 카시러, 바아필드, 노드롭 프라이 등에 의해 개발된 신화이론은 고대 신화적 상상력을 현대적으로 수용하여, 사물들 사이의 분열과 해체를 가져오는 근대적 사유에 대한 초극 방법으로 제시되고 있다. 인간과 물활론적인 우주 사이의 혼연일체적 통합을 강조하는 신화이론은 탈근대적 시대에 있어서 각광받는 사유체계로 떠오르고 있다.

서정적 동일성에 대한 또 하나의 중요한 이론은 서구 낭만주의 사상가들에 의해 개발된 근대적 동일성 개념이다. 헤겔과 셸링 등에 의해 설명되어지는 동일자 중심주의 사상, 주체중심주의 사상이 그들의 미학적 동일성의 근간을 이룬다. 이들의 동일철학에 의하면, 동일화의 중심에 신과 같은 절대적 위치에 오른 인간 주체가 존재한다. 이러한 동일자 중심주의 사상에 기대고 있는 서구의 근대 동일성 이론은 주체에 의한 대상의 타자화, 소외화뿐만 아니라, 세계의 전체주의적 통합을 초래한다는 이유로 탈근대주의자들에 의해 심한 도전을 받아오고 있다.[2]

서정적 동일성에 이르는 또 하나의 중요한 이론으로 전통 동양적 방법이 있는데, 그것은 주로 形而上學論, 情景論, 生命詩學 등의 개념으로 설명되어져 왔다.[3] 그것은 한결같이 氣思想을 철학적 미학적 바탕으로 하고 있다. 氣感應, 곧 생명력 교감에 의해 설명되어지는 이 전통 동양적 방법은 주체와 객체간의 대등한 만남을 강조한다. 이 수

---

2) 구모룡, 『제유의 시학』, 좋은날, 2000, pp.41~44.
　　김경복, 「동일성에서 物化의 시학으로─탈근대시학의 정립을 위한 시론」, 『신생』 창간호(2001년 봄호), pp.177~188.
3) 최승호, 『한국 현대시와 동양적 생명사상』, 다운샘, 1995, pp.64~91.

평적, 민주적 만남에 의한 동일화는 오늘날 근대 주체중심주의의 폐해를 극복할 수 있는 탈근대시학의 중요한 이론으로 떠오르고 있다.[4]

이것들에 비해 필자는 최근 서정적 동일성에 대해 미메시스적인 관점에서 해석을 시도해 보았다.[5] 이것은 서정적 동일화의 원리를 모방에서 찾아보는 방법이다. 즉 모방 주체와 모방 대상간의 모방행위로 서정적 동일화(동화)의 방법과 원리를 설명하는 방법인데, 이것은 미의 객관성과 보편성을 강조하는 의미가 있다. 기존의 근대 서정시 이론이 주로 서정적 주체와 그 주체의 주관적인 감정 표현에 치중되어 있는 데 비해, 이 미메시스적 접근 방법은 서정적 주체 곧 모방 주체가 지향하고 본받고 베끼고 닮고 합일하고 싶어하는 즉, 모방하고 싶어하는 대상, 객관적이고 보편적인 진리와 미를 지니고 있는 대상을 부각시킨다.[6]

---

4) 구모룡, 앞의 책, pp.39~44.
　김경복, 앞의 논문, pp.189~194.
5) 최승호, 「오세영 서정시의 미메시스적 읽기」, 『우리말글』 제24집, 2002.
　최승호, 「신석정 자연서정시의 미메시스적 읽기」, 『어문학』 제78집, 2002.
　최승호, 「도시적 서정시의 맥락과 현재적 가능성」, 『우리말글』 제26집, 2002.
6) 서정시에 있어서 동일화의 원리를 미메시스적 관점에서 해석하는 작업은 필자가 기존 논문에서 이미 여러 번 시도한 바 있다. 미메시스라는 용어를 처음 사용한 플라톤에게 있어서 미메시스란 유한하고 덧없는 현상계에 존재하는 존재자가 그의 원래 고향인 초월적 세계, 본체계에 존재하는 이데아를 모델로 해서 그것을 모방하고 베끼고 닮으려는 행위를 의미한다. 그 이데아에 동일화되고자 하는 은유적 이데올로기는 바로 구원에의 욕망을 함유하고 있다.
　그에 비해 아리스토텔레스의 경우, 미메시스란 매우 현실적인 것이다. 그에게 있어서 미메시스란 불완전한 인간 존재가 보다 나은 자연, 우주, 현실을 본받음으로써 자기발전을 꾀하고자 하는 은유적 이데올로기를 지니고 있다. 그가 모방하고자 하는 자연과 현실은 제1형상을 향해 끊임없이 운동해 가는 과정 중에 있다. 다시 말하면 그의 모방 대상은 단순히 눈에 보이는 감각적 사물들만 아니라 그 속에 내재해 있는 원리, 곧 제1형상을 향해 움직이는 보편적인 원리까지 포함된다. 아리스토텔레스에게도 미메시스란 단순히 모방에 머무르지 않고 동화 및 구원의 개념을 내장하고 있다. 이때 동화는 주체중심이 아니라 객체중심으로 이루어진다. 구원 역시 주체가 객체에 동화됨으로써 이루어진다.
　최승호, 「오세영 서정시의 미메시스적 읽기」, 우리말글학회, 『우리말글』 제24집,

이 미메시스적 접근 방식에 따르면, 서정시는 진리를 탐구하는 본질 시학이라는 관점이 강조된다. 동시에 구원의 시학이라는 관점도 부각된다. 서정시에는 모방 주체가 이상화된 대상, 본질적 존재를 모방하여 그것과 합치되는 데서 불행한 현실로부터 구원받으려는 미학적 욕망이 도사리고 있다. 이 미메시스적 접근 방법에 의하면, 서정시가 단순한 주관주의 미학에 치우쳐 있는 것이 아니고 객관주의 보편주의 미학도 아울러 지니고 있는 것이 드러나는데, 이 객관주의 보편주의 미학이 공동체적 이념과 연결되어 있음을 알게 된다. 이것은 오늘날과 같이 극도로 해체되어 있는 상대주의 시대에 객관적이고 보편적인 미를 강조함으로써, 서정시를 통한 삶의 도덕적 미학적 진보를 도모하는 효과를 초래할 수도 있다. 본고에서는 미메시스 시학을 동일성의 관점에서 새롭게 해석하고, 그것을 김소월의 일부 서정시를 해석하는 데 적용하고자 한다. 이로써 김소월의 일부 서정시가 지니는 동일성의 비밀을 새롭게 들추어내고자 한다. 이뿐만 아니라, 일군의 서정시들을 새롭게 해석할 수 있는 일반론의 가능성을 타진해 보고자 한다.

2. 이상적 자연의 모방

소월의 초기 자연서정시에 있어서 서정적 주체는 항상 관념화된 이상적인 자연을 동경하고 모방하고자 한다. 플라톤적 의미에서 모방

2002, pp.307~310.

최승호, 「신석정 자연서정시의 미메시스적 읽기」, 한국어문학회, 『어문학』 제78집, 2002, pp.563~566.

Th. W. 아도르노, M. 호르크하이머(김유동 역), 『계몽의 변증법』, 문학과지성사, 2001, pp.30~48.

(mimesis)이라 하면, 그것은 모방 주체와 모방 대상간의 합일, 동화를 의미한다. 지금-이곳의 불완전하고 불행한 현실세계에 살고있는 존재자는 초월적인 세계에 존재하는 본질적인 존재를 동경하고 그것과 일치됨으로써 자기발전을 꾀하고 구원받기를 모색한다.

> 쮜노는 흰물껼이 닐고 쏘잣는
> 붉은풀이 자라는바다는 어듸
>
> 고기삽이꾼들이 배우에안자
> 사랑노래 불으는바다는 어듸
>
> 파랏케 죠히 물든藍빗하늘에
> 저녁놀 스러지는바다는 어듸
>
> 곳업시쪄 다니는 늙은물새가
> 쎄를지어 좃니는바다는 어듸
>
> 건너서서 저便은 딴나라이라
> 가고싶은 그립은바다는 어듸

-<바다> 전문

위의 시에 나오는 바다는 생명력이 약동하는 원시적인 자연을 표상한다. 타락한 도시 문명인이 전혀 살지 않는, Volk(민중)와 같은 순수한 자연인이 살고있는 이상적 공간이다.[7] 그곳에서는 뛰노는 흰 물결이 일고 또 잦는다. 붉은 풀을 비롯하여 만물들이 주어진 품성에 따라 각자의 생명력을 마음껏 발휘하며 자라고 있는 행복하고 소망스런 세계이다. 그 원시적인 자연 공간 안에서 문명으로 때묻지 않은 순수한 고

---

7) 오세영, 『한국 낭만주의 시 연구』, 일지사, 1983, pp.25~26.

기잡이꾼들이 배 위에 앉아서 사랑노래 부르고 있다.

이처럼 서정적 주체는 이상화된 자연 공간인 바다를 설정해 놓고 그것과 합치된 삶을 살고자 염원하고 있다. 즉 그렇게 관념화된 자연인적 삶을 닮고 베끼고 싶어한다. 다시 말해서 모방하고자 한다. 그렇게 이상화된 자연스런 삶을 모방함으로써 지금−이곳의 불모지적인 삶으로부터 벗어나 구원에 이르고자 한다.

그러나 그 이상적인 자연 공간인 바다는 저만치 떨어진 딴 나라, 초월적인 세계에 존재한다. 모방의 주체, 즉 서정적 주체가 간절히 합일하고자 하는 이상적인 모방 대상은 언제나 그렇게 멀리 떨어진 비현실적 공간 안에 존재한다.

서정적 주체, 모방의 주체가 모방하고자 간절히 꿈꾸는 이상적 대상, 곧 모델은 위의 시에서처럼 비록 저만치 떨어진 채 존재하지만, 인간(Volk)과 자연이 물활론적으로 조화를 이루며 총체성을 형성하고 있는 세계이다. 즉 인간을 포함해서 만물들이 서정적 총체성, 은유적 동일성을 이루고 있는 세계이다.

> 山새도 오리나무
> 우혜서 운다
> 山새는 왜우노, 시메山골
> 嶺넘어 갈라고 그래서 울지.
>
> 눈은나리네, 와서덥피네.
> 오늘도 하룻길
> 七八十里
> 도라섯서 六十里는 가기도햇소.
>
> 不歸, 不歸, 다시不歸,

三水甲山에 다시不歸,
사나히속이라 니즈련만,
十五年정분을 못닛겟네

山에는 오는눈, 들에는 녹는눈.
山새도 오리나무
우헤서 운다
三水甲山가는길은 고개의길.

-〈山〉 전문

이 시에 나오는 山은 앞의 시에 나오는 바다처럼 이상화된 공간이다. 낭만주의자들이 꿈꾸는, 정신성이 깃들어 있는, 순수자연을 표상하는 산이다. 세속도시에 살면서 때묻은 채 허덕이고 있는 서정적 주체가 다가가 베끼고 닮고 싶어하는, 구원받기 위해 일체화되고 싶어하는 이상적 대상이다.

그러나 그 관념으로서의 '山', 靑山, 곧 순수자연은 三水甲山이라는 험하고 가파른 공간을 통과해야만 갈 수 있는 먼 곳에 존재한다. 도시적 삶에 얽매인 서정적 주체로서는 도달할 수 없는, 모방할 수 없는 거리에 놓여있다. 서정적 주체의 변형인 산새조차 넘을 수 없는 三水甲山이 가로막고 있다.[8]

이처럼 산새가 되어서도 다가갈 수 없는 靑山, 모방하기엔 너무 먼 거리에 놓여져 있는 순수자연은 바로 지상에는 존재하지 않는 낙원, 실낙원을 지칭하는 개념이다. 태초에는 존재했으나 지금은 상실된 낙원, 그것은 관념세계에 실재하며 미래 언젠가 지상에 회복되어야 할 존재이다. 그런 의미에서 그의 초기 시에 많이 나타나는 靑山은, 떠나

---

8) 조용훈, 「'상실'의 모티프와 비극적 세계관」, 김학동 편, 『김소월』, 서강대출판부, 1998, pp.104~107.

버린 님과의 해후를 기다리는 연시에서처럼, 일종의 '숨은 신'[9]으로 존재한다.

그런데 숨은 신도 신으로서의 역할을 다하고 있다. 靑山은 "不歸, 不歸, 다시 不歸, 三水甲山에 다시 不歸"를 외치는 산새, 곧 서정적 주체로 하여금 끊임없이 되돌아올 수밖에 없게 만드는 마력을 지닌 신과 같은 존재이다. 제5연에서 보는 것처럼 서정적 주체, 곧 모방의 주체는 일종의 존재자가 되고 청산은 존재가 된다. 존재인 청산이 부르면, 곧 이끌면, 존재자인 산새, 서정적 주체는 응답하고 이끌려가게 되어있다. 그 길이 아무리 험하고 위태롭고 멀어도, 현실적으로 도저히 도달할 수 없는 거리라 할지라도 존재자는 존재의 부름에 응답하고 이끌려 갈 수밖에 없는 운명에 놓여있다. 마치 소월의 사랑시 <해가 山마루에저므러도>에 나오는 '당신'과 '나'의 관계와 같다.

> 해가山 마루에 저므러도
> 내게두고는 당신때문에 저뭅니다.
>
> 해가 山마루에 올라와도
> 내게두고는 당신때문에 밝은아츰이라고 할것입니다.
>
> 쌍이 꺼저도 하눌이 문허저도
> 내게두고는 끗까지모두다 당신때문에 잇습니다.
>
> 다시는, 나의 이러한맘뿐은, 째가되면,
> 그림자갓치 당신한테로 가우리다.
>
> 오오, 아의 愛人이었던 당신이어.

ー<해가山마루에저므러도> 전문

---

9) Lucien Goldmann, *The Hidden God*, Routledge & Kegan Paul, 1964, p.30.

위의 연시에 있어서 '님'과 '나'의 관계는 곧바로 존재와 존재자의 관계와 같다. 그것을 위의 시에서는 당신(본체)과 나(그림자)의 관계로 나타내고 있다. 이것은 하이데거가 분석한 바와 같이,10) 낭만주의 시에 있어서 서정적 동일성에 이르는 방법이다. 위의 연시에 있어서 서정적 동일성은 '당신'(님)을 중심으로 이루어진다. 서정적 주체, 모방의 주체가 아니라 모방의 대상인 '당신'이 서정적 동일화의 중심축을 형성하고 있다. '나'는 그냥 '당신'이 부르는 대로 응답하고 이끌려갈 뿐이다.

흔히 낭만적 서정시를 '서정적 자아에 의해 포획된 세계(die vom lyrischen Ich ergriffen Welt)'의 관점에서, 다시 말해 '대상에 대한 주체 중심적 발화(eine subjektbetonte Aussage auf Objekt)'11)의 관점에서 설명하지만, 소월의 초기 낭만적 서정시, 위의 연시와 앞의 <山>과 같은 자연 서정시에 있어서는 결코 주체중심이 보이지 않는다. 김경복12)이나 구모룡13)이 근대 서구 낭만주의적 동일화방식, 곧 '세계의 자아화'14)란 동일화 방식을 비판하면서 그 속에 들어있는 주체중심주의 사상, 인간중심주의 사상을 그 부정적 특성으로 내세운 바 있지만, 소월의 위의 시들에는 결코 주체중심주의나 인간중심주의가 보이지 않는다.

앞의 시 <山>에서는 객관적 대상인 '山', 곧 숨어버린 神인 靑山이 중심축을 형성하고 있다. 위의 연시 <해가山마루에저므러도>에서는 떠나버린 '당신'이 중심축을 이루어내고 있다. 모든 사물들은 그렇게

---

10) M. Heidegger, *Existence and Being*, translated and edited by Werner Brock, Gateway, 1965, p.278.
11) H, Seidler, *Die Dichtung*, Alfred Kroner Verlag, 1965, pp.378~385.
12) 김경복, 앞의 글, pp.173~175.
13) 구모룡, 『제유의 시학』, pp.39~44.
14) 조동일, 「자아와 세계의 소설적 대결에 관한 시론」, 『한국소설의 이론』, 지식산업사, 1977, p.103.

숨어버렸거나 떠나있는 절대적 존재, 곧 이상적인 모방대상을 중심으로 구조화되어 있고 총체적인 질서를 이루고 있다. 근대 부르주아 합리주의, 이성중심주의 사상에서는 인간중심주의, 주체중심주의가 나타나고, 그로 인해 대상의 타자화, 소외화가 초래되지만, 위의 시들에서는 주체보다 오히려 대상이 우위에 존재한다. 대상의 타자화, 소외화가 아니라 대상의 신격화, 우상화가 나타난다.

이처럼 미메시스의 관점에서 소월의 초기 서정시를 분석하여 보면, 대상의 신격화, 우상화를 발견하게 된다. 이렇게 우상화, 신격화된 모방 대상을 중심으로 모든 사물이 총체적 동일성을 형성하면서 통합되고 질서화되는 것이 김소월 초기 일부 서정시, 특히 자연서정시의 비밀이다. 비록 주관적인 감정에 착색되어 있는 대상이지만, 서정적 동일화는 바로 그 대상을 중심으로 하여 이루어지고 있는 것이다.

사물과 사물 사이의 총체적 동일성, 차이를 인정한 가운데 사물들 사이의 유사성을 찾는 행위를 은유적 사고라 부른다. 오늘날 대부분의 해체론자들이 오해하는 것처럼 은유는 결코 동일성만 강조하지는 않는다. 어디까지나 차이를 인정한 가운데 공통점을 찾으려는 것이 원래의 건강한 은유이다. 물론 지난 세기 남쪽에서도 북쪽에서도 서로간 차이를 인정하지 않으려는 전체주의적 은유도 있었다. 그러나 그런 파시즘이라는 잘못된 은유가 전부는 아니다. 차이를 인정하지 않으면 은유가 성립되지 않는다.15)

그런데 은유는 제유와 달리 사물들 사이에 동일성을 지향하되 그 중심축을 중요시한다. 변증법적 중심축을 중심으로 사물들간에 합의점을 적극적으로 도출해나가는 것이 은유다. 따라서 은유는 김준오의

---

15) 엄밀한 의미에서 이러한 은유는 상징으로 불러야 할 것이다. 상징에서는 원관념과 보조관념 사이에 빈틈이 존재하지 않는다.

말처럼, 성숙한 마음이 지닐 수 있는 정신적 능력이다.[16] 제유가 사물들 사이의 조화와 감응을 주장하면서도 중심축을 부정하고 변증법적 통합과정을 배척함으로써 적극적인 사회적 합의 과정을 소거시킴에 비해, 은유는 사회적으로 성숙한 마인드를 소유한 사람들이 민주적 관계를 만들어나가는 방식이다. 소월의 초기 서정시에는 그러한 은유적 동일성, 서정적 총체성이 강하게 나타난다.

> 山에는 꼿피네
> 꼿치피네
> 갈 봄 녀름 업시
> 꼿치피네
>
> 山에
> 山에
> 피는꼿츤
> 저만치 혼자서 픠여잇네
>
> 山에서 우는 적은새요
> 꼿치조와
> 山에서
> 사노라네
>
> 山에는 꼿피네
> 꼿치피네
> 갈 봄 녀름업시
> 꼿치피네

-<山有花> 전문

---

16) 김준오, 『시론』, 삼지원, p.177.

위의 시에서도 산, 청산은 잃어버린 순수자연, 곧 실낙원으로 존재한다. 즉 숨은 신으로 존재하며 신으로서의 역할을 하고 있다. 숨은 신으로서의 청산은 세속도시에서 피폐해진 서정적 주체를 불러들여 구원해주고 치유해주는 절대화된 존재이다. 이 신비적 베일에 가려진 채 존재하는 자연은 개인의 정신적 구원뿐만 아니라, 근대화에 의해 초래된 사회문제, 식민지화로 인한 역사적 상처까지 감싸안고 치유해주는 초월적 능력을 가지고 있다. 이 전능한 신적인 능력을 가진 '산', 우상화된 살아있는 자연이 은유적 동일성의 중심축으로 기능한다. 이렇게 관념화된 자연으로서의 '산'은 식민지 시대 이상적인 민족공동체의 정신적 토대로 존재한다. 즉 식민지하 파행적 근대화로 초래된, 사물들간의 해체와 분열을 극복하고 재통합해내는 원리로서 기능하고 있다. 이런 초월적이고 물활론적인 자연이 위의 시에서 서정화의 중심축을 형성하고 있다. 지상에 존재하는 모든 존재자들은 이 숨은 신, 청산, 잃어버린 순수자연을 향하여, 구원에의 욕망, 즉 모방의 본능을 보여주면서 동일화의 형식으로 구조화되고 있다.

이 청산이 신격화되어 있다는 것은 그것이 지니는 영원성으로 알 수 있다. 갈 봄 여름 없이 계속되는 순환성이 바로 그 영원성을 의미한다. 이 영원한 신과 같은 존재인 '산'과 합일하는 것이 지상의 모든 존재자가 구원받을 수 있는 길이다. 이처럼 미메시스 안에는 구원의 시학이 내재해 있는 것이다. 서정적 구원이란 종교적 구원과 같아서 덧없이 허무하게 파괴적으로 흘러가는 근대의 직선적 시간을 벗어나 영원한 존재와 합일하는 데서 이루어지기 때문이다.

그리고 이 영원한 자연으로서의 '山'은 '저만치 혼자서' 떨어져 있는 만큼 초월성과 절대성을 지니고 있다. 이렇게 영원성, 초월성, 절대성을 지닌 자연은 본질적 존재가 되고 지상의 덧없는 존재자들의 모방의 대상으로 존재한다. 이러한 초월적이고 영원하고 절대적인 자연으로서의 '산'은 비록 관념적이기는 하지만 객관화되고 보편화된 미를 제시하는 것으로 기능함으로써 삶의 공동체성을 부여하고 있는 것이다. 이것은 그의 낭만적 서정시로 하여금 주관주의적 편향으로 흐르는 것을 막아준다.

이처럼 소월의 초기 서정시에 나오는 관념화된 이상적 자연은 서정화의 원리로서 그 중심축으로 존재한다. 김경복이나 구모룡이 우려한 대상의 타자화, 소외화와는 다른, 대상의 신성화, 신비화, 신격화가 이루어지고 있는 것이 소월 초기 서정시의 특징이고 문제라면 문제이다. 자연 대상의 신격화는 근대 부르주아 합리주의 사상을 극복하고자 나온 것이지만, 그것 자체가 바람직하지는 않기 때문이다.

이러한 실낙원으로서 존재하는 영원하고 절대적인 자연은 <금잔듸>에서 보이듯, 식민주의적 근대화로 인해 지치고 피폐해진 지상의 모든 존재자들을 불러들여 포근히 감싸주고 치유해주는 생명적 공간, 모성적, 여성적 공간으로 나타난다. 그리고 이러한 실낙원은 실낙원인 만큼 과거적인 의미를 지니고 있다. 그러나 그것이 실낙원인 만큼 미래적인 의미도 동시에 지니고 있다. 실낙원이란 개념 속에는 미래에 '회복되어져야 할 낙원'이란 은유적 욕망이 함축되어 있기 때문이다. 은유적 욕망이란 언제나 과거나 미래로 향하고 있는 것이지, 현재적인 것은 아니다.17) 소월의 초기 서정시가 강렬한 파토스로 이루어져 있는 것은 바로 실낙원과 복낙원 사이에 놓여있는 현실적 긴장감, 바로 현재적 결핍감 때문이다.

서정시는 서사적 갈등과정을 함유하고 있어야 시적 긴장감을 확보

---

17) 최승호, 「신석정 자연서정시의 미메시스적 읽기」, 『어문학』 제78집, 2002, pp.566
    ~576.

할 수 있다. 문면에는 쉽게 검출되지 않더라도 안으로 녹아있어야 한다. 서정시는 유토피아를 지향하고, 우선 그 서정적 결과, 바로 유토피아상만 제시하여도 허용되는 문학양식이다. 그러나 바람직한 서사문학이 서정적 꿈을 비전으로 제시해야 하듯이, 뛰어난 서정시는 서사적 갈등과정을 함축해야 한다. 김소월의 낭만적 서정시들은 바로 이러한 서사적 갈등과정을 잘 함유하고 있다.

> 엄마야 누나야 강변살쟈,
> 쓸에는 반짝는 금모래빗,
> 뒷문박게는 갈닙의노래
> 엄마야 누나야 강변살쟈.

ー<엄마야 누나야> 전문

실제 서정적 주체, 모방의 주체는 모방의 대상인 강변에 살고 있지 못하다. 이미 그 강변은 실낙원으로 존재하고 미래 언젠가는 꼭 회복되어져야 할 것으로 나타난다. 이 시에는 유토피아에 이른 서정적 결과만이 아니라, 그 유토피아에 이르지 못하게 하는 현실적 방해요소와 갈등요인이 문면에는 직접 나타나 있지 않지만 강한 어조 속에 녹아들어 있음을 알 수 있다. 미래 언젠가 강변에 가서 행복하게 살자라는 애절한 파토스적인 어투 속에는 지금 현재 그렇지 못하다는 것을 간접적으로 호소하는 정서가 들어있다. 이 파토스는 바로 서정적 결과와 서사적 갈등과정을 하나로 통합하려는 데서 빚어진 것이다.

결국 소월의 초기 낭만적 서정시에 나타나는 이러한 파토스는 모방 주체와 모방 대상간의 좁힐 수 없는 거리감 때문이다. 불행한 현실 속에 존재하는 모방 주체, 서정적 주체와 관념세계에 존재하는 모방 대상간의 좁힐 수 없는 현실적 거리에 대한 인식이 긴장된 변증법적 통합을 가능케 한다. 이처럼 서정시에 있어서 서정과 서사의 변증법적 통합은 바로 모방행위를 통해서 이루어짐을 알 수 있다.

그렇게 관념화된, 신비적 베일에 가려진 이상적인 모방 대상에 대한 모방행위는 개별화되고 주관화된 삶을 공동체적인 것으로 고양시켜주는 미덕이 있다. 그것은 답보상태에 있는 우리의 삶을 도덕적으로 미학적으로 한층 더 발전시킬 수 있는 계기를 마련해 주고 있다. 이것이 바로 낭만적 서정시를 미메시스적 관점에서 읽어봄으로써 새롭게 획득할 수 있는 소득이다.

3. 이상적 농촌현실의 모방

소월의 초기시는 앞에서 살펴본 바와 같이 주로 상실 모티프와 관련되어 있다.[18] 그리고 그 상실한 대상을 회복하려는 데 초점이 맞추어져 있다. 그 상실한 대상은 떠나버린 '당신'이거나 잃어버린 '산'과 같은 순수자연으로서의 낙원이다. '숨은 신'으로 존재하는 관념화된 대상을 모방함으로써 그 상실감으로부터 벗어나 구원받고자 한다. 그에 비해 그의 후기시는 주로 궁핍 모티프와 연결되어 있다.[19] 이 궁핍 모티프 역시 일종의 상실 모티프와 연결되어 있는데, 여기서의 상실은 '靑山'과 같은 초월적 대상이 아니라 생활 터전으로서의 '땅'과 연결되어 있다. 그는 이제 초월적인 관념이 들어가 있는 '산'으로부터 현실세계, 일상세계, '땅'의 세계로 내려와 있다. 즉 잃어버린 땅을 회복

---

18) 조용훈, 앞의 논문, pp.90~103.
19) 김학동, '궁핍'의 모티프와 일상적 경험, 김학동 편, 『김소월』, 서강대학교출판부, 1998, pp.123~125.

하는 것이 낙원회복의 현실적 방법임을 노래하고 있다. 소월이 관심을 보여주고 있는 많은 현실적인 문제는 바로 이 '땅'의 관점에서 조명되어져야 한다.

땅을 잃어버리고 유리하는 식민지 조선인의 궁핍함을 다루고 있는 그의 후기시들 중에는 낭만적 비전을 상실한 채 비참한 일상에 매몰된 삶을 노래하는 것들이 있다. 그의 많은 후기시들은 돈, 옷, 밥과 같은 현실의 문제를 다루면서도 서정적 꿈을 제시하지 못하고 그냥 비참하면서도 범속한 일상세계에 머물러 있다. <옷과밥과자유>, <돈타령>, <돈과밥과맘과들>, <남의나라쌍>과 같은 작품들이 그러하다.

> 空中에 떠단니는
> 저긔 저새여
> 네몸에는 털잇고 짓이잇지.
> 밧헤는 밧곡석
> 눈에 물베.
> 눌하게 닉어서 숙으러젓네.
> 楚山 지나 狄踰領
> 넘어선다.
> 짐실은 저나귀는 너왜넘늬?

-<옷과밥과자유> 전문

위의 시는 땅을 잃어버리고 유리하는 식민지 조선인의 비참한 삶을 반영하고 있다. 실제 들판에는 곡식이 누렇게 익어 수그러질 정도로 풍년인데도 불구하고 식민지 민중들은 굶주림을 면치 못하고 있다. 자유롭게 하늘을 날아다니는, 털 있고 깃도 있는 새들은 오히려 논밭의 곡식을 포식하면서 풍족한 삶을 누리지만, 그것을 바라만 보며 힘들게 적유령을 걸어 넘는 식민지 유이민들은 추위에 헐벗은 채 굶주리고 있다. 그렇게 자기 땅에서 쫓겨난 채 삶의 무게에 짓눌려버린 농민들이 나귀에 비유되고 있다.

그런데 <돈타령>, <돈과밥과맘과들>에서도 보이듯, 이 작품은 고통받는 식민지 민중들의 현실적 삶을 고발하는 차원에서 한 걸음 더 나아가지 못하고 있다. 낙원회복에의 강한 의지가 드러나는 꿈, 서정적 비전을 보여주지 못하는 단순한 현실고발은 허무적인 정조로 빠질 수 있다.[20]

아무리 고통스런 식민지 농민의 비참한 모습을 그렸다고 하더라두, 그것은 현실에 대한 온전한 모방이 못된다. 이상적인 모방이란 그런 식민지 현실의 고통을 극복할 수 있는 낭만적 비전을 제시해야 하기 때문이다. 서정적 비전이 배제된 채 비참한 서사적 갈등만 존재하는 현실적 삶은 온전한 모방의 대상이 될 수 없다.

이렇게 허무적인 정조로 현실의 비참함을 폭로하는 시가 상당수 있는가 하면, 현실적 고통이 아예 배제된 이상적 농촌의 모습이 너무 쉽게 제시된 시들도 상당수 있다.

> 서늘하고 달밝은녀름밤이여
> 구름조차 희미한녀름밤이여
> 그지업시 거룩한하늘로서는
> 젊음의붉은이슬 저저나려라.
>
> 행복의맘이 도는높은가지의
> 아슬아슬 그늘닢새를
> 배불러 긔여도는 어린버레도
> 아아모든물결은복받아서라.

20) 김윤식, 「식민지의 허무주의와 시의 선택」, 『문학사상』 통권 8호(1973. 5).
　　 김우창, 「한국시의 형이상」, 『궁핍한 시대의 시인』, 민음사, 1974.

버더버더 오르는 가싀덩굴도
희미하게흐르는 푸른말빗치
기름같은연기에 멕감을너라
아아 노무죠와서 잠못드러라.

우긋한 풀대들은 춤을추면서
갈닙들은 그윽한노래부를째.
오오 내려흔드는 달빗가운데
나타나는영원을 말로색여라.

자라나는 물베이삭 벌에서 불고
마을로 銀슷드시 오는바람은
눅잣추는 향기를 두고가는데
인가들은 잠드러 고요하여라.

하로종일 일하신아기아버지
농부들은 편안히 잠드러서라.
넝시늙의 어득한그늘속에선
쇠싀랑과호미쌘 빗치픠여라.

—<녀름의 달밤> 부분

위의 시에서는 매우 이상화된 농촌의 모습이 상당히 구체적으로 묘사되고 있다. 자연은 자연대로 풍요하고 인간은 그 속에서 유족한 삶을 살아가고 있다. 비슷한 시기에 나온 작품이지만 <옷과밥과자유>와는 너무나도 다른 분위기를 연출하고 있다. 인간과 자연의 완전한 조화와 생명력의 교감을 즐기고 있는 이 시는 농촌의 실제적인 현실과는 거리가 너무 멀다. 그것은 이 시가 한낮의 농촌현실을 직시하면서 쓴 게 아니라, 여름 달밤 속에서 낭만적으로 미화된, 앞으로 회복되어져야 할 이상적인 농촌의 모습을 가벼운 마음으로 제시하고 있기 때문이다.

현실주의적인 시가 한낮의 농촌현실을 분명히 직시하면서 낭만적인 꿈을 제시하는 것임에 비해, 이 시는 농촌의 실상을 배제한 채 미래에 회복되어져야 할 이상적인 모습만 그려놓았다고 볼 수 있다. 물론 한여름의 달밤 속에서 그러한 이상적인 농촌의 모습을 얼핏 볼 수도 있다. 그러나 그것은 농촌의 외피, 달밤 가운데 모든 사물들간의 경계가 사라져 보이는, 갈등과 대립이 無化되어 보이는 서정적 순간을 낭만적으로 포착하여 드러낸 것에 불과하다. 이것은 어디까지나 고통받는 시민지 농촌현실이 지향해야 할 이상적인 모습에 지나지 않는다.

김소월은 이처럼 이상화된 농촌의 모습을 설정하고 그것을 모방하고 있다. 그러나 이러한 모방행위에는 땅이라는 현실적 토대가 소거되어 있다. 그 농촌의 모습이 상당히 구체적으로 묘사되어 있지만, 그 구체성이 실제적인 현실문제, 곧 땅의 문제와 연결되어 있지 않다. 땅이라는 현실적 토대에 기초하지 않은 낭만성은 허무맹랑한 것이어서 별 미학적 긴장감을 확보하지 못한다. 이렇게 땅이라는 현실적 토대가 소거된 서정은 서사적 갈등과정을 함축할 수 없다.

이와 같이 땅이라는 현실적 토대를 상실한 채 서정적 꿈만 제시한 시도 바람직한 의미에서의 모방론으로 읽을 수 없다. 모방이란 어디까지나 현실적으로 그럴 듯해야 하기 때문이다. 소월이 이렇게 현실성 없는 미메시스에 빠진 것은 당대가 너무나도 참담해서 현실적으로 감당하기 힘들었기 때문일 것이다.

위에서 살펴본 두 부류의 시들, 일상적인 현실문제와 이념의 문제를 변증법적으로 성공적으로 통합하고 있지 못한 시들, 리얼리티가 부족한 만큼 시적 긴장감도 현저히 떨어지는 시들과는 달리 <바라건대는 우리에게우리의 보섭대일쌍이 잇섯더면>과 <오는 봄>과 같은, '땅'이라는 현실적 토대와 서정적 비전이 잘 통합되어 있어서 리얼리티와 시적 긴장감을 동시에 충분히 확보하고 있는 시들도 있음을 알 수 있다.

나는 꿈꾸엇노라. 동무들과내가 가즈란히
벌싸의하로일을 다맛추고
夕陽에 마을로 도라도는꿈을,
즐거히, 꿈가운데.

그러나 집일흔 내몸이어,
바라건대는 우리에게우리의 보섭대일쌍이 잇섯더면
이처럼 떠도르랴, 아츰에점을손에
새라새롭은歎息을 어드면서.

東이랴, 南北이랴,
내몸은 써가나니, 볼지어다,
希望의반짝임은, 별빗치아득임은.
물결쑨 써올라라, 가슴에 팔다리에.

그러나 엇지면 황송한이心情을! 날로 나날이 내압페는
자츳가느른길이 니어가라, 나는 나아가리라
한거름, 쏘한거름. 보이는山비탈엔
온새벽 동무들 저저혼자……山耕을김매이는
　　－<바라건대는 우리에게우리의 보섭대일쌍이 잇섯더면> 전문

위의 시에는 '있는 그대로의 농촌현실'과 '앞으로 회복되어져야 할 이상적 농촌현실'이 생생하게 결합되어 있다. 그리고 앞으로 회복되어져야 할 이상적인 농촌현실은 서정적 주체로 하여금 모방의 본능을 불러일으키기에 적합하다. 서정적 주체는 그러한 이상적인 농촌현실을 시적으로 선취하고, 그것을 본받음으로써 문학적 구원도 얻고 실제

농촌현실의 진보와 자아의 발전도 아울러 꾀하고자 한다.

위의 시에 나타나는, 상당히 구체적으로 묘사된 이상적 농촌현실은 공동체적인 삶을 지향하고 있다. 아무도 소외됨이 없는 농촌공동체, 그것은 소외되지 않은 건강한 노동 때문에 가능하다. 그런데 그 소외되지 않은 건강한 노동은 서로 사이좋게 나누어 가진 '땅' 때문에 가능하다. 우리에게 우리의 보습 대일 땅! 그것은 건강한 민족공동체의 물질적 토대이자 낭만적 서정의 현실적 조건이다. 김소월의 초기 자연서정시에 나오는 자연이 관념적인 낙원에 그쳤다면, 그의 후기 서정시에 나오는 농촌공동체는 현실적인 낙원으로 나타난다. 그것은 그의 초기 자연서정시가 '정신으로서의 산'에 근거를 두고 있음에 비해, 후기 서정시가 '삶의 터전으로서의 땅'에 토대를 두고 있기 때문이다.

그런데 위의 시에서 보듯이, 그 이상적인 농촌공동체의 물질적 토대인 땅은 현실적으로 농민들의 소유가 아니다. 그들은 실제 그 땅을 잃어버리고 소외된 노동으로 고통을 받고 있다. '집'을 잃어버렸다는 것은 물질적 조건인 땅을 잃어버렸다는 것을 의미한다. 집이란 곧 국가이고 국토이다. 그래서 실제의 농민들은 동이랴, 남북이랴 떠돌며 유랑하고 있는 것이다.

이렇게 땅을 잃어버리고 유랑하는 식민지 농민의 현실적이고 구체적인 삶과 앞으로 회복되어져야 할 이상적인 농촌공동체를 제시하는 서정적 꿈을 긴장감 있게 변증법적으로 잘 통합하고 있는 이 시는 건강한 모방 위에 서 있다. 모방이란 이처럼 모방할 만한 모델이 있어야 가능하다. 현실이 비록 비참하지만 낭만적 꿈을 잃지 않고 그 꿈의 실현을 위해 한 걸음, 또 한 걸음 '별빛'을 향해 나아가는 이상적 삶이 바로 모방의 대상이 되는 것이다.

그러나 그 별빛을 향해 나아가는 길은 결코 넓은 길이 아니라 '가느른길', 좁은 길이다. 이 좁은 길을 잘 참고 꾸준히 나아갈 때 서정과 서사가 만나게 되는 것이다. 근대 이후 서정과 서사가 변증법적으로 긴장감 있게 만날 수 있는 유일한 공간은 바로 이 '가느른길'밖에 없다. 이 좁은 길의 긴장과 고통을 이기지 못하고 무너질 때 <옷과밥과자유>와 같이 서정에의 꿈을 잃어버린 비참한 일상적 허무, 즉 '길 없음'에 빠지기도 하고, 다른 한편 <녀름의 달밤>과 같이 현실성 없는 넓은 길에의 유혹에 빠져버리기도 한다.

이 시에서 서정적 주체가 좁은 길의 긴장, 즉 서정과 서사의 변증법적 통합을 유지할 수 있었던 것은 그가 온 새벽에 동무들이 <저저 혼자> 山耕을 김매는 현실적 광경을 직시하고 있기 때문이다. 이 현실적 광경이란 결국 고통스런 식민지 농촌현실 속에 존재하는 서정적 주체, 모방 주체와 앞으로 이 땅에 회복되어져야 할 이상적인 농촌현실, 곧 모방 대상간의 팽팽한 긴장관계에 대한 인식에서 가능하다. 그리고 이러한 현실인식이 그러한 변증법적 통합을 이루어낸다. 이처럼 소월의 후기시에 있어서도 서정과 서사의 팽팽한 결합은 모방행위를 통해서 이루어짐을 알 수 있다.

> 우리두사람은
> 키높피가득자란 보리밧, 밧고랑우헤 안자서라.
> 일을畢하고 쉬이는동안의깃븜이어.
> 지금 두사람의니야기에는 꽃치필째.
>
> 오오 빗나는 太陽은 나려쏘이며
> 새무리들도 즐겁은노래, 노래불러라.
> 오오 恩惠여, 사라잇는몸에는 넘치는恩惠여,
> 모든은근서럽음이 우리의맘속을 차지하여라.

世界의끗은 어듸? 慈愛의하눌은 넓게도덥혓는데,
우리두사람은 일하며, 사라잇어서,
하눌과太陽을바라보아라, 날마다날마다도,
새라새롭은歡喜를 지어내며, 늘 갓튼땅우헤서.

다시한番 活氣잇게 웃고나서, 우리두사람은
바람에일니우는 보리밧속으로
호믜들고 드러갓서라, 가즈란히가즈란히,
거러나아가는깃븜이어, 오오 生命의 向上이어.

—<밧고랑우헤서> 전문

위의 시에서도 인간과 자연은 생명력이 충일한 상태에서 서로서로 생명력을 즐기면서 교감하고 있다. 인간과 인간 사이에서도 그러한 생명의 교감을 볼 수 있다. 이렇게 인간과 인간, 인간과 자연 사이의 아름다운 조화를 볼 수 있는 것은 소외되지 않은 건강한 노동 때문이다. 그리고 이 건강한 노동은 생활터전으로서의 '밧고랑', 곧 땅 때문에 가능하다.

그리고 위의 시도 앞의 시 <바라건대는 우리에게우리의 보섭대일 땅이 잇섯더면>에서와 같이 '땅'을 중심으로 모든 사물들이 행복하게 조화된 총체성을 형성하고 있다. 생활터전으로서의 이 '땅'은 모든 사물들간의 은유적 동일성의 중심축을 형성하고 있다. 이 '땅'을 물질적 토대로 하고 있는 이상적인 농촌공동체적 삶이 이 시에서 모방의 대상이 되고 있다. 결국 이 '땅'이 김소월 후기 서정시에서 모방의 핵심 대상인 것이다.

공동체적 삶의 물적 토대를 강조하는 위의 두 시는 아리스토텔레스적인 미메시스를 보여주고 있다. 아리스토텔레스에 있어서 모방이란 현실과 그 현실을 구성하고 움직여나가는 내재된 원리, 진보의 원동력을 반영하는 것이기 때문이다. 서정적 주체는 그것을 모방함으로써 자아의 발전과 사회 역사의 진보를 꾀하고 있는 것이다. 이것은 다분히 현실주의적인 모방으로서 김소월의 초기 자연서정시에서 보이는 플라톤적 모방, 곧 관념론적 모방과 대비가 된다.

그러나 김소월의 후기시 중에는 이렇게 구체적인 현실과 서정적 꿈이 변증법적으로 긴장감 있게 통합되어 있는 것이 별로 없다. 대부분의 시는, 앞에서도 말했듯이, 비참한 일상적 현실에 매몰되어 있거나, 아니면 현실적 물질적 토대를 소거한 채 맹랑한 꿈만 제시하는 것으로 끝나고 있다. 즉 둘 다 바람직한 모방의 대상이 되어주지 못한다.

김소월의 후기시에서 '쌍', 곧 자연이 모방의 핵심 대상, 서정적 총체성의 중심축을 형성하고 있지만, 그 자연이 초기시에서처럼 초월적인 것, 절대적인 것, 신앙의 대상으로 존재하지 않는다. 대신에 그것은 삶의 터전으로 존재한다. 초기시의 '山'처럼 신비적 베일에 가려져 있지 않은 '쌍'은 인간 주체가 언제나 쉽게 다가갈 수 있고 친화할 수 있는 모방의 대상이다.

들꽃츤
피여
흐터젓서라.

들풀은
들로 한벌가득키 자라놉팟는데
뱀의헐벗은 묵은옷은
길분전의 바람에 날라도라라.

저보아, 곳곳이 모든 것은
번쩍이며 사라잇서라.

두나래 펼쳐떨며
소리개도 높피쩌서라.

째에 이내몸
가다가 쏘다시 쉬기도하며
숨에찬 내 가슴은
깁븜으로 채와져 사뭇넘쳐라.
거름은 다시금 쏘더 압프로……

-〈들도리〉21) 전문

위의 시에서도 인간과 자연 만물이 서로 생명력을 즐기며 총체적
으로 통합되어 있다. 초기시에서 보이듯 '저만치' 떨어진 자연이 아니
라, 인간이 마음만 먹으면 언제나 걸어 들어가 노동을 통하여 쉽게
하나로 만나서 총체성을 이룰 수 있는 상태에 놓여있다. 물론 여기서
의 서정적 총체성, 은유적 동일성도 자연, '짱'을 중심으로 해서 이루
어진다.

조지훈의 자연서정시, 곧 산수시의 경우에도, 인간과 자연 사이에
신비적 베일은 없다. 그런데 조지훈의 경우, 인간과 자연간의 생명적
교감은 인간 중심도 자연 중심도 아니다. 양자가 상호 대등한 가운데
서로 만나고 교감하는 데서 미가 발생한다. 情景交融을 내세우는 동양
의 산수시학에 따르면, 결코 자연, 산수가 서정적 동일성의 중심축이
될 수 없다.22)

그런데 소월의 시 〈들도리〉의 경우, 인간과 자연이 만나서 교감을
하는 때에도 인간이 아니라 '짱', 곧 삶의 터전으로서의 자연이 중심

---

21) '들도리'는 '들노리'의 오식으로 보임.
  김용직 편저, 『김소월 연구』, 서울대학교 출판부, 2001, p.129.
22) 최승호, 『한국 현대시와 동양적 생명사상』, 다운샘, 1995, pp.64~91.

축을 형성하고 있음을 알 수 있다. 비록 초월적, 절대적 존재는 아니지만 '짱', 자연이 끌어당기면 감동적으로 나아가 안기듯이 합일되는 인간의 모습이 보인다. 이것은 인간중심주의적인 동일화도 주체중심주의적인 서정화도 아니다. 여기서의 서정화의 중심축은 어디까지나 자연, 삶의 터전으로서의 '짱'이다.

이것은 은유적 동일화의 표본이다. 조지훈의 동양적 산수시에 나타나는 동일성이 제유적 사유체계에 근거하고 있다면,23) 소월의 후기시 중 몇 편의 현실주의적 서정시는 은유적 사유체계에 입각해 있다. 제유가 중심축이 없는 유기적 동일성을 지향한다면, 은유는 확실한 중심축이 존재하는 총체적 동일성을 추구한다.24) 소월의 일부 후기시의 경우, 그 총체적 동일성의 중심부에 바로 '짱', 삶의 터전으로서의 자연, 대상이 존재하는 것이다. 소월의 후기시 중 일부 현실주의적 서정시에서 대상 중심의 서정화 방식을 읽어낸 것이 미메시스적 접근의 새로운 소득인 셈이다.

4. 꼬리말

본고에서는 지금까지 미메시스의 관점에서 김소월의 서정시에 나타나는 동일성의 비밀을 새롭게 해석해보았다. 소월에게 있어서 서정적 동일성은 서정적 주체가 이상적인 모방 대상을 설정하여 그것과의 합일을 꾀하는 데서 빚어진다.

---

23) 최승호, 「제유적 세계인식과 서정적 대응방법」, 『서정시의 이데올로기와 수사학』, 국학자료원, 2002, pp.226~230.
24) 최승호, 「신석정 자연서정시의 미메시스적 읽기」, pp.581~582.

김소월의 초기 자연서정시에 있어서 모방 대상은 '산'이라는 이상적 자연으로 나타난다. 이 당시 김소월은 영원성과 초월성 그리고 절대성을 동시에 지니고 있는 '관념으로서의 산'을 모방함으로써, 즉 그것과 합일함으로써 식민체제하의 개인과 사회와 민족의 정신적 구원을 도모하였다.

민족공동체의 정신적 토대로 존재하는 이 '산'은 분열과 해체의 시대 재통합의 원리가 되는 동시에 객관적이고 보편적인 미의식을 확보해주었다. 객관적인 관념으로서 존재하는 이 '산'은 식민주의적인 근대화로 인해 점점 더 개별화되어 가는 삶들을 정신적으로 통합하여 도덕적인 진보를 이루는 데 기여하였다고 볼 수 있다.

실낙원, 곧 숨은 신으로서 존재하는 이 '산'은 존재가 되어 존재자인 서정적 주체, 모방의 주체를 불러들인다. 존재로서의 산이 부르면 존재자로서의 서정적 주체는 응답하면서 이끌린다. 이렇게 그의 초기 자연서정시에 있어서 자연, '관념으로서의 산'은 서정적 동일화의 중심축을 형성한다. 결코 주체중심이 아니라 대상 중심으로 서정적 동일화가 이루어지고 있음을 알 수 있다.

그의 초기 자연서정시에 나타나는 이상적인 모방 대상인 자연은 언제나 신비적 베일에 가려진 채 서정적 주체, 모방의 주체로부터 '저만치' 떨어져 있다. 낙원을 상실해버린 현실 속의 모방 주체와 미래 회복되어져야 할 이상적 자연, 곧 복낙원인 모방 대상 사이에 팽팽한 긴장관계가 존재한다. 파토스적 정서를 불러일으키는 이 긴장관계가 곧바로 서정과 서사의 변증법적 통합을 가능케 한다. 이 변증법적 통합은 바로 모방행위를 통해서 이루어짐을 알 수 있다.

이에 비해 김소월의 후기 서정시는 이상화된 농촌현실을 모방의 대상으로 삼고 있다. 이 이상적인 농촌은 소외되지 않은 건강한 노동 때문에 가능하다. 그리고 그 소외되지 않은 건강한 노동은 땅의 공동체적인 소유 때문에 가능하다. '삶의 터전으로서의 땅'은 이 때 민족공동체의 물질적 토대로 존재한다.

이 '땅'은 앞의 '산'과 달라서 초월적인 관념적인 낙원이 아니라 현실적인 낙원을 보장해주는 존재이다. 그리고 신비적 베일에 가려져 있지도 않은 이 땅은 노동을 통해 식민지 민중들이 언제나 쉽게 만날 수 있는 자연이다. 그 만남은 초기시에 나오는 초월적 존재인 '산'의 부름과 존재자인 서정적 주체의 응답의 형식과는 판이하게 다르다. 모태로서의 땅이 친근하게 이끌면 서정적 주체는 아들처럼 믿음을 가지고 편안히 안기듯이 다가간다. 그리고 그의 후기시 속에서 만물들은 모방의 핵심 대상인 이 땅을 중심으로 서정적 동일화를 이루고 있다. 이처럼 그의 후기시 중 일부 작품에 있어서도 서정적 동일화는 주체 중심이 아니라 자연, 대상 중심임을 알 수 있다.

그러나 현실적으로 이 땅은 농민의 소유로 있지 못하다. 그래서 그의 현실주의적 서정시에서는 모방의 대상인 이 낙원이 미래 언젠가 반드시 회복되어져야 할 것으로 나타난다. 그의 성공적인 후기시 중 일부 작품에서는 이렇게 회복되어져야 할 이상적인 농촌현실과 실제의 농촌현실이 긴장감 있게 통합되어 있다. 이것이 바로 이들 작품에서 서정과 서사가 변증법적으로 성공적으로 결합할 수 있게 해준다. 그리고 여기에서의 결합도 모방행위를 통해서 이루어짐을 알 수 있다.

이처럼 김소월의 서정시들 중 일부 작품을 미메시스적 관점에서 읽어본 결과, 서정적 동일화는 주체중심이 아니라 대상 중심으로 이루어짐을 알 수 있었다. 기존의 서정시 연구들이 주로 서구 낭만주의 시학에서 말하는 동일성 이론을 받아들임으로써 주체중심주의적인 관점에서 미의 주관성만 표나게 강조하는 결과를 초래하였다. 그에 비해 이 미메시스적 접근 방법은 모방의 대상을 서정적 동일화의 중심부에 위치시킴으로써 미의 객관성을 부각시키는 효과를 가져온다. 객관적이고 보편적인 미의식을 강조하는 이 미메시스적 읽기는 오늘날과 같은 해체화의 시대에 있어서 삶의 공동체성을 부각시킴으로써 도덕적 진보를 도모하는 효과를 가져올 수 있다.

▌참고문헌

강대석,『독일관념철학과 변증법』, 한길사, 1988.

구모룡,『제유의 시학』, 좋은날, 2000.

김경복,『서정의 귀환』, 좋은날, 2000.

김동리,『문학과 인간』, 백민출판사, 1952.

김열규·신동욱 편,『김소월 연구』, 새문사, 1996.

김용직,『한국근대시사』 제1부, 새문사, 1983.

김용직 편저,『김소월 전집』, 서울대학교 출판부, 2001.

김준오,『시론』, 삼지원, 1997.

김학동 편,『김소월』, 서강대학교 출판부, 1998.

오세영,『한국낭만주의 시 연구』, 일지사, 1983.

오세영,『김소월, 그 삶과 문학』, 서울대학교 출판부, 2000.

오세영 편저,『김소월』, 문학세계사, 1993,

이숭원,『20세기 한국시인론』, 국학자료원, 1997.

조동일,『한국소설의 이론』, 지식산업사, 1977.

최승호,『한국 현대시와 동양적 생명사상』, 다운샘, 1995.

최승호,『서정시의 이데올로기와 수사학』, 국학자료원, 2002.

최승호 편,『21세기 문학의 동양시학적 모색』, 새미, 2001.

최승호,「오세영 서정시의 미메시스적 읽기」,『우리말글』제24집, 2002.

최승호,「신석정 자연서정시의 미메시스적 읽기」,『어문학』제78집, 2002.

최승호,「도시적 서정시의 맥락과 현재적 가능성」,『우리말글』제26집, 2002.

劉若愚(이장우 역),『중국의 문학이론』, 동화출판공사, 1984.

Barfield, Oswen, *Poetic Diction*, Wesleyan University Press, 1973.

Bate, Walter J.(정철인 역),『서양문예비평사서설』, 형설출판사, 1964.

Cassirer, Ernst, *Philosophie der Symbolischen Formen* Ⅱ, Die Sprache, 1923.

Frye, F.(김상일 역),『신화문학론』, 을유문화사, 1971.

Goldmann, Lucien, *The Hidden God*, Routledge & Kegan Paul, 1964.

Hegel, G. W. F.(최동호 역),『헤겔시학』, 열음사, 1987.

Heidegger, M, *Existence and Being*, translated and edited by Werner Brock, Gateway, 1965.
게오르그 루카치(반성완 역), 『루카치 소설의 이론』, 심설당, 1985.
Ricoeur, Paul(김한식·이경래 옮김), 『시간과 이야기 1』, 문학과지성사, 1999.
Th. W. 아도르노, M. 호르크하이머, 『계몽의 변증법』, 문학과지성사, 2001.

— 2004, 『한국시학연구』 제10호

박목월 서정시의 미메시스적 읽기

1. 머리말

박목월은 근대 한국의 대표적인 서정시인이다. 대표적인 서정시인인 만큼 그의 서정시에 대한 논의는 다양하고 활발하다. 단순히 양적으로 다양하고 활발한 뿐만 아니라, 그 논의들 속에는 서정시의 본질이 무엇인가에 대해 끊임없이 고민하게 하는 측면이 강하게 담겨져 있다. 그것은 박목월의 순수서정시에 대한 논의가 시대를 따라 매우 다양한 이념적 스펙트럼으로 나타나는 것을 봐서 알 수 있다. 기실 해방 후 한국 현대 순수서정시에 대한 다양한 평가와 그것을 둘러싼 이념적 논쟁의 한가운데에 박목월의 시가 놓여있다고 해도 과언은 아닐 것이다.

박목월은 생리적인 서정시인이란 평가가 있다. 그가 생리적으로 서정시인일 수 있었던 것은 향수 때문이라는 것이 일반적인 견해다.[1] 그

---

1) 김동리, 「자연의 발견」, 『문학과 인간』, 민음사, 1997, pp.48~51.

가 평생 지녀온 향수의 대상은 주로 자연, 고향, 어머니, 절대자 등으로 나타난다.2) 지금까지 대부분의 연구자들은 이 '향수의 미학'이라는 개념을 가지고 박목월의 시에서 서정적 동일화가 일어나는 방식을 설명하고 있다고 보아도 무방할 것이다.

이 논문에서도 역시 '향수의 미학'이라는 관점에 초점을 맞추고자 한다. 그런데 다른 논문들보다 더 나아간 것은 이 '향수의 미학'을 미메시스적 관점에서 재해석하는 것이다. 미메시스란 모방, 반영, 재현 등으로 다양하게 번역 내지 해석되는 개념인데, 여기서는 '모방'의 관점에서 주로 사용하고자 한다. 그리고 모방의 관점에서 해석되어지는 미메시스는, 아도르노에 따르면, 원래 '동화'의 개념을 동반하고 있다.3) 인간 주체가 대상에 동화되어서 일체감을 누리는 방식이다.

김종길, 「향수의 미학―목월시의 전개」, 『문학과지성』 1971년 여름호, pp.580~581.
2) 김용직, 「동정성과 향토정조」, 『한국현대시사 2』, 한국문연, 1996, pp.514~523.
  오세영, 『한국현대시의 분석적 읽기』, 고려대학교출판부, 1998, pp.436~439.
  오세영, 『한국현대시인연구』, 월인, 2003, pp.515~517.
  김재홍, 『한국현대시인연구』, 일지사, 1990, pp.347~389.
  김재홍, 「목월 시의 성격과 시사적 의미」, 박현수 편, 『박목월』, 새미, 2002, pp.72~88.
  한광구, 『목월 시의 시간과 공간』, 시와시학사, 1993, pp.53~68.
  이숭원, 「환상의 지도에서 존재의 탐색까지」, 박현수 편, 『박목월』, 새미, 2002, pp.98~99.
  이희중, 「박목월 시의 변모 과정」, 『현대시의 방법 연구』, 월인, 2001, pp.309~330.
  유성호, 「사랑과 궁극적 근원을 향한 의지」, 박현수 편, 『박목월』, 새미, 2002, pp.205~219.
  엄경희, 『미당과 목월의 시적 상상력』, 보고사, 2003, pp.253~261.
  금동철, 「박목월 시에 나타난 기독교적 자연관 연구」, 『우리말글』 제32집, 2004, pp.515~517.
  박현수, 「초기시의 기묘한 풍경과 이미지의 존재론」, 박현수 편, 『박목월』, 새미, 2002, pp.224~228.
3) Th. W. 아도르노 & M. 호르크하이머(김유동 역), 『계몽의 변증법』, 문학과지성사, 2001, p.33.
  아도르노는 미메시스를 자연 대상에 대한 인간 주체의 '동화되기'로 설명한다. 그에

‘동화되기’로서의 미메시스는 플라톤의 미메시스 개념에도 들어가 있다. 얼핏 보면, 플라톤에게 있어서 시인이 취하는 미메시스의 대상은 물질세계, 곧 현상계에 국한되어지는 것으로 여겨진다.[4] 그런데 물질세계에 존재하는 그림자 같은 존재자들은 언제나 관념적인 실재(實在)로서의 이데아 세계를 사모(eros)하고 있다. 즉 모든 존재자들은 본질적 존재인 이데아를 동경하며 그것과 합일하고자 끊임없이 헛되이 노력하고 있다. 다시 말해, 현상계에 존재하는 모든 불완전한 존재자들은 이데아 세계에 존재하는 본질적 존재를 모방하고 닮고 베끼고 그것에 동화됨으로써 자기 자신의 완성을 도모하면서 불완전한 현실로부터 구원받고자 헛되이 노력하고 있다.

따라서 이 에로스적 욕망에 사로잡혀 있는 현실세계를 모방한다는 것은 궁극적으로 본질적 세계, 곧 관념세계를 모방하려는 욕망과 연결되어지는 것이다. 비록 관념세계를 모방하려는 이 욕망이 헛된 결과로 나타날지라도 말이다. 이데아 세계에 존재하는 본질적 존재와 ‘동화되

따르면, 인류사의 초기에 인간들은 초월적인 자연을 모방함으로써, 다시 말해 자연에 동화됨으로써 자기정체성을 정립하고 자연과의 안정된 관계를 모색하고자 했다. 여기서 말하는 미메시스는 주체 중심으로 ‘동화하기’가 아니라, 대상 중심으로 ‘동화되기’이다. 이런 반계몽적인 동화되기는 낭만주의 시대에 재연된다.
한편 필자는 이 미메시스를 모방하기, 동화되기, 본받고 닮고 베끼기 등의 확산된 개념으로 사용한 바 있다.
최승호, 「오세영 서정시의 미메시스적 읽기」, 『우리말글』 제24호, 우리말글학회, 2002, pp.307~309.
최승호, 「신석정 자연서정시의 미메시스적 읽기」, 『어문학』 제78집, 한국어문학회, 2002, pp.563~566.
최승호, 「도시적 서정시의 맥락과 현재적 가능성」, 『우리말글』 제26호, 우리말글학회, 2002, pp.445~451.
최승호, 「김소월 서정시의 미메시스적 읽기」, 『한국시학연구』 제10호, 한국시학회, 2004, pp.343~346.
4) W. J. Bate(정철인 역), 『서양문예비평사서설』, 형설출판사, 1964, p.39.

기'를 꿈꾸는 불완전한 현실적 세계의 대상을 모방한다는 점에 있어서 플라톤이 사용하는 미메시스에는 '동화'의 관념이 들어가 있다고 보아야 할 것이다.5) 초월적 절대적 실재의 세계에 동화되고자 하는 꿈이 비록 헛되이 끝날지라도 불완전한 현실세계에 발을 딛고 있는 시인은 그런 꿈을 끊임없이 꿀 수밖에 없는 것이다.

이데아 세계를 모방하고 싶어하는 이러한 헛된 열망, 곧 초월적 실재에 대한 동화되기를 궁극적인 목표로 하고 있는 플라톤적인 의미에서의 미메시스 철학과 사상에는 비극적인 아이러니가 깔려있다고 보아야 할 것이다.

순수서정시는 원래가 관념론적인 것이다. 그것은 관념적인 유토피아를 상정하고 그것에 도달하고자 한다. 다시 말해 순수서정시는 있는 그대로의 현실을 모방하는 것이 아니라, '응당 있어야 할 이상적인 현실', 곧 이 땅에 회복되고 도래해야 할 이상적인 현실을 모방한다.6) 여기서 말하는 미메시스는 리꾀르가 말하는 '창조적 모방'이라는 개념과 유사하다.7) 리꾀르에 따르면, 미메시스는 현실을 있는 그대로 복사하는 것이 아니라, 있는 그대로의 현실보다 더 훌륭하게 더 아름답게 창조적으로 구성하여 만들어낸 '새로운 세계'를 제시하는 것이다. 그에게 있어서 미메시스란 문학적 형상화를 통한 새로운 세계의 개시이다.

---

5) 플라톤에게 나타나는 이 에로스적 욕망은 나중에 18세기 유럽 낭만주의 시대 '동경(憧憬)'의 이론적 토대가 되는데, 이 동경에서 동화되기가 비롯된다. 낭만적 자연서정시에는 분명 초월적인 이상적인 자연에 대한 서정적 주체의 동화되기가 나타난다.
   최승호, 「김소월 서정시의 미메시스적 읽기」, 『한국시학연구』, 한국시학회, 2004, pp.346~356.
6) 최승호, 「신석정 자연서정시의 미메시스적 읽기」, 『어문학』 제78집, 한국어문학회, 2002, pp.563~566.
7) P. Ricoeur, *Metaphor vive*, Seuil, 1975, pp.13~69.

이러한 이상적이고 관념론적인 세계를 먼저 제시하고 그것에 도달하는 방법이 바로 '동화되기'인데, 그 구체적인 방법이 플라톤적인 미메시스로 나타나는 것이다. 이 미메시스의 방법과 철학을 통해 순수서정시는 관념론적으로 삶의 진보를 꾀하고자 하는 것이다. 여기서 말하는 관념적인 이상세계는 잃어버린 낙원으로서의 자연이거나, 인류 역사의 시원, 이데아의 세계, 초월적인 절대자의 세계 등 근원적인 것으로 나타난다. 이처럼 관념적인 이상세계에 동화됨으로써 현실적 삶의 진보를 도모하는 것은 일종의 역진보의 방법인데, 보수주의자들이 추구하는 현실 개혁의 논리로 작용하는 것이다. 진보주의자들이 인류 역사가 미개 상태에서 인간 이성과 계몽에 의해 유토피아를 향해 계속 직선적으로 진보한다고 보는 반면에, 보수주의자들은 과거 황금시대를 표준으로 삼아 타락한 현실을 개혁한다고 믿고 있다.

본고에서는 박목월이 일제하 식민지시대부터 해방기, 한국전쟁, 1960년대 이후 산업화 시대를 살면서 시대적 문제와 삶의 고뇌를 서정적으로 해결하려는 몸짓을, 그 꿈을 이루어가고 유지해나가는 방법을 미메시스라는 시학을 통해 연구해 보고자 한다. 근원과 객관적이고 보편적인 미를 강조하는 고전주의 시학인 미메시스가 한국 현대 서정시에 보수주의적인 비전을 가져다주는 모습을 생생하게 들추어내 보이는 것이 이 논문의 목표이다. 부연해서 말하자면, 고전주의는 진선미가 객관적인 것으로 보편적인 것으로 존재한다고 믿고 있는 문학사상이다. 이 객관적이고 보편적인 진선미가 과거 황금시대, 또는 인류사의 시원에 분명이 존재했다고 믿고 그것을 모방하여 현실 개혁의 표준으로 삼으려는 것이 바로 보수주의이다. 낭만적 서정시는 바로 보수주의를 지향하고 그 속에 고전주의적 측면을 담지하게 된다. 고전주의, 보수주의, 낭만적 서정시의 관계를 규명하는 게 본고의 목적이다.

2. 관념화된 자연에 대한 미메시스

  일제 말기, 파시즘의 한파가 한반도를 얼어붙게 하던 시대에 쓰여진 박목월의 초기 자연서정시에는 강한 이념지향성이 나타난다. 그 강한 이념지향성은 관념화된 이상적인 자연에 담겨져 있다. 현실이 타락하고 불모지일수록 그에 비례하여 서정시에는 더욱더 강한 유토피아 지향성이 들어가게 되어있다. 이 시기 그의 자연서정시는 한결같이 이항대립적 구도로 짜여져 있는데, 그 이항대립적 구도는 이상적인 관념세계와 타락한 현실세계 사이의 긴장관계에서 빚어진다. 낭만적 정조를 불러일으키는 이러한 이항대립적 구도는 목월로 하여금 건강하고 긴장된 삶을 살게 해주었다.

  江나루 건너서
  밀밭 길을

  구름에 달 가듯이
  가는 나그네

  길은 외줄기
  南道 三百里

  술 익는 마을마다
  타는 저녁 놀

  구름에 달 가듯이
  가는 나그네

  －<나그네> 전문

  위의 시는 해방 후 1946년 『청록집』을 통해 발표되었는데, 발표되

자마자 엄청난 반향을 불러일으켰다. 김동석 같은 신예 마르크스주의 비평가는 이 시가 식민지 현실과는 유리된 花鳥風月의 배부른 부르주아의 노래라고 타매하였던 반면에,[8] 김동리 같은 보수주의 논객은 자연에 대한 새로운 발견이자 그 속에 신생의 희망이 담겨져 있다는 식으로 논박해 큰 대립과 충돌이 일어난 적이 있다.[9] 그 이후 한국현대비평사에서 이 작품은 계속해서 진보주의자와 보수주의 논객들간에 논쟁의 핵심적인 자료로 큰 빛을 보게 되었다고 할 수 있다.

박목월은 1935년 19세가 되던 해 대구에 있는 미션계 학교인 계성학교를 졸업한 후, 경주에 있는 동부금융조합에 서기로 취직한 적이 있다. 출납을 맡았던 그가 하루는 원래 내어주어야 하는 액수의 몇 배를 내어주는 실수를 하게 된 것이다. 그 일로 인해 그는 동부금융조합에다 빚을 갚기 위해 오랫동안 무보수로 일한 적이 있다. 위의 시 <나그네>는 그 와중에 쓰여진 것이다.[10]

작품 <나그네>의 배경은 고향에 있는 모량리이다. 동부금융조합에서 하루 일과를 마치고 건천까지 걸어오던 박목월이 논둑에 걸터앉아 저녁 노을에 잠긴 모량리를 바라보면서 쓴 작품이다. 이 시의 배경이 되는 건천(乾川)은 물이 없는 하천이다. 그런 하천인데 시에서는 물이 많은 강으로 바꾸어 놓았다. 그리고 실제 모량리도 당시 여느 농촌과 마찬가지로 수탈 받는 황폐한 농촌이었다. 그런데도 불구하고 시에서는 아주 이상적인 농촌으로 바뀌어져 있다.

이것이 바로 서정시가 취할 수 있는 허구적 장치인 것이다. 이 허구

---

8) 김동석, 『예술과 생활』, 박문출판사, 1947, pp.109~110.
9) 김동리, 『문학과 인간』, 민음사, 1997, pp.49~51.
10) 박동규 외 70인, 『정다운 인연설』, 월인, 2004, p.210.
　　 그리고 필자는 2000년 8월 L.A.에 있는 라디오 코리아 방송국에서 박동규 교수로부터 이와 관련된 이야기를 들은 적이 있다.

적 장치를 통해 시인 박목월은 이 땅에 도래해야 할 이상적인 농촌을 새로운 비전으로 제시한 것이다. 여기에 제시된 이상적인 농촌은 당위적인 것이다. 이러한 당위적인 유토피아는 이데아로 작용한다.[11]

현실적으로 고통받고 있는 식민지 농촌 사람들이 모방하고 닮고 베끼고 동화되고 싶은 세계인 것이다. 강에는 물이 충분히 흐르고 강나루를 건너면 밀밭 길이 끝도 없이 이어진다. 그 속을 나그네는 구름에 달 가듯이 가고 있다. 그 끝도 없는 밀밭과 강을 따라 이어지는 마을마다 술이 먹음직스럽게 익어가고 있고, 저녁놀은 환상적으로 타오른다. 그 속을 나그네는 구름에 달 가듯이 가고 있다.

그런데 여기서 보는 나그네는 이 이상적인 농촌마을에 정착하지 못하고 떠도는 운명에 빠져있다. 즉 자신이 허구적으로 만들어낸 이상적인 농촌에 동화되지 못하고 떠돌고 있다. 여기에 예사롭지 못한 고뇌가 엿보인다. 분명 여기서 보이는 이상적인 농촌은 허구적인 것이고 언젠가 반드시 이 땅에 도래해야만 하는 세상인 것인데, 정작 서정적 자아는 나그네처럼 그 세계에 정착하지 못하고 있다. 아니 정착하지 못하고 있는 것이 아니라, 그 세계 속으로 깊숙이 들어가지 못하고 있다고 해야 할 것이다. 그래서 박목월 자신을 상징하는 나그네는 구름에 달 가듯이 간다고 두 번이나 반복해서 쓰고 있다.

박목월은 일제말기에 이러한 이상적인 농촌, 관념화된 자연을 설정해놓고도 쉽사리 그 속에 들어가거나 동화되지 못하고 주위를 떠돌거나 머뭇거리면서 고뇌하고 있는 모습을 초기시에서 일관되게 보여준다. 이러한 머뭇거림을 그는 '미급한 해탈', '심뇌(心惱)'라고 술회하고 있는데,[12] 이는 양심이 살아있는 시인의 고백이라 할 수 있다. 그리고

---

11) 김준오, 『시론』, 삼지원, 1997, p.21.
12) 박목월, 『보랏빛 소묘』, 신흥출판사, 1958, p.84.

근대인의 비극적 운명에 민감한 시인의 자의식이 투영된 결과라고 할
수도 있다.

> 머언 산 靑雲寺
> 낡은 기와집
>
> 山은 자하산
> 봄눈 녹으면
>
> 느릅나무
> 속ㅅ잎 피어가는 열두 구비를
>
> 靑노루
> 맑은 눈에
>
> 도는
> 구름

-<靑노루> 전문

위의 시에는 산업화 이후 우리가 잃어버린 영원성, 초월성, 절대성
이 자리하고 있다. 머언 산 청운사는 이 세상에 실제로 존재하는 것
이 아니라, 일제말기 박목월이 환상적으로 만들어낸 숨구멍이다.[13]
그곳은 경성 땅을 지배하고 있는 세속적인 직선적인 시간을 멀리 벗
어난 세계, 곧 영원성, 무시간성이 지배하고 있는 세계이다. 속세로부
터 열두 구비나 멀리 떨어져 있기에 초월성과 신성성, 절대성도 지닌
다. 서정적 자아는 그런 영원한 세계를 상정하고 그것을 모방하고자
한다. 즉 그것에 동화되고자 한다. 그런 세상에서의 삶을 닮고 베끼고

---

13) 박목월, 『보랏빛 소묘』, pp.82~83.

자 한다. 그리하여 부박한 식민지 자본주의적 삶으로부터 구원받고자
애쓴다.

그러나 산업화 이후 우리는 이미 그런 영원한 세계로부터 추방되어
버린 것이다. 이제 낙원은 잃어버린 것이라서 동양적인 산수시에서처
럼 서정적 주체가 마음만 잘 고쳐먹으면 언제나 발견될 수 있는 그런
것이 아니다. 그럼에도 불구하고 그것은 미래 언젠가는 반드시 회복되
어져야 할 그런 것이다. 원래 실낙원이란 말속에는 복낙원이란 의미가
내장되어 있는 것이다. 박목월의 초기시는 바로 실낙원과 복낙원 사이
의 긴장관계에 놓여 있는 것이다. 그 긴장관계 속에서 오는 파토스적
인 비극적인 정조가 작품 이면에 깔려있는 것이다.

시인의 말처럼 느릅나무는 심산준령에 사는 것이 아니라 '속취(俗趣)
가 분분한' 야산에 사는 것이다. 시인의 분신인 청노루는 바로 그 느
릅나무가 살고 있는 열두 구비 속에서, 청운사가 있는 이상세계와 속
세와의 사이에서 이러지도 저러지도 못하고 몸부림치고 있는 것이
다.14) 그런 '미급한 해탈'에서 오는 푸른빛의 비극적 정조가 <산이 날
에워싸고>나 <윤사월> 같은 작품에 배어 있는데, 박목월 자신은 그
것을 '막연한 흐느낌'이라고 술회하고 있다.15)

위의 시 <청노루>는 얼핏 보면, 서정적 자아와 낙원으로서의 자연
간에 행복한 동화가 일어나는 것 같다. 그러나 자세히 보면 그렇지가
않다. 앞에서도 말했듯이 서정적 자아의 분신인 청노루는 속취가 분분
한 야산 수목인 느릅나무 아래서 맑은 눈으로 구름을 쳐다보며 심뇌
(心惱)를 보이고 있다. 서정적 자아가 이상적인 자연세계를 상정해놓고
그것에 도달하고 싶어하지만, 결국 그것에 도달하지 못하고 좌절하고

___

14) 박목월, 『보랏빛 소묘』, p.84.
15) 박목월, 『보랏빛 소묘』, p.76.

마는 이른바 낭만적 아이러니를 보여주고 있다. 이 낭만적 아이러니는 알고 보면 플라톤적인 미메시스에 의해 비롯되는 것이다. 즉 관념적 실재 세계를 모방하고자 끊임없이 애쓰고 있는 현실적 존재인 시인 자신의 헛된 노력 때문에 빚어지는 것이다. 이러한 비극적 아이러니의 정조가 푸른빛의 막연한 흐느낌을 낳을 수도 있을 것이다.

> 松花가루 날리는
> 외딴 봉우리
>
> 윤사월 해 길다
> 꾀꼬리 울면
>
> 산지기 외딴 집
> 눈 먼 처녀사
>
> 문설주에 귀 대이고
> 엿듣고 있다.

―<閏四月> 전문

위의 작품에도 영원한 자연의 모습이 보이고 있다. 송홧가루가 날린다는 것이 그러하다. 송홧가루가 날린다는 것은 소나무가 있다는 것인데, 예로부터 우리 민족에게 있어서 소나무는 잣나무나 바위와 더불어 영원성을 상징한다. 그리고 송홧가루가 날리는 공간은 외딴 봉우리이다. 외딴 봉우리라는 것은 그곳이 속세로부터 멀리 떨어진 곳임을 의미한다. 이 격리는 구별을 의미한다. 따라서 외딴 봉우리는 거룩하고 신성한 공간이 된다. 식민지 근대로부터 멀리 떨어진 순결한 공간이 된다.

그 외딴 봉우리에 산지기 외딴 집이 있고, 거기에 눈먼 처녀가 살고 있다. 이때 눈먼 처녀는 반근대적 표상이 된다. 타락한 식민지 파시즘 체제를 보지 않겠다는 순결한 거부, 위대한 거부의 의지가 눈먼 처녀에게 투사되어 있다. 그 처녀는 지금 문설주에 귀를 대고 꾀꼬리 소리를 듣고 있다. 꾀꼬리 소리는 자연 전체에 대한 하나의 제유적인 표현이고, 눈먼 처녀는 자연이 내는 침묵의 소리를 엿듣고 있다. 인간과 자연이 생명력을 온전히 유지하면서 상호 교감하고 있는 이상 세계의 소리를 엿듣고 있다. 이 침묵의 소리, 자연의 소리는 눈먼 처녀에게나 들릴 법한 일이다. 세속 세계에서 완전히 발을 빼지 못한 채 번민하고 있는 시적 화자에게는 들릴 수 없는 세계이다. 여기서도 미급한 해탈이 보인다.

지금까지 <나그네>, <청노루>, <윤사월> 세 편의 자연서정시를 살펴보았는데, 여기에 나오는, 서정적 자아나 시인이 모방하고 동화되고 닮고 베끼고 싶어하는 자연은 한결같이 근대화로 인해 해체되기 이전의 근원적인 공간이다. 그리고 유토피아적인 관념이 투사된 공간이다. 이 反근대적인 공간인 근원적 세계는 자본에 의해 유린되거나 파괴되기 이전의 것으로, 자본에 의해 거덜난 근대적 세계를 비판하고 개혁할 수 있는 모델이자 지표가 된다. 발터 벤야민의 말처럼,[16] 근원이 목표가 되는 형국이다. 이것은 위대한 과거를 타락한 근대 자본주의 사회의 개혁 모델로 삼는 낭만적 방법인데, 보수주의적이기는 하나 그것 역시 현실개혁을 위한 하나의 강한 논리가 된다. 이것은 플라톤적인 미메시스에서 빚어지는 것이다. 플라톤적 의미에 있어서, 시인이 궁극적으로 모방하고자 열망하는 대상인 이상적 관념적 실재의 세계는 타락한 현실 세계의 비판과 개혁의 원리와 척도로 작용하는 것이다.

---

16) 발터 벤야민(반성완 역), 『발터 벤야민의 문예이론』, 민음사, 1983, p.348.

3. 고향과 어머니에 대한 미메시스

해방을 맞고 박목월은 김동리의 권유로 보수 우익단체인 청년문학
가협회에 가입하면서부터 조지훈, 박두진 등과 본격적인 교류를 나눈
다. 1947년 동부금융에서 부이사로 승진한 지 한 달만에 사표를 내고
모교인 계성학교 교사로 부임한다. 그러다가 청년문학가협회의 잦은
모임도 있는데다 이화여고로부터 교사직 제안을 받아 집을 서울로 옮
긴다. 1950년 6월 그는 조지훈, 박두진 등과 더불어 『시문학』이란 시
전문지를 발간하지만, 한국전쟁으로 창간호가 종간호로 되고 만다.

한국전쟁 기간 그는 대구로 피난 가 1953년 환도 때까지 3년간 공
군종군문인단의 일원으로 복무한다. 그러나 전쟁 직후 발표된 작품을
보면 전쟁의 그림자는 찾아볼 수 없다. 이후 그는 "한국적인 정서의
바탕 위에서 청춘의 애달픔"을 노래하던 것에서 "충실한 삶"으로의
시적 전환을 꾀하고 있다.[17] 이러한 경향은 1959년에 발간된 『난(蘭)·
기타』에서부터 서서히 나타나다가 박목월이 48세 되던 해인 1964년에
상재된 시집 『청담(晴曇)』에 오면 본격화된다.

이후 그는 한동안 서울에 거주하는 도시 소시민의 애환을 주로 다
룬다. 특히 소시민인 아버지가 되어 가족을 돌보는 내용으로 된 시편
을 많이 생산한다. 그것이 <가정> 등의 작품으로 나타난다. 이 시기
의 작품들엔 초기시에서 보이던 강한 이념지향성이 나타나지 않는다.
시집의 제목인 '청담(晴曇)'은 이념을 상실한 도시 소시민이 그냥 하루
하루 살아가는 무방향적인 삶을 상징하고 있다. 晴曇은 날이 개다가
흐리다가를 반복하는 형국을 의미하는데, 그것은 우리의 일상적 삶이

---

17) 문홍술, 「박목월의 생애와 문학」, 박현수 편, 『박목월』, 새미, 2002, p.15.

그러하다는 것이다. 이러한 무방향적인 삶으로 인해, 이 시기 그의 시에는 이항대립적 구도가 사라지고 시적 긴장도 많이 약화된다. 그에 비해 앞의 『청록집』의 세계는 식민지하 완전히 흐린 현실에서 구름 한 점 없는 세계를 꿈꾸는 것이었다. 거기서는 뚜렷한 삶의 방향이 있는 만큼 시적인 긴장도 유지되고 있었다.

그러다가 박목월은 52세 되던 해 1968년 시집 『경상도의 가랑잎』과 『어머니』를 발간하게 되는데, 이때부터 다시 작품 안에 이항대립적 구도와 시적 긴장이 되살아난다. 여기에 실린 시들은 고향 경상도와 거기서 행복하게 살던 유년시절을 그리워하며 쓴 것들이다. 서울에 살면서 서울 생활을 다룬 생활서정시에는 시적 긴장이 느슨해졌는데, 그가 다시 눈을 고향과 유년시절로 돌린 낭만적 서정시에서는 이항대립적 구도와 함께 시적 긴장이 되살아나는 것이다.

서정적 자아에게 있어서 고향이란 단단한 반석과 같은 존재이다. 산업혁명 이후 역사는 진보라는 명분하에 가차없이 미래를 향해 불어대는 폭풍과 같다.[18] 아무도 이 폭풍으로부터 자유롭지 않다. 이 잔혹한 폭풍 속에서 떠밀려가며 모든 것들은 자기정체성을 상실하고 해체될 운명에 놓여있다. 이젠 물질적인 풍요로 인해 우리의 삶의 질이 발전한다고 속단하기 어렵다. 어쩜 인간의 삶이란 도로 퇴보하고 있는지도 모른다.

고향이란 이때 부박한 자본주의 현실에서 인간들이 자기정체성, 동일성을 확보할 수 있는 뿌리, 근원으로서 '단단한 가치'를 지닌 것이다. 서정시의 위대한 기능은 구원에 있다. 그 구원은 바로 시적 통합에 의해 가능한데, 그 시적 통합을 가능케 하는 것 중에 하나가 고향

---

18) Walter Benjamin, *Gesammelte Schriften* 1 · 2, Frankfurt/M, 1980, p.697.

이다. 현상과 본질이 분리되지 않는 이상적인 고향, 관념화된 고향을 상정하고 그것을 모방함으로써 서정적 자아는 주체를 확립할 수 있는 것이다. 이때 고향은 시인의 내면만 통합하는 것이 아니라, 분열되고 해체된 근대 도시에서의 삶에도 통합의 원리를 제공해주는 것이다.

> 乾川은 고향
> 驛에 내리자,
> 눈길이 산으로 먼저 간다.
> 아버님과
> 아우님이
> 잠드는 先山.
> (중략)
> 눈에 익은 것은
> 아버님이 居處하시던 방.
> 아우님이 걸터앉던 마루.
> 내일은
> 어머니를 모시고 省墓를 가야겠다.
> 종일 눈길이
> 그 쪽으로만 가는 山
> 누구의 얼굴보다 親한
> 그 山의 구름
> 그 山을 적시는 구름 그림자

-<山> 전문

위의 시에서 보듯이 고향이 아름다운 것은 친근하기 때문이다. 그리고 그 고향이 친근한 것은 낯익기 때문이다. 사람들은 낯익고 친숙한 것에서 미를 느끼고 편안함을 누린다. 거기에는 '우리집'이 있고, 우리집의 감나무가 있고, 친구가 있기 때문이다. 그리고 위의 시에서 고향이 친근한 이유는 더 있다. 그것은 아버님과 아우님이 묻혀있는 선산

(先山) 때문이다. 자연 속에서 자연의 일부로 있는 선산은 그 무엇보다 변하지 않는 단단한 그 무엇이다. 서정적 자아는 그 선산을 보고 잃어버린 자기정체성을 확보할 수 있다. 이 선산이 위치하고 있는 고향 산천은 서정적 자아에게 근대적 위기를 벗어나게 해줄만한 그 무엇이다. 이 고향산천을 모방함으로써 서정적 자아는 대도시에서 잃어버렸던 연속성과 동일성, 전체성과 자족성을 회복하게 된다.

　1960년대 본격적인 산업화로 인해 자기정체성을 상실하게 된 서정적 자아는 이처럼 고향에 대해 낭만적인 동경을 하게 된다. 그것은 고향에 동화됨으로써 안도감과 희열을 느끼기 때문이다. 즉 구원을 받기 때문이다. 1960년대 대중 가요에서처럼 박목월의 서정시에서도 고향은 단순히 친근한 것 이상의 의미를 지니고 동어반복적으로 되풀이되어 나타난다.

水質 좋은 慶尙道에,
연한 푸성귀
나와
나의 형제와
마디 고운 수너리斑竹
사람 사는 세상에
完全樂土야 있으랴마는
木器같은 사투리에
푸짐한 시루떡.
처녀애.
처녀애.
통하는 처녀애.
니 마음의 잔물결과
햇살싸라기.

　　　　　　　　　　　　　　　　－＜푸성귀＞ 전문

이 작품에서 고향 경상도 땅은 낙원으로 나타난다. 신성한 가치가 그대로 보존되어 있는 낙원인 경상도 땅에서의 삶과 그 신성한 것이 훼손되어 있는 서울에서의 삶이 이항대립적인 구도를 형성하고 있다. 문면에는 직접 노출되어 있지 않지만, 이면에 행간에 그런 대립적 구도가 깔려있다. 그것은 낭만적 동경 때문이다. 도시 생활에 지친 서정적 주체가 수질 좋은 경상도 땅을 낙원으로 상정하고 있다. 이것은 물론 서정적 주체의 강한 이념이 투영된 것이다.

수질 좋은 경상도, 즉 살기 좋은 경상도 땅에 가면 나와 나의 형제가 마디 고운 수너리반죽과 함께 혼연일체가 되어 구분이 되지 않는다. 목기 같은 사투리를 쓰는 처녀애는 경상도 땅의 제유적 존재로 자연의 일부로 존재한다. 그렇게 자연의 일부로, 자연 그 자체로 존재하는 순결한 처녀애와 마음이 통하면 서정적 주체의 마음에는 햇살싸라기 반짝이는 잔물결이 넘친다. 그럴 때 푸짐한 시루떡 같은 넉넉하고도 순수한 삶이 회복된다.

이처럼 수질 좋은 경상도와 거기에 살고 있는 처녀애와 같은 순수한 사람들은 서정적 자아에게 동화되고 싶은 대상, 모방의 대상으로 존재한다. 비록 주체의 의해 주관적인 관념이 강하게 투사되어 있다 할지라도, 주체 중심으로 동화하기가 아니라 대상 중심으로 동화되기가 나타나고 있다. 이것은 낭만적 서정시에 들어있는 미메시스적 측면 때문이다.19) 이 시기 고향에서 발견하는 낙토(樂土)로서의 삶은 그저

---

19) 칸트나 셸링 같은 철학자들에게 있어서는 낭만주의가 지극히 주관적인 것으로 이해되었지만, 유기론적 자연관을 견지한 괴테나 쉴레겔 형제, 코울리지, 셸리 등에게 있어서는 예술의 객관적인 측면이 많이 강조되었다. 소위 '활력론(活力論)'을 강조하는 이들 낭만주의자들이 말하는 유기론적 자연이 '활동(活動)'이란 뜻에서 말하는 아리스토텔레스의 유기론적 자연과 다르다할지라도, 미의 객관적인 측면을 함유하고 있음을 알 수 있다. 이처럼 서구 낭만주의 시학 속에는 고전주의적인 측

황홀하기만 한 것은 아니다. 그냥 자연 속에 파묻혀 자연의 일부로 자연스럽게 살아가는 모습이 보일 뿐이다. 그런 자연스런 삶, 목기 같은 삶, 사투리 같은 삶이 유토피아적이라는 것이다. 박목월이 꿈꾸는 서정적 구원은 바로 그런 목기 같은 삶, 사투리 같은 삶의 방식을 본받고 모방하는 데서 이루어진다.

> 아즈바님
> 잔 드이소.
> 환갑이 낼모랜데
> 남녀가 어디 있고
> 上下가 어딨는기요.
> 분별없이 살아도
> 허물될 게 없심더.
> 냇사 치마를 둘렀지만
> 아즈바님께
> 술 한 잔 못 권할 게
> 뭔기오
> 북망산 휘오휘오 가고 보면
> 그것도 한이구머.
> 아즈바님
> 내 술 한 잔 드이소.
>
> ─〈한탄조〉 부분

서울에서 살고 있는 박목월이 도시생활을 다루는 시를 쓸 땐 표준말을 써다가, 고향 경주에서의 삶을 다룰 땐 경상도 사투리를 쓴다. 사투리란 고향의 일부이고 자연의 일부이다. 인공어가 아니다. 사투리

면이 함께 하고 있는 것이다.
W. J. Bate(정철인 역), 『서양문예비평사서설』, 형설출판사, 1964, pp.110~112.

를 쓰면 사투리를 쓴 주체와 대상 간에 경계가 없어진다. 즉 분별이 없어진다. 남과 여, 상과 하에 있어서, 즉 인간관계에서만이 아니라, 인간과 자연 사이에도 경계와 분별을 없애준다. 그래서 사투리에는 아무리 시대가 변해도 변하지 않는 단단한 그 무엇이 들어있다. 표준어가 근대화를 촉진시키는 역할을 함에 비해, 사투리 그것은 매우 반근대적 속성을 지니고 있다. 이 시기 박목월이 의도적으로 사투리를 쓰고 있다는 점에서 보면, 그는 서정시를 통해 산업화, 근대화에 대해 강한 저항 이데올로기를 표명하고 있음을 볼 수 있게 된다. 이처럼 사투리를 통해 사물들 사이에 경계와 분별을 없애고, 공동선(共同善)을 추구하는 것을 통해 1960년대 한국 토종 서정시의 진풍경을 보게 된다. 이때 사투리는 고향이나 자연과 마찬가지로 서정적 주체가 본받고 모방하고 그것에 동화되고 싶어하는 대상으로 존재한다.

　박목월에게 있어서 고향은 유년시절의 어머니와 떼어놓고 생각할 수 없다. 시집『어머니』에 나타나는 어머니는 서정적 주체에게 하나의 근원적인 존재가 된다. 유년 시절 박목월은 어머니를 통해 세계를 인식하고 자연 만물과 일체감을 느꼈던 것이다.

　　바다로 기울어진 사래 긴 밭이랑
　　아들은
　　줄을 타고
　　어머니는 씨앗을 넣는다.

　　어느 시대이기로니
　　근심 없는
　　태평성대만이 있으리요마는
　　밭머리에
　　환한 無名 꽃나무.

진실로
어느 시대이기로니
젖과 꿀이 흐른 고을이 있으리요마는
밭머리에 나란히 벗어 둔
두 켤레 신발에
나비 한 마리.

해는 한낮으로 달아오르고
음력 삼월 초순의
눈부신 眺望
사래 긴 밭이랑 끝에 남빛 바다의 잔잔한 고임.

－<바다로 기울어진> 전문

위의 작품에는 고향 건천에서 어머니와 밭농사를 지으며 유토피아
적인 삶을 체험한 유년시절이 다루어지고 있다. 여기서 어머니와 아들
은 자연의 일부가 되어 자연과의 구별이 되지 않는다. 밭머리에 나란
히 벗어 둔 두 켤레 신발에 나비 한 마리가 평화롭게 앉아서 쉬고 있
는 모습에서 그것은 상징적으로 나타난다. 이 시는 원래 있던 그대로
의 농촌 고향의 모습을 다루고 있지는 않다. 사실 그의 고향 건천에는
바다가 없다. 이 시는 1960년대 서울에서 박목월이 고향을 그리워하
며 쓴 것이다. 유년 시절에 경험한 고향과 거리적으로 시간적으로 많
은 간격을 사이에 두고 있다. 도시 생활에 지치고 피폐해진 박목월이
고향에 대해 낭만적 동경을 하면서 쓰다 보니 기억 속에서 많은 변형
을 일으킨 것으로 봐야 한다.

이 행복한 변형의 중심에 어머니가 존재한다. 고향이 이상향으로 변
형되는 것도 어머니와의 행복한 삶을 보낸 유년시절의 추억 때문에
가능한 것이다. 유년시절에 겪었던 행복한 원체험이 훗날 청년기에

『청록집』의 시편들로 나타난 것으로 보아야 할 것이다. 『청록집』에 실린 비극적 정조가 서려있는 시편들은 청년 박목월이 사회 현실에서 많은 좌절을 겪고 난 후에 쓴 것으로 보아야 할 것이다. 이미 근대적인 분열을 체험한 비극적인 모습이 그 속에 보이는 것이다. 그러나 『어머니』 속에 있는 시편들은 어머니를 중심으로 해서 서정적 자아와 우주 만물이 행복한 일체감을 이루고 있는 모습을 보여주고 있다.

집에는
어머니와
어머니의 옥색 고무신.
훈훈한
안방에
은은한 미닫이.
찬장에는
가분한
찻잔과
빼닫이에 가득한 숟갈.
곱게 그을린
남비는 부엌에
푸푸 소리 부는
뜸지는 밥솥.
내 방에는
내 의자
초록빛 의자.
책꽂이에 단정한
책들.
뜰에는
장미 가지에 장미꽃.
바둑이는
제 버릇대로

집안을 서성거리고,
때가 되면
절로 불이 켜지는
집안에는
익숙하게 열리는 문과
낯익은 자리에
낯익은 물건들,
참으로 때가 되면
불이 켜지는 전등에는
환한 불빛과
안온한 방과.

-<집에는> 전문

위의 작품에서 보듯이 어머니가 존재하고 있는 집에는 모든 사물들이 제 자리를 지키고 있다. 낯익은 곳에 낯익은 물건들이 놓여져 있다. 안방에는 안방에 있어야 할 물건들이, 내 방에는 내 방에 있어야 할 물건들이, 부엌에는 부엌에 있어야 할 물건들이 가지런히 놓여있다. 가지런히 놓인 채 자기의 주어진 본분을 다하고 있다. 장미는 장미꽃을 제 철에 맞게 피워내고, 강아지는 제 본성대로 집안을 서성거린다. 무생물인 불빛마저 제 시간에 맞추어 켜진다. 이처럼 모든 사물들이 자기 자리를 지키며 제 본성대로 마음껏 생명력을 드러내며 상호 충돌 없이 조화를 이루어내는 것이 서정적 질서이다. 물론 여기서의 서정적 질서는 순전히 중심이 잘 잡혀 있는 어머니 때문이다.

이머니는 가정의 중심일 뿐 아니라, 삶의 중심, 우주의 중심이 된다. 그리하여 어머니는 작품 <어머니의 향기>에서 보듯이[20] 우주 만물에 편만해 있는 우주적 어머니가 된다. 어머니에게서는 어린 날 코에 스

---

20) 박목월, 『박목월 전집』, 서문당, 1984, pp.303~304.

민 아련한 비누냄새가 나기도 하고, 보릿대궁이로 비눗방울을 불어 올리던 저녁노을 냄새가 나기도 하고, 여름 아침나절에 햇빛 끓는 냄새가 나기도 한다. 더 나아가 겨울밤 풍성하게 내리는 눈발 냄새가 나기도 하고, 그런 밤에 처마 끝에 조는 종이초롱의 그 서러운 석유 냄새가 나기도 하고, 구수하고도 찌릿한 백지 냄새가 나는가 하면, 어린 날 그 향긋한 젖내가 나기도 한다. 이처럼 서정적 주체에게 있어서 어머니는 만물 속에 편만해 있으면서 만물에게 생명력을 공급해주는 원천이 된다. 이런 어머니는 근원적 존재로서 서정적 자아에게 모방하고 싶은, 동화되고 싶은, 그리하여 타락한 세상으로부터 구원받고 싶은 대상이 된다. 이렇게 모방의 대상이 될 만한 초월적인 어머니는 암담한 파시즘 시절에 저항의 에너지를 공급해주는 존재가 된다.

어머니는
머리를 빗는다.
이처럼 암담한 시대,
거울 앞에서
백발을 다스리는
어머니 손길,
밤물결처럼 설레이는
어지러운 시대,
우리들 頭上의 소용돌이치는
돌개바람.
어머니는
미소조차 머금고
머리를 빗는다.

―<어머니는 머리를 빗는다> 전문

이 시에서는 타락한 파시즘 시절에 맞설 수 있는 에너지가 위대한 모성으로부터 나온다는 것을 읽을 수 있다. 파시즘이란 것이 남성적인 문화인데, 그 남성적인 폭력 앞에 여유 있게 대응할 수 있는 힘은 모성, 여성성으로부터 나온다는 사상이 보인다. 이것은 1960년대 페미니즘의 한 양상이다. 이렇게 反근대, 反파시즘을 가능케 하는 저항적인 힘은 '위대한 어머니'를 모방하고 그에 동화되는 데서 솟아 나온다.

　지금까지 본 장에서는 고향과 어머니를 미메시스의 대상으로 해석해보았다. 여기에 보이는 고향과 어머니는 근원적인 존재, 본질적인 존재로 존재하면서 부박하고 덧없는 근대적 일상에서 떠도는 존재자인 서정적 주체를 끌어들이는 힘을 지니고 있다. 본질적 존재인 고향과 어머니가 부르면 존재자인 서정적 주체는 응답하며 끌리어 갈 수밖에 없는 형국이다. 본질적 존재의 부름에 대하여 서정적 주체, 곧 현실적 존재자가 응답하는 것은 일종의 '동화되기'인데, 이 '부름과 응답'의 관계가 바로 미메시스의 시학을 잉태한다. 고향과 어머니는 그의 낭만적인 서정시에서 미의 주관적 편향을 방지하며 미의 보편성과 객관성을 담보해준다. 이것은 낭만적 서정시 안에 확보되어 있는 고전주의적 측면이다.21) 어머니와 분리되지 않는 고향은 근원적 세계로서 타락한 자본주의 현실 세계를 비판하고 개혁할 수 있는 보수주의적인 지표로 떠오른다.

4. 절대자에 대한 미메시스

박목월에게 있어서 또 하나의 근원은 절대자인 '하나님'이다. 하나

---

21) W. J. Bate, 앞의 책, pp.110~112.

님은 서정의 근원인 자연이나 사랑의 근원인 가족을 감싸안으며 그것
들을 받쳐주고 또한 동시에 초월하는 존재이다. 이 절대자인 하나님은
존재의 근원이다. 박목월에게 있어서 절대자 하나님은 객관적이고 보
편적인 진선미의 근거이면서 객관적이고 보편적인 진선미 그 자체이
다. 모든 미는 궁극적으로 절대자인 하나님으로부터 나온다는 고전주
의적인 미학이 그의 후기시에 일관되게 흐르고 있다.

　박목월은 소년시절 고향 건천에서 어머니를 따라다니며 신앙생활을
했다. 10살 무렵 세례를 받고 비교적 평범한 신앙생활을 한 듯 보이
다.『어머니』속에 들어 있는 신앙시편들을 봐서 그는 중기 때까지는
어머니를 통한 간접 신앙의 형태를 보이고 있다. 즉 어머니를 통해 하
나님을 간접 체험하는 모습을 보이고 있다.

> 갈릴리 바다의 물빛을
> 나는 본 일이 없지만
> 어머니 눈동자에
> 넘치는 바다
> 땅에 글씨를 쓰시는
> 예수님의 모습을
> 나는 본 일이 없지만
> 믿음으로써
> 하얗게 마르신 어머니.
> 圓光은 천사가 쓰는 것이지만
> 어머니 뒷모습에 서리는 광채.
> 아들의 눈에만 선연하게 보이는

—<갈릴리 바다의 물빛을> 전문

　서정적 자아는 스스로 직접 하나님, 예수 그리스도와 만나는 것이
아니라, 어머니를 통해 간접적으로 만나고 있다. 어머니 눈동자 속에

서 갈릴리 바다를 보고, 어머니 뒷모습에서 광채를 보고 있는 것이다. 그에게 있어서 어머니는 절대자 하나님, 예수 그리스도에 이르는 매개체이다. 이러한 간접적인 신앙생활은 1970년대에 발간된 시집 『사력질』이나 『無順』에 이르면 직접적인 신앙체험으로 발전하게 된다. <雲上에서>나 <중심부> 등의 작품에서 그러한 모습이 보인다. 여기서부터는 하나님을 그의 일상적인 생활 가운데서 만나고 있는 모습이 보이고 있다. 그만큼 신앙이 구체적으로 성숙되었다고 볼 수 있다.

그런데 시집 『사력질』에는 확신에 찬 신앙인의 모습과 달리 끊임없이 흔들리고 회의하는 모습도 보여주고 있다. 그것이 <틈서리>나 <사력질> 연작 등에서 노출된다. 박목월이 고향이나 자연, 어머니를 대상으로 시를 쓸 때는 서정적 질서와 안정을 보여준 반면, 다시 서울에서의 일상적 삶을 시적 대상으로 삼았을 때 삶과 존재에 대한 회의와 번민을 노정하게 된다. 다시 서울에서 보는 일상적 삶은 본질과 현상이 분리되고, 언어와 사물이 분리된 혼돈스러운 것이었다.22)

이렇게 삶과 인간 존재에 대한 근본적인 회의를 거듭하는 가운데 그는 자신의 하나님을 직접 만나게 된 것이다. 모순에 가득 찬 도시 일상 생활 가운데서 만난 하나님이기 때문에 그의 신앙은 한층 구체적이고 생생할 수 있었다. 한층 더 구체화되고 생생해진 신앙체험은

---

22) 박목월, <틈서리>, 『박목월 전집』, p.352.
　　우리들의 言語는
　　처음부터 事物 그것에 붙인
　　이름이 아니다.
　　虛構와 抽象의 틈서리에서는
　　태초의 혼돈이 서려있고
　　樂園洞은 樂園洞이 아닌
　　종로 뒷골목에 불과했다.

　　　　　　　　　　　　－<틈서리> 부분 인용

유고시집『크고 부드러운 손』에 와서 집중적으로 밀도 있게 나타난다.

걸으면서 기도한다.
거리에서
마음 속으로
중얼거리는 주기도문
나이 60세
아직도
중심이 잡히는지 나의 신앙
주여
굽어살피소서.
당신의 눈동자 안에서
오늘의 나의 하루를
외곽으로만 헤매고.
해는 짧고
날씨는 차가운
겨울의 가로수 밑동
걸으면서
안으로 중얼거리는 주기도문.
진실로
당신이 뉘심을
全身으로 깨닫게 하여 주시고
오로지
순간마다
당신을 확인하는 생활이 되게
믿음의 밧줄로
구속하여 주십시오.
그리하여
나의 걸음이
사람을 향한 것만이 아니고
당신에게로 나아가는 길이 되게 하시고

    한강교를 건너가듯
    당신의 나라로 가게 하여 주십시오.

―<거리에서> 전문

위의 시에서 서정적 주체는 기도하는 형식으로 절대적 대상인 '하나님'과 대화를 하고 있다. 가장 본질적인 존재와의 대화형식이라는 점에서 여기서 사용되는 언어는 본질적 언어이다. 여기서 사용되는 언어는 기표와 기의가 일치되는 모습을 보이고 있다. 서정적 주체가 하나님이라고 대상을 부를 때 그 언어, 즉 그 이름은 생존하는 대상인 하나님을 가리키는 살아있는 것이 된다. 기도는 인간이 하나님과 대화를 나누는 방식인데, 피조물인 인간이 절대자이자 창조자인 하나님에게 전적으로 구체적으로 의지하는 형국이다.

기독교에 있어서 창조주 하나님, 예수 그리스도는 인간이 궁극적으로 본받고 모방해야 할 존재이다. 인간은 예수 그리스도와 그의 말씀에 전적으로 의지하여 주체를 재구성하게 된다. 그것을 기독교에서는 거듭난다고 부른다. 인간의 모든 삶을 하나님에게 전적으로 의탁하고 하나님으로부터 진선미를 구하는 이러한 태도는 고전주의적이다. 예수 그리스도와 그의 말씀을 객관적이고 보편적인 진리라고 믿고 받아들이기 때문이다. 하나님 말씀에 동화되어 살기만 하면 모든 삶이 시적으로 아름다워지리라는 확신이 아래의 시에서 확연하게 나타난다.

    소란한 시대일수록
    청명한 눈을 뜨고
    조용하자.
    진실로
    인간이 빵만으로 사는 것이 아닐진대
    무엇에 우리의 생활이

구속되랴.
문득 검은 머리털에
한 오리 백발을 발견하듯
그런 마음으로
탁자의 水仙 같은 것을
코에 어려오는 눈바람 내음새 같은 것을
유심히 생각하자.
자연스러운 삶은
무심히 퉁겨진 주판알이
일정한 수치를 지니듯 한 것.
생의 보람을
계산하지 말자.

-<新春吟> 부분

하나님의 말씀, 곧 진리와 생명인 예수 그리스도의 말씀23)에 의탁하고 그것을 모방하여 사는 삶은 시적인 아름다움, 본질적인 즐거움을 가져다준다는 내용으로 되어있는 이 시는 기독교 서정시학의 핵심을 담고 있다. 예수 그리스도를 모방하여 사는 삶은 무심히 퉁겨진 주판알이 일정한 수치를 지니듯 자연스럽고 조화로운 미를 가져다 줄 수 있다는 것이다.

또한 절대자인 하나님, 예수 그리스도는 인간 삶의 궁극 목표가 될 뿐 아니라, 사물들의 내적 연속성과 우주적 통합의 근원이 되고 있다. 이러한 측면에서 보면, 기독교적인 신앙시야말로 미메시스적으로 해석하기에 가장 안성맞춤이라 생각할 수 있다.

---

23) <요한복음> 제1장 제1~3절.
  "태초에 말씀이 계시니라. 이 말씀이 하나님과 함께 계셨고 이 말씀은 하나님이시니라. 그가 태초에 하나님과 함께 계셨고, 만물이 그로 말미암아 지은 바 되었으니, 지은 것이 하나도 그가 없이는 된 것이 없느니라."

참으로 남을 돕는 일이
저를 위하는
그 너르고도 후끈한
「우리」들의 생활 속에
찬란하게 빛나는 태양
사람과 사람 사이에서
「인간」이 빚어지고
남과 더불어 짜는
그 오묘한 생활의
그물코에
오늘의 보람찬 삶
세상에는
완전 타인이란 있을 수 없다.
눈에 보이는 혹은
눈에 보이지 않는
든든한 밧줄로 서로 맺어져
우리는 서로 돕게 된다.

―<이 후끈한 세상에> 부분

　위의 시에서 보이듯 절대자인 하나님의 사랑의 손길 안에서 모든 피조물은 하나로 연결된다. 그 무엇도 혼자 동떨어진 외딴섬이 아니게 된다. 이처럼 절대자 하나님의 사랑의 팔 안에서 이루어지는 연속성, 동일성은 공동선의 밑바탕이 되는데, 이것은 박목월 후기시의 미학적 이념이 된다. 여기서 비로소 우주 만물간의 진정한 사랑과 내적 유대의 근원으로서의 하나님이 발견된 것이다. 그러한 내적 유대성과 공동선의 원리를 찾아내었기 때문에 박목월은 맹목적인 에고의 경쟁적인 근대적 삶으로부터 일정한 거리를 유지할 수 있었던 것이다.

　앞에 인용된 <新春吟>에서 보듯이, 박목월은 소란한 근대사회일수록 여유 있게 느리게 살겠다는 이른바 느림의 미학을 예찬하고 있는

데, 이것은 성경적인 사고방식이다. 인간의 삶이 빵만이 아니라 하나님의 입에서 나오는 말씀으로 이루어져야 한다는 이러한 사상은 분명히 反근대적이다. 모든 삶이 신의 섭리 하에 자연스럽게 이루어져야 한다는 성경적인 태도는 反자본주의적인 모습을 보이고 있다.

이러한 여유 있는 삶의 태도는 모든 생명의 근원이 하나님에게 있고 그 손에 달려있다는 것을 믿는 데서 나온다. 이러한 기독교적인 생명시학으로 그는 근대화의 속도를 지연시키고자 한다. 이러한 삶의 태도와 미학은 박목월이 본질적 존재를 인식하고 그것을 모방하고 그것에 동화되기 때문에 가능한 것이다.

객관적이고 보편적인 진리를 모방하고 그것에 동화되어 주체를 정립하는 이러한 고전주의적인 삶의 방식은 미메시스 시학을 통해 효과적으로 설명되어질 수 있다. 이미 태초에서부터 있어온 완벽한 진리에 의거해 인간과 사회를 구원하고 발전시키려는 이러한 고전주의적인 미학사상은 보수적인 개혁을 뒷받침해 주는 원리가 된다.

5. 맺는 말

본고에서는 박목월의 서정시를 미메시스 시학의 관점에서 새롭게 해석해 보았다. 『청록집』이나 『산도화』에 실린 그의 초기 시들은 근원적인 자연, 관념화된 자연을 다루고 있는데, 이 관념화된 이상적인 자연이 미메시스의 대상이 되고 있다. 근대화로 인해, 인간과 자본에 의해 파괴되고 해체되기 이전의 이 완벽한 근원적인 자연을 모방하고 베끼고 닮고 그것에 동화됨으로써 서정적 동일화가 이루어지고 구원이 성취된다. 이런 반근대적인 자연공간은 일제말기 타락한 식민지 자본주의 현실을 비판하고 개혁할 수 있는 토대이자 지표가 된다. 이것은 위대한 과거를 개혁의 모델로 삼는 보수주의적 개혁 방법이다. 이것은 다분히 플라톤적인 미메시스 철학으로 뒷받침되고 있다.

해방기와 한국전쟁, 1960년대 산업화를 거치는 와중에 그는 도시 소시민의 애환을 다루는 시편들을 상당수 발표한다. 그들 시편들은 『蘭·기타』와 『晴曇』 등에 실려 있는데, 뚜렷한 이념지향성이 보이지 않는다. 가족을 돌보는 어설픈 아버지가 된 중년의 박목월이 하루하루 무방향적으로 살아가는 생활서정시를 쓰고 있다. 여기서는 서정적 자아가 모방하고 싶어는 이념적 대상이 보이지 않는다.

그후 그는 눈을 다시 자연과 고향, 어머니에게로 돌린다. 그에게 있어서 자연은 곧 고향이고, 어머니이다. 이 셋은 분리되지 않은 채 중년의 박목월에게 새로운 근원이 된다. 수질 좋은 고향 경상도 땅은 樂土로 나타나는데, 그 낙토적인 삶이란, 인간이 자본에 의해 파괴되기 이전의 원시적인 자연의 일부로 자연스럽게 살아가는 것을 의미한다. 이 시기 그는 고향 산천만 아니라, 사투리와 사투리를 쓰고 있는 Volk로서의 민중도 모방하고 있다. 그리고 이 자연과 더불어 어머니 또한 미메시스의 중요한 대상이다. 여기서 어머니는 우주 만물 속에 편만해 있는, 우주적 질서의 중심으로 존재하는 '위대한 어머니'가 된다. 고향과 자연과 분리되지 않은 어머니를 모방함으로써 부박하고 무가치한 도시 현실로부터 구원받고자 한다. 그리고 그런 樂土적인 세계를 상정하여 현실 개혁의 모델로 삼는 보수주의 미학을 보여주고 있다.

그러다가 박목월의 시적 대상은 서울에서의 일상적 삶으로 되돌아오는데, 여기서는 삶과 존재에 대해 회의하는 우울한 모습이 보인다. 『砂礫質』이란 시집 여기저기에서 그런 모습이 보이는데, <틈서리>나 <사력질> 연작 등이 그러하다. 이렇게 삶에 대해 존재에 대해 근본적인 회의를 거듭하다 그는 살아있는 하나님을 직접 만나게 된다. <雲上에서>나 <중심부> 등의 작품에서부터 박목월 자신의 하나님에 대한 체험적인 고백이 나오기 시작한다. 그러다가 유고시집인『크고 부드러운 손』에 오면 절대자 하나님, 예수 그리스도에 대한 생생하고 구체적인 신앙형태를 보인다.

여기서 박목월이 만나고 체험한 절대자 하나님은 우주 만물의 창조자이며 주관자이다. 또한 구속자이다. 즉 구원자이다. 그리고 우주 만물들간의 내적 연속성의 근거이며 아름다운 통합의 근원이다. 박목월은 후기에 이러한 하나님, 예수 그리스도를 모방하고 의탁하여 자신의 정체성을 완전히 새롭게 재구성한다. 하나의 객관적이고 보편적인 진리인 하나님과 그의 말씀을 토대로 타락한 현실을 개혁할 수 있다는 논리는 고전주의적이면서 보수주의적이다. 지금까지 박목월의 서정시 일부를 미메시스적 측면에서 연구해 보았는데, 그 중에서도 뚜렷한 모방 대상이 있는 작품들만이 이 방법으로 설명될 수 있었다. 특히 낭만적인 서정시나 신앙시가 훌륭한 자료로 쓰였다. 이로 보아 낭만적 서정시 안에 들어 있는 미메시스적 측면을 부각시켜 하나의 일반론을 도출해볼 수 있으리라 생각되어진다. 그리고 기독교 신앙시들도 미메시스라는 측면에서 연구해보면, 하나의 일반론적 접근이 가능할 것이다.

█참고문헌

금동철, 「박목월 시의 텍스트 생산 연구」, 서울대학교 석사학위논문, 1994, pp.12
　　　~60.

금동철, 「박목월 시에 나타난 기독교적 자연관 연구」, 『우리말글』 제32집, 2004,
　　　pp.219~236.

김동석, 『예술과 생활』, 박문출판사, 1947, pp.109~110.

김동리, 『문학과 인간』, 민음사, 1997, pp.48~51.

김용직, 『한국현대시사』 2, 한국문연, 1996, pp.514~523.

김유동, 『아도르노와 현대사상』, 문학과지성사, 1997, pp.31~48.

김재홍, 「목월시의 성격과 시사적 의미」, 박현수 편, 『박목월』, 새미, 2002, pp.72
　　　~88.

김재홍, 『한국현대시인 연구』, 일지사, 1990, pp.347~389.

김종길, 「향수의 미학—목월시의 전개」, 『문학과지성』, 1991년 여름호, pp.580~581.

김준오, 『시론』, 삼지원, 1997, p.21.

박동규 외 지음, 『정다운 인연설』, 월인, 2004, p.210.

박목월, 『보랏빛 소묘』, 신흥출판사, 1958, p.84.

박목월, 『박목월 전집』, 서문당, 1984, pp.303~304.

박종현, 『플라톤—메논·파이돈·국가』, 서울대학교 출판부, 1987, pp.379~381.

박현수, 「초기시의 기묘한 풍경과 이미지의 존재론」, 박현수 편 『박목월』, 새미,
　　　2002, pp.224~228.

엄경희, 『미당과 목월의 시적 상상력』, 보고사, 2003, pp.253~261.

오세영, 『한국현대시인연구』, 월인, 2003, pp.512~517.

오세영, 『한국현대시의 분석적 읽기』, 고려대학교 출판부, 1998, pp.436~439.

유성호, 「사랑과 궁극적 근원을 향한 의지」, 박현수 편, 『박목월』, 새미, 2002,
　　　pp.205~214.

이숭원, 「환상의 지도에서 존재의 탐색까지」, 박현수 편, 『박목월』, 새미, 2002,
　　　pp.98~99.

이형기, 「박목월 평전」, 이형기 편저, 『박목월』, 문학세계사, 1993, pp.11~21.

이희중, 「박목월 시의 변모 과정」, 『현대시의 방법 연구』, 월인, 2001, pp.309~330.

최승호, 「오세영 서정시의 미메시스적 읽기」, 『우리말글』 제24호, 우리말글학회, 2002, pp.307~309.

최승호, 「신석정 자연서정시의 미메시스적 읽기」, 『어문학』 제78집, 한국어문학회, 2002, pp.563~566.

최승호, 「도시적 서정시의 맥락과 현재적 가능성, 『우리말글』 제26집, 우리말글학회, 2002, pp.445~451.

최승호, 「김소월 서정시의 미메시스적 읽기」, 『한국시학연구』 제10호, 한국시학회, 2004, pp.343~346.

한광구, 『목월시의 시간과 공간』, 시와시학사, 1993, pp.53~68.

아도르노, Th. W. & 호르크하이머, M.(김유동 역), 『계몽의 변증법』, 문학과지성사, 2001, p.33.

벤야민, W(반성완 역), 『발터 벤야민의 문예이론』, 민음사, 1983, p.348.

Benjamin, W., *Gesammelte Schriften* 1・2, Frankfurt/M, 1980, p.697.

Bate, W. J.(정철인 역), 『서양문예비평사서설』, 형설출판사, 1964, p.39.

Plato(박종현 역주), 『국가・政體』, 서광사, 2004, pp.611~631.

Ricoeur, P., *Metaphor vive*, Seuil, 1975, pp.13~69.

― 2005, 『국어국문학』 139호

윤금초 시조의 미메시스적 연구

1. 머리말

오늘날과 같이 본질적인 가치, 객관적이고 보편적인 가치가 부정되는 부박한 시대, 삶의 모델이 점점 사라지는 시대, 우리에게 우리가 본받을 만한 대상이 존재한다는 것은 매우 의미 깊고 행복한 일이다. 사유와 행동, 가치체계의 중심이 부정됨으로써 자아는 갈수록 분열과 해체를 거듭한다. 고전주의적 삶의 행복은 바로 주어진 객관적이고 보편적인 미와 진리를 수용해서 자아정체성을 확보하고 자기유지 내지 자기발전을 실현하는 데서 성취된다. 미메시스란 이러한 고전주의적 삶에 이르는 방법이다. 미메시스를 통해 자아는 객관적인 대상, 주어진 이상적이고 규범적인 모델을 본받고 흉내내고 닮고 베낀다. 그리고 대상에 동화되고 대상과 합일한다. 대상과 합일함으로써 부박한 현실로부터 정신적으로 존재론적으로 구원을 받는다.[1]

---

1) 최승호, 「김소월 서정시의 미메시스적 읽기」, 『한국시학연구』 제10호, 한국시학회,

　서정시의 중요한 본질적 특성 중 하나는 바로 동일성이다. 서정적 동일성에 이르는 방법들은 다양하다. 신화적 상상력을 동원한 방법, 동양학적 방법 등이 요즈음 크게 부각되는데, 이들은 주체중심적으로 동일화가 이루어지고 있는 근대 서구적 방법에 대한 비판과 대안으로 제시되었다.[2] 이에 비해 미메시스를 통해 동일성에 이르는 방법을 대안으로 제시하고 있는 경우도 있다.[3] 필자는 서정시의 중요한 본질적 특성 중 하나인 동일성, 곧 서정적 동일성의 원리를 미메시스의 관점에서 연구하고 정의를 내려보았다. 그것은 바로 주체중심주의적 삶에 대한 대안으로, 분열과 해체를 거듭하고 있는 현대적 삶의 극복 방안으로 제시해 본 것이다.[4]

　미메시스라는 용어를 처음 사용한 플라톤의 경우, 많은 사람들이 오해하고 있는 것과는 달리, 그는 이 용어를 단순히 창작의 원리 정도로 보고 있지 않다. 그는 미메시스라는 개념을 삶의 원리, 즉 고전주의적 삶의 방식으로 제시하고 있다. 그에게 있어서 미메시스적 삶의 방법이란 덧없는 현상계에 존재하고 있는 존재자가 본체계에 존재하는 존재, 즉 본질적 존재인 이데아를 모방함으로써 자기발전과 구원을 성취하는 것이다. 플라톤에게 있어서 모방이란 그림자처럼 덧없는 현존재가 이데아와 합일하고자 동경하는 데서 비롯된다. 이때 동경이란 바로 에

2004, p.345.
2) 김경복, 「동일성에서 物化의 시학으로—탈근대시학의 정립을 위한 시론」, 『신생』 창간호, 2001년 봄, pp.189~194.
3) Th. W. 아도르노, M. 호르크하이머(김유동 역), 『계몽의 변증법』, 문학과지성사, 2001, pp.30~34.
4) 최승호, 「김소월 서정시의 미메시스적 읽기」, pp.345~346.
　최승호, 「신석정 자연서정시의 미메시스적 읽기」, 『어문학』 제78집, 한국어문학회, 2002, pp.564~565.
　최승호, 「박목월 서정시의 미메시스적 읽기」, 『국어국문학』 139호, 국어국문학회, 2005, pp.337~341.

로스적 욕망에서 비롯되는데, 이 에로스적 욕망이 바로 은유적 욕망의 다른 이름인 것이다.5) 기표와 기의의 일치를 지향하는 은유적 이데올로기가 미메시스 철학의 근간을 형성하고 있는 것이다.

아리스토텔레스의 경우, 주로 플롯, 즉 완결된 서사구조를 모방하는 데서 미메시스에 대한 논의가 시작된다. 그에게 있어서 잘 짜여진 서사구조는 하나의 객관적인 사물과 같다. 즉 그것 자체가 하나의 자연이다. 아리스토텔레스에게 있어서 시가 자연을 모방한다 함은 제1질료(순수질료)로부터 제1형상(순수형상, 신)에 이르기까지 유기적으로 질서가 잘 잡혀져 있는 세계를 모방한다는 것이다. 그에게 있어서도 모방은 눈에 보이는 현실세계의 반영에 그치는 것이 아니라, 사물 속에 들어 있는 사물의 본질, 형상을 모방하는 데까지 나아간다. 자연의 모방은 단순히 창작의 원리에 그치지 않고 자연을 새롭게 인식하는 데까지 나아간다. 그리고 그것은 최종적으로 자아의 발전과 구원이란 개념까지 내포하고 있다.6)

미메시스라는 용어는 아우얼바하에 의해 주로 반영론적 개념으로 축소되어 사용되어 왔다. 리얼리즘 미학이론 선상에 서 있는 아우얼바하에 따르면 미메시스란 현실의 핍진한 묘사를 강조한 개념으로 주로 사용된다.7) 그러나 미메시스에는, 앞에서 말했듯이, 반영의 개념만이 있는 것이 아니다. 거기에는 모방, 동화, 구원의 개념도 내포되어 있는 것이다.

동화의 관점에서 미메시스라는 용어의 의미를 확장시킨 사람은 아

---

5) 플라톤(박희영 역), 『향연』, 문학과지성사, 2004, p.140~144.
6) W. J. Bate(정철인 역), 『서양문예비평사서설』, 형설출판사, 1964, pp.35~36.
7) 에리히 아우얼바하(김우창 · 유종호 역), 『미메시스 고대 · 중세편』, 민음사, 1987, pp.3~9.

도르노이다.8) 아도르노는 근대 서구 주체중심주의 철학에서 빚어진 인간중심주의 사상이 인간의 자연지배 및 인간지배와 소외를 가져온 것으로 보고 선사시대의 미메시스적 사유체계에서 그 대안을 찾고 있다. 계몽의 발전과 함께 소멸될 수밖에 없는 미메시스적 사유는 주술적 세계관과 관련되어 있는데, 이것은 플라톤과 같은 이성주의자가 나타나기 이전의 동일화 방법이다. 이것은 주체중심이 아니라 대상 중심, 객체중심으로 동일화가 이루어지는 방법이다. 아도르노 역시 자연을 매우 이상적인 것으로 상정하고 있는데, 이것은 고전주의적 계기를 내포하고 있는 삶의 일반적 양상이기도 하다.

한편 리꾀르는 미메시스를 '창조적 모방'이란 개념으로 해석한다.9) 그에 따르면 미메시스란 현실을 있는 그대로 복사하는 것이 아니라, 있는 그대로의 현실보다 더 훌륭하게 더 아름답게 창조적으로 구성하여 만들어낸 '새로운 세계'를 제시하는 것이다. 그에게 있어서 미메시스란 문학적 형상화를 통한 새로운 세계의 개시이다.

서정시에서 미메시스란 진리의 시학이다. 서정시에서 미메시스란 '있는 그대로의 현실'을 반영하는 것에 그치는 것이 아니라, '응당 있어야 할 이상적인 현실'을 모방하는 데까지 나아가는 것이다. 즉 '당위적 현실'을 모방하는 데까지 나아가는 것이다. 이때 당위적 현실은 소위 시적 진리가 구현된 세계이다. 결국 미메시스란 당위적이고 이상적인 현실을 가능케 하는 시적 진리의 모방이다. 그렇게 시적 진리가 구현된 이상세계를 미리 상정해 놓고 그것을 모방하고 그것에 동화되는 것이다. 이때 시적 진리는 공동체적 통합 내지 시적 통합을 가능케 하는 객관적이고 보편적인 것이다. 시적 모방이란 이러한 객관적이고

---

8) Th. W. 아도르노, M. 호르크하이머(김유동 역), 『계몽의 변증법』, pp.30~34.
9) P. Ricoeur, *Metaphor vive*, Seuil, 1975, pp.13~69.

보편적인 진리와 그것이 구현된 세계와 사물을 모방 대상으로 삼는 것이다. 그러한 대상으로 이데아, 신, 자연, 전근대시대의 군왕 등이 있다. 이러한 대상들 중 대부분은 초월적이고 절대적이기까지 하다.

이러한 보편적이고 객관적인 '진리'를 모방하는, 즉 그것을 닮고 베끼고 흉내내고, 그것에 동화되기를 열망하는 미메시스에는 통합적인 기능만 있는 게 아니라, 타락한 현실을 개혁하는 원리가 들어 있기도 한다. 이때 모방의 대상인 진리는 현실개혁의 모델이 되는 것이다. 그리고 이 미메시스는 타락한 현실로부터 존재자가 구원받는 원리가 될 뿐만 아니라, 자아정체성 확보의 근거가 되기도 한다.

미메시스적 원리는 서구 미학사상에만 있는 것이 아니다. 고대로부터 동양의 산수시에도 이 미메시스적 계기가 들어 있다. 시인의 주관 정서 표현과 객관 景物 묘사의 일치체험, 불가분리를 이념으로 하는 정경교융론(情景交融論) 속에 들어 있는 景物 묘사의 차원이 바로 미메시스적 계기, 고전주의적 계기를 내포하고 있다.10)

그리고 정경교융론과 떼어놓고 논할 수 없는 관계에 놓여 있는 형이상학론(形而上學論) 역시 객관성의 미를 매우 강조하고 있어서 미메시스적 계기를 내포하고 있음을 볼 수 있다. 형이상학론이란 우주의 이치, 곧 도를 구현하는 것을 최고의 목표로 추구하는 문학사상이다. 형이상학론에 따르면, 도의 구현이란 주관적인 도와 객관적인 도의 대등한 만남에서 이루어진다는 것이다. 바로 그 주객일치의 체험에서 미가 실현된다는 것이다.11) 산수시의 이념은 자연의 理法을 모방함으로써 자연을 본받아 자신의 인격을 발전시키고 나아가 정신적으로 구원을 성취하는 데 있다고 할 수 있다.

---

10) 최승호, 『한국 현대시와 동양적 생명사상』, 다운샘, 1995, pp.65~72.
11) 최승호, 위의 책, pp.73~84.

여기서는 윤금초의 시조집 『이어도 사나, 이어도 사나』를 대상으로 삼아 보았다. 윤금초는 현재 한국시조단을 대표하는 중진 시인인데, 그의 시조를 미메시스적 관점에서 살펴봄으로써 시조시학을 새롭게 정립할 수 있는 한 계기를 마련코자 한다. 미메시스적 방법론을 원용하면, 현대시조에 들어 있는 서정성의 비밀, 동일성의 원리를 새롭게 해석할 수 있을 뿐만 아니라, 고시조에서부터 현대시조에 이르기까지 한국인의 보편적인 삶의 원리, 미학적 원리를 새롭게 해명할 수 있을 것이다.

본고에서는 윤금초의 시조를 자연에 대한 미메시스, 고전과 전통에 대한 미메시스, 이야기(서사)에 대한 미메시스 등으로 나누어 서정적 동일성에서 미메시스가 차지하는 역할 내지 그 의미에 대해 논의할 것이다. 그리고 끝으로 타락한 현실에 대한 비판과 풍자에서 시적 주체가 대상과 거리 두기를 함으로써 비동일성의 시학에 이르는 것도 아울러 살펴볼 예정인데, 이 거리 두기는 바로 反미메시스와 관련된다는 것을 밝힐 것이다.

2. 자연에 대한 미메시스

동서양을 막론하고 자연서정시에 있어서 자연은 매우 이상화되어 있는 존재이다. 하나의 관념으로 존재하는 자연이다. 서구 낭만적 자연서정시에 있어서 자연은 결코 현존하는 자연이 아니다. 그것은 과거에 존재했었던 자연, 인간과 자연만물이 물활론적으로 서로 조화롭게 얽혀있던 상태를 지칭한다. 그때의 자연은 바로 낙원, 유토피아로 존재한다. 인간이 자연과 더불어 원초적인 합일을 이루고 있던 상태, 선험적 고향을 유지하고 있던 이상적인 상태를 지칭하는데, 그것은 근대 이후 이미 상실해버린 자연이다. 낭만적 자연서정시는 바로 그 잃어버린 자연을 '회복'하고 싶어하는 은유적 욕망의 문학적 표현이다.12) 낙원회복과 관련된 은유적인 상상력은 이처럼 언제나 과거와 미래를 향하고 있다. 그것은 '현재적 결핍'을 전제로 하고 있다.13)

그에 비해 동양의 자연은 영원한 낙원으로 존재한다. 그 일부가 훼손은 되었을 망정 상실된 적이 없는 자연은 언제나 유토피아로서 우리 주위를 둘러싸고 있다. 인간의 마음이 탁한 氣에 가려져 자연의 이치를 깨닫지 못할 뿐이지, 마음만 잘 고쳐먹으면, 즉 심성수양만 잘하면 자연의 이치를 언제 어디서나 깨달을 수 있다고 본다. 인간이 자신을 둘러싸고 있는 자연과 물아일체로 만나는 순간 낙원으로서의 자연은 도처에서 '발견'되는 것이다. 이처럼 동양적 자연은 언제나 현재적이다. 그것은 실낙원 개념이 없기 때문이다.14)

이러한 차이에도 불구하고 동양이든 서양이든 자연서정시에 있어서 자연은 미메시스의 대상으로 존재한다. 시적 주체가 본받고 닮고 베끼고 합일하고 동화되고 싶어하는 대상으로 존재한다. 자연서정시에는 자연을 모방함으로써 인간 자신의 발전도 꾀하고 부박한 현실로부터 구원받기를 바라는 은유적 이데올로기가 자리잡고 있는 것이다.

> 떡갈나무 숲길 열고
> 부챗살 펼친 붉은 아침
>
> 세속 도시 기웃대다
> 쉬엄쉬엄 숨 고르다

---

12) 최승호, 「신석정 자연서정시의 미메시스적 읽기」, pp.566~576.
13) 최승호, 「김소월 서정시의 미메시스적 읽기」, pp.352~355.
14) 최승호, 「오세영 서정시의 미메시스적 읽기」, 『우리말글』 제24집, 2002, pp.22~24.
　　최승호, 「신석정 자연서정시의 미메시스적 읽기」, pp.580~581.

따그락 딱딱 따그락
젖은 발목 말리고 있네.

기름기 도는 잎새 위를
둥둥 떠가는 봄 그리메

해종일 산빛 두르고
들숨 날숨 돌아와서

따그락 딱딱 따그락
저문 전(塵)을 거두고 있네.

-<매봉산 딱따구리> 전문

위의 시에서 자연은 매우 이상적인 모델로서 존재한다. 시적 주체는 그 자연을 매우 구체적으로 묘사하고 있는데, 단순한 묘사에 그치는 것이 아니라 그 묘사행위를 통해 대상인 자연과 서로 동화하고 있다. 그것은 이 묘사가 자연의 외피만 模寫하는 데 그치는 것이 아니라 자연 사물 속에 들어있는 사물의 정신까지 모방하고 있기 때문이다. 묘사가 사물의 정신에까지 이를 때 소위 情景交融이나 物我一體가 이루어지는 것이다. 조지훈식으로 말해서 '자아의 대상화와 대상의 자아화'가 동시에 이루어지는 것이다.[15]

윤금초의 시조에서 자연에 대한 모방은 주체중심적으로 이루어지지 않는다. 그리고 아도르노가 꿈꾸고 있는 객체중심의 동일화도 아니다. 주체가 일방적으로 자연을 흉내내는 것이 아니라 주체와 대상이 상호 대등한 입장에서 조화롭게 만나는 것이다. 인간은 자연을 모방하고 자연은 인간을 모방한다고 해야 옳을 것이다.

---

15) 조지훈, 「시의 원리」, 『조지훈전집』 3, 일지사, 1973, p.15.

이처럼 위의 시에서 보이는 동일화 방법은 주체중심도 객체중심도 아니다. 양자가 대등한 관점에서 서로 사이좋게 유기적으로 교감하는 데서 이루어지는 것이다. 인간 주체와 자연 객체는 음양관계를 이루며 사이좋게 생명적으로 교감하고 있는 것이다. 생명적 교감, 여기에서 미가 발생되는 것이다. 이 교감은 주체와 객체 사이에만 있는 것이 아니라 객체 내에서도 이루어지고 있다. 즉 자연 사물들 사이에서도 생명의 조화로운 교감이 이루어지고 있는 것이다.

그런데 이렇게 생명적으로 조화로운 교감을 보이고 있는 자연은 실재하는 자연이 아니라, 인간의 관념이 투사된 이상화된 자연이다. 이 이상화된 자연이 보편적이면서도 객관적인 미, 규범적인 미를 담보하고 있는 것이다. 객관적으로 보편적으로 존재하는 미를 모방한다는 것은 인간 주체에도 동일한 미가 들어있기 때문이라는 것이 동양미학의 일반적인 내용이다.16)

이런 의미에서 윤금초가 지니고 있는 동양시학에는 고전주의적인 계기가 들어있다고 할 수 있다. 고전주의적 계기를 지니고 있는 윤금초에게 있어서 모방할 만한 가치가 있는 자연이란 생명력으로 가득 찬 이상적인 그 무엇이다. 생명력으로 가득 찬 그러한 이상적인 자연의 모습은 <장수풍뎅이>, <숲> 1, 2, 3, 4, 5 연작과 <춤추는 물고기> 1, 2, 3 연작 등 자연물을 소재로 한 작품에서 두루 발견된다.

> 애기똥풀꽃 꿈길 지나 꽃버짐 하얗게 물든 버즘나무,
>
> 땅 바닥 너부죽이 풀꽃 방석 편 멍석딸기, 등짐 진 사위 힘 안 들
> 게 가는 줄기 내린 사위질빵, 건들바람에 벌벌 떠는 사시나무, 줄기

---

16) 최승호, 『한국 현대시와 동양적 생명사상』, pp.78~83.

마다 코르크질 화살 날개 펄럭이는 화살나무, 까마귀 머리 베기 알
맞은 까마귀베개, 흰 꽃 흐드러지게 피어 쌀밥 고봉으로 담은 이팝
나무, 가는장구채 옆에 쭈그리고 앉아 목소리 천 개 바람 친구, 풍구
소리, 웅웅대는 그 바람 친구 데불고 나선형 어지러움이라니?

　늠연한 숲길은 남실 오래된 바다 이루었네.

－<숲·1> 전문

　서정적 자아가 더불어 함께 교감을 이루면서 동일성을 형성하고 있
는 이상적인 모방 대상인 자연물들은 생명력으로 가득 찬 채 서로서
로 사이좋게 유기적으로 어울려 있다. 유기적인 관계를 이룬다는 것은
자연물인 사물들 사이에 민주적 관계가 형성되어 있다는 것이다. 민주
적 관계를 형성한다는 것은 초월적인 중심이 없다는 것을 의미한다.
그리고 이 시에서 시적 주체 역시 중심을 형성하고 있지 않다. 다만
관조하고 있을 뿐이다. 소위 以物觀物의 입장에서 관조하고 있을 뿐이
다. 인간이 자연물의 하나가 되어 그 자연물을 관조하고 그것과 대등
한 입장에서 상호 생명적으로 교감하고 있을 뿐이다. 이 음양운동은
주체와 객체 사이에만 있는 것이 아니라 객체 속에서도, 다시 말해 자
연물들 간에 상호 활발하게 이루어지고 있다.[17]
　사물들 사이에 음양운동, 작용과 반작용이 일어날 때 이른 바 제유
적 관계가 형성된다. 제유란 부분으로써 전체를 비유하는 전통 동양적
사유방식인데, 그것은 총체적 동일성을 지향하는 은유와 달리 유기적
동일성을 지향한다. 사물들 사이 '중심 없는' 동일성을 추구하는 것이
바로 제유적 사고방식이다.[18] 사물들 사이에 인과관계, 논리적 필연성

---

17) 최승호, 『한국 현대시와 동양적 생명사상』, pp.164~167.
18) 최승호, 「신석정 자연서정시의 미메시스적 읽기」, pp.580~582.

을 부인하고 감응관계를 내세우는 제유적 세계관에 따르면, 사물들은 서로서로 부분적인 독자성을 지닌 채 내적 연속성을 유지하고 있다. 위의 시에서도 버즘나무, 멍석딸기, 사위질빵, 사시나무, 화살나무, 까마귀베개, 이팝나무, 바람 등 자연물들이 서로서로 부분적 독자성을 형성하면서 내적으로 긴밀하게 연결되어 있다. 그것들을 관찰하는 시적 주체 역시 자연물들과 그런 관계를 맺고 있다.

시적 주체에 의해 직관적으로 파악되고 있는 자연물들은 시간적 논리적 선조성을 벗어나 공간적으로 병치되고 있다. 주체가 중심을 이루고 있지 않아서 바라보는 시선에 원근이 없다. 그렇다고 의식의 흐름과 같이 마구잡이로 나열되는 환유는 아니다. 환유에는 구멍이 없다. 사물들 사이 모든 구멍이 막혀버렸다. 위의 시에서 사물들 사이에는 나름대로의 질서가 갖추어져 있다. 그 질서는 사물들 사이에 있는 보이지 않는 구멍, 곧 여백을 통해 이루어지고 있다. 그 여백을 사이에 두고 자연물들은 각자 품수(稟受)한 이치에 따라 생명운동을 하면서 상호 유기적으로 결합되어 있음을 위의 시를 통해 확인할 수 있다. 윤금초의 자연서정시는 이렇게 생명력이 넘치는 자연, 유기적인 자연을 이상적인 모방 대상으로 하고 있음을 알 수 있다. 제유적인 상상력으로 제시된 이러한 자연서정시는 1990년대 후반 이후 탈근대적인 대안의 하나로 강력하게 떠오르고 있다.[19]

인간 주체까지 자연물의 하나로 보는 이러한 제유적 세계관은 氣思想, 곧 동양적 생명사상에 토대를 두고 있다. 생명사상이 성담론으로 떠오른 것이 이른바 에로티시즘이다. 에로티시즘은 근대화에 의해 파괴된 몸, 육체성을 회복하는 데서 출발하는데, 그것은 몸을 자연의 일

---

19) 김경복, 앞의 논문, pp.177~188.
   이성희, 『無의 시학』, 새미, 2003, pp.91~102.

부로 보는 것과 관련된다.[20] 탈근대시학의 하나인 에로티시즘을 통해서 몸 속의 억압된 자연성, 위축된 생명력을 회복하고 인간을 구원하고자 하는 염원이 윤금초에게서도 많이 나타난다.

> 문득 문득 창틀 비집고 나에게 다가오는 강
> 그날 밤 그 강물처럼 흘러드는 방이었네.
> 소녀는 강물에 흥건 몸을 잠그고 있었네.
>
> 혀에 감치는 첫 입맞춤 물밀려 오는 황홀함과
> 말갛게 닦인 거울 보면 귀기 서린 듯 귀기 서린 듯 와락 달려드는 서늘한 저 현기증!
> 낙인을, 제 목에 찍힌 입술 자국 낙인을.
>
> 스무 살 또래 세상은 온통 지뢰밭이었네, 위험하고 짜릿하고 열꽃 피는 지뢰밭이었네.
> 물 속 으늑히 숨어 있던 촉수들 한꺼번에 와르르 눈뜨는 시간, 단혈(丹穴) 꽃잎 사이 손가락 저절로 좁은 문틈으로 빨려들고, 얄디얄은 신음소리 터져 나오고, 깊고 축축하고 스멀거리고 불온하고 뜨겁고 물컹하고 딱딱하고 고스란히 무르녹아 아득하고,
> 몽롱한 두 눈엔 홀연 낯선 풍경 보이네.
>
> ─〈스무 살의 지뢰밭〉 전문

스무 살 때 이성과 첫 관계를 맺던 것을 기억하며 쓴 성담론 계열의 시조이다. 솟구치고 넘쳐 오르는 성적 에너지, 자연적인 생명력이 定型을 깨어버리고 자유분방한 리듬, 주체못할 형식으로 분출되고 있다. 시적 주체는 그 스무 살 때를 그리워하고 있는 것이다. 앞에서도 말했듯이 미메시스의 중요한 동기 중 하나는 그리움(eros)이다. 혈기 왕

---

20) 전미정, 『한국 현대시와 에로티시즘』, 새미, 2002, pp.21~24.

성한 젊은 날 몸 속에 들어있던 자연성을 그리워하고 그 시절로 돌아가고자 하는 것은 바로 나이 든 지금 자신의 몸 속에 위축되어 있는 자연성을 회복하고 싶어하는 욕망의 표현이다. 이러한 에로티시즘 계열의 시조는 <거시기 & 머시기> 연작에로 이어진다.

그 작은 玉門 구멍 세상 천지 다 열고 나온다.

머리털 세는 줄 모르는 늦바람에 들깨방정 참깨방정 오두발광 떠는 저 씀바귀야, 게으른 여인 일 제쳐두고 그것 터럭이나 세는 고즈넉한 이 늦봄, 요분질 희악질 소리 거시기 길 나자 홀로 된다더니

옷 가슴 풀어헤치고 속울음 우는 백목련.

—<거시기 & 머시기 1> 전문

백목련을 게으른 여자에다 비유하고 있는 이 작품은 백목련의 생명적 에너지를 농익은 여인의 성적 에너지와 오버랩 시키고 있다. 인간 몸속의 성적 에너지 또한 자연적인 현상으로 꽃의 생명력과 다르지 않다는 것을 나타내고 있다. 이처럼 윤금초 시조에 나타나는 에로티시즘은 육체 속의 자연성을 회복함으로써 근대의 비인간성, 비생명성을 극복하고자 하는 것이다.

3. 고전과 전통에 대한 미메시스

윤금초의 이 시조집에는 고전과 전통에 대한 미메시스가 두드러지게 나타난다. 윤금초에게 있어서 미메시스는 자연만을 대상으로 하고 있지 않다. 그에겐 고전과 전통도 미메시스의 중요한 대상이 되고 있

다. 원래 보편적이고 객관적인 미, 규범적인 미를 尊崇하는 고전주의 계보의 시인들에게 고전과 전통은 자연과 동일한 것이다. 17세기 유럽 고전주의자들은 직접적으로 자연 그 자체를 많이 모방했을 뿐만 아니라 그 자연을 모방하고 있는 고대의 작품도 모방의 대상으로 삼았던 것이다.

고전과 전통에 대한 존숭의 念을 지니고 있는 고전주의자들은 자본주의가 진행됨에 따라, 다시 말해 근대화가 진행됨에 따라 초래될 수 있는 주체의 분열과 해체의 위험을 고전과 전통의 권위에 기댐으로써 극복하고자 한다. 인간중심주의를 내장하고 있는 근대 서구사상은 인간 주체를 신적인 경지에 오르게 함으로써 자연에 대한 인간의 지배를 정당화했다. 자연에 대한 인간 지배는 결국 자연으로부터의 인간 소외를 초래했고, 이렇게 소외된 인간 주체는 자연만 아니라 다른 인간마저 지배하게 되었다. 인간에 의한 인간 지배는 인간 내면의 분열을 초래했다. 고전주의는 바로 이렇게 분열된 주체를 새롭게 통합할 수 있는 방법이다. 그리고 그것은 객관적이고 보편적인 진리체계를 지향하고 있기 때문에 사회적 통합을 위한 규범적인 계기를 포함하고 있다. 고전과 전통에 대한 중요성이 강조된다는 것은 공동체성, 역사성의 강조로 이어진다. 오늘날 한국사회는 다시금 이러한 지점에 도달해 있다고 볼 수 있다.

> 몽매간에, 잠이 들 둥 말 둥 몽매간에
> 저어새 깃털 물고 나는 바람결, 코끝 상큼한 저 바람결과
> 사나이 열띤 머리를 괴고 누운 청자베개와……
>
> 은빛 석얼음 띠운
> 유약 바른 테 자국과

천년 잠든 고려의 바람결, 양 마구리 둥근 구멍 구슬 꿰던 그 바람결과
흰 상감(象嵌) 단출한 무늬 허리 두른 여름 한낮과……

— <여름 한낮—유천리 청자베개> 전문

　시인은 이 작품에서 고려시대에 만들어진 청자베개를 모방하고 있
다. 그 청자베개는 단순한 물질로서 존재하지 않는다. 그 속에는 고려
의 바람결, 고려인의 호흡과 정신과 사상이 무르녹아 있다. 고려시대
의 하늘과 구름이, 山水가 아우라로 서려 있다. 시인은 시대를 초월하
는 고려의 영원한 예술혼을 부받고 모방하고 있는 것이다 이 무방행
위를 통해서 청자베개와 합일하고 싶은 것이다. 합일을 통해 정신적으
로 구원받고 싶은 것이다.

　세속에 사는 시인인 사나이가 열띤 머리로 몽매간에 청자베개를 베
고 잠을 청하는데, 저어새 깃털 물고 나는 바람결, 코끝 상큼한 바람
결을 느끼고 있다. 그리고 그 상큼한 바람결에서 천년 잠든 고려의 바
람결이 느껴지는데, 그 고려의 바람결은 청자베개에서 불어 나오는 것
이다. 흰 상감으로 된 구름무늬를 허리에 두른 청자베개를 베고서 여
름 한낮에 문득 고려의 바람결 속에서인양 낮잠을 즐기는 시적 주체
는 청자베개와 혼연일체가 되어 있다. 시적 주체는 모방을 하되 대상
인 청자베개에 일방적으로 흡수되지 않고 있다. 청자베개와 시적 주체
는 상호 대등한 입장에서 생명적으로 감응하면서 일체화되어 있다. 서
구 고전주의에서처럼 주체가 객체에 일방적으로 동화되고 있는 것이
아니라 상호 동화되고 있는 것이다.

　윤금초 시인은 창작 마인드에 고전주의적 계기를 지니고 있으면서
도 서구 신고전주의자들처럼 매너리즘에 빠지지 않고 있는데, 그것은
고전과 시인이 서로 살아있는 채 ‘교감’하고 있기 때문이다. 객체에로

의 주체의 일방적인 동화를 지향하는 경향이 있는 서구 고전주의는 주체를 안전하게 정립하고 유지할 수 있는 장점을 지니고 있음에 비해 매너리즘에 빠지기 쉬운 단점도 가지고 있다. 그러나 윤금초 시인의 경우, 주체와 객체간 氣韻이 生動하는 시정신으로 인해 매너리즘에서 가볍게 벗어나고 있다. <토우, 가야의 미소>에도 그러한 氣韻이 生動하는 미적 감각이 돋보인다.

> 떡 주무르듯 떡 주무르듯
> 점토 이겨 바른 몸맨두리
> 고개 갸우뚱
> 입도 마냥 헤벌리고
> 웃는 듯 우는 듯 뭉툭한 그 눈매
> 한 자루
> 푸짐한 익살
> 부려 놓은 가야 사람아.

―<토우, 가야의 미소> 전문

시인 윤금초에게 있어서 가야의 토우는 그냥 점토로 된 사물에 그치는 것이 아니다. 그 토우는 살아있어서 가야인의 숨결과 정신, 예술혼을 그대로 전하고 있다. 고개를 갸우뚱 비스듬히 한 채 입도 마냥 헤벌리고 있는 토우는 웃는 듯 우는 듯 뭉툭한 눈매를 하고 있다. 그리고 그 눈매는 익살로 가득하다. 그 가득한 익살을 살아있는 유머로, 살아가는 정신적 에너지로 시적 주체는 공급받고 있는 것이다. 이렇게 주체와 객체 간 서로 주고받는, 생동하는 기운 속에서 매너리즘을 벗어나는 예술적 에너지가 솟아오르는 것이다.

이 시조집에서는 <산빛에 물빛에>라는 연작이 눈에 두드러지고 있는데, 그것들은 한결같이 고전 작품을 모방하고 있다. 원래가 '자연(인간과 그 행위까지 포함하는 고전주의적 자연 개념’을 모방한 고전인데, <산빛에 물빛에>라는 윤금초의 연작은 그 고전을 다시 모방하고 있어서 모방이 이중적이다. 이는 그만큼 고전에 대한 신뢰가 크다는 것을 방증한다. 신뢰할 만한 고전과 전통을 지닌 고전주의적 삶은 안전하고 행복한 것이다.

> 낭랑하게 소리치는 저 조급증 여울물과
> 용용수 도도한 몸짓 물길 다스려 布置하고
> 이 나라 여름 물맛을 선지 위에 풀어놓았네.
>
> 붓끝에 솟구친 신명, 숨 돌릴 겨를 없이
> 엷고 짙은 먹빛 우려낸 그날 그 神筆이여
> 이 나라 산하의 습기, 눅진하게 풀어놓았네

-<산빛에 물빛에 1-겸재 정선의 ‘금강산 만폭동’> 전문

겸재 정선의 산수화 <금강산 만폭동>은 금강산을 모방해서 만들어낸 그림이다. 이 그림을 윤금초가 다시 모방하고 있다. 이중의 모방을 하면서도 플라톤에게서 보이는 회의가 없다. 윤금초에게는 정선의 그림이 실제의 금강산과 동일한 미와 가치를 지니고 있다는 믿음이 들어있기 때문이다. 이렇게 모방할 만한 대상, 루카치가 말하는 나침반으로서의 ‘별’과 같은 고전을 지니고 있는 사람들은 언제나 자아정체성을 행복하게 유지하게 된다.

4. 이야기에 대한 미메시스

근대화 이후 인간 주체의 해체되고 분열된 내면을 치유하고 통합할

수 있는 원리로 미메시스가 부각되고 고전주의적 삶이 빛을 발하는 이유를 앞에서 설명했다. 그런데 인간 주체의 내면을 통합해서 정체성을 확보하게 해줄 뿐만 아니라 분열되고 해체된 사회를 공동체적으로 통합해주고 정체성을 갖게 해주는 미메시스는 자연과 고전 및 전통만을 지향하지 않는다. 이야기 또한 미메시스의 중요한 대상으로 존재한다. 설화의 하나로서 이야기는 이때 객관적인 사물로서 존재한다. 그리고 공동체성을 지향하는 집단에게는 보편적인 미를 제공한다.

이야기는 근대 이전 곧 산업화 이전에 존재하던 선험적 고향[21]이 상실되기 이전의 공동체적 삶을 토대로 하고 있다. 근대 이전에 한 공동체의 구성원은 구전되어 오는 이야기를 통해서 자기정체성을 확보해 왔다. 근대 이전에 그것은 훌륭한 모방의 대상이었다. 어쩌면 기록된 문학 이상으로 신뢰할 만 하였다 할 것이다. 근대 이후에 들어와서도 그것은 여전히 모방의 대상으로 손색이 없다. 근대 이후 이야기를 강조한다는 것은 잃어버린 유토피아를 복원코자 하는 미학적 이념과 연결되어 있다. 타락한 자본주의 현실에 살고 있는 주체는 이야기를 모방함으로써 분열되고 해체된 인간의 내면과 사회를 통합할 뿐만 아니라 그 현실로부터 정신적으로 구원받을 수도 있다.[22]

갈밭 그물코 새로 그 옛날 바닷바람 솨솨 지나가네.
천리 남쪽 바당 밖에 꿈처럼 생시처럼 허옇게 솟은 피안의 섬, 제주 어부 노래로 노래로 굴려온 세월 전설의 섬, 가본 사람 아무도 없이 눈에 밟히는 수수께끼 섬, 고된 이승 접고 나면 저승 복락 누리는

---

21) 게오르그 루카치(반성완 역), 『루카치 소설의 이론』(중판), 심설당, 1998, p.39.
22) 이야기를 모방함으로써 정신적 구원에 이를 수 있다는 것을 황순원 소설을 통해 논증한 노승욱의 논문이 있다.
노승욱, 「황순원 소설에서 <이야기>의 수사학적 의미」, 2003년 한국현대문학회 하계학술발표대회 Proceeding, p.123.

섬, 한번 보면 이내 가서 오지 않는, 영영 다시 오지 않는 섬이어라.
　이어도, 이어도 사나. 이어도 사나, 이어 이어……

　밀물 들면 수면 아래 뉘엿이 가라앉고
　썰물 때면 건듯 솟아 푸른 허우대 드러내는
　방어빛 파도 헤치며 두둥실 뜨는 섬이어라.

　마른 낙엽 몰고 가는 마파람 쌀쌀한 그해 겨울
　모슬포 바위 벼랑 울타리 없는 서역 천축 머나 먼 길 아기작 걸음
비비닥질 수라의 바당 헤쳐 갈 때 물 이랑 뒤척이며 꿈결에 떠오른
이어노 이어노, 수병선 훌쩍 건너 우화등선 넘어가버리고
　섬 억새 굽은 산등성이 하얗게 물들였네.

-<이어도 사나, 이어도 사나> 부분

　이 작품은 제주도의 이어도 설화와 관련 있다. 주지하다시피 이어도
에 얽힌 전설은 가난과 고통에 빠져 허우적거리는 제주도 어부들이
만들어낸 낙원을 꿈꾸는 이야기이다. 이야기 속에 들어있는 유토피아
성이 바로 시적 주체의 모방의 대상이 된다. 물론 시적 주체는 이청준
의 소설 <이어도>에서 모티프를 차용해 오지만, 그 원형은 바로 제주
도에서 구전되어 오는 이어도 전설이다. 이처럼 이 작품 안에 들어 있
는 이어도 전설과 관련된 이야기는 이상적인 공동체, 낙원 회복을 꿈
꾸는 윤금초에게 있어서는 매우 훌륭한 미메시스의 대상이 된다.

　이야기 내지 이야기 요소, 즉 서사적 요소를 수용하고 있는 서술시
역시 미메시스를 창작원리로 내세우고 있다. 藝人들의 삶을 다루고 있
는 <아서라 달궁> 시리즈가 바로 그러한 서술시로 되어 있다.

　이리 비틀 저리 비틀 줄타기 재주 다스린다.

　앵두나무 긴 막대기 대접 하늘 빙그르 돌리는 버나놀이 그만 두고,

한 다리 줄 딛고 한 다리 들고 앉았다 일어서는 외옹잡이, 패랭이 눌
러 쓰고 외무릎 꿇고 황새걸음 논두렁 걸어나가는 황새 두렁넘기,
섰다가 껑충 뛰어 줄 위에 곧추 서면 명지바람 절로 이는 두 무릎곱
치기, 쥘부채 접었다 펴는 아니리 재담 한마당에 까르륵 까르륵 객
석이 자지러진다. 허공에 앉았다 줄 반동 몸 일으키고 한쪽 발 번쩍
들어 제 코를 차는 코차기, 책상다리 꿇었다 치솟아 공중제비 몸 틀
어 앉으며 두 무릎 꿇었다 책상다리하고 또 뛰어 솟고 솟아 꽃구름
넘실 휘감는 책상다리 가새트림……줄타기 잰걸음 기껍고 수월한데
연줄 빽줄 발새 빠른 그 물살 타기 힘겨워 힘이 겨워도

　　저 앞내 바람꽃 실어 휘익 획 휘파람 분다.

－<아서라 달궁·1－줄광대 김관보> 전문

　위의 작품에는 기층민중의 하나인 줄광대의 객관적 행위가 모방되
어 있다. 그 줄광대 김관보의 삶은 예인으로서 진지한 모습을 보여주
고 있어서 시인 윤금초가 모방하고 싶어할 만하다 하겠다. 줄광대 김
관보의 줄타기 행위는 매우 구체적으로 사실적으로 묘사되어 있다. 하
나 하나가 생명력 넘치는 모습을 보여주고 있다. 이처럼 객관적으로
존재하는 줄광대와 그의 객관적인 행위가 모방의 대상으로 되어 있다
는 점에서 이 작품도 고전주의적 요소를 많이 지니고 있다 하겠다.
　고전주의적 작품은 구체적이고 사실적인 사건이나 행위를 많이 나
열하면서 묘사하는 경향이 있는데, 이때 동원되는 사건은 시적 주체
가 펼치는 정서나 사상을 정당화하기 위한 것들이다. 많은 사건이 나
열된다는 것은 그만큼 많은 증거가 있다는 이야기인 셈이다. 윤금초
는 많은 기층민중, 서민 예술가들의 생명력 넘치는 진지한 예술 행위
를 모방함으로써 같은 예술가로서의 자기정체성을 확보하고 있다 할
것이다.

<아서라 달궁> 연작에는 그 외에 땅재주 명인 김봉업, 소놀이굿 우용진, 소목장 천철동 등이 나오는데, 이들은 한결같이 서민 내지 기층민중으로서 자기의 생업인 생명력 넘치는 예술행위에 진지한 열정을 보여주고 있다. 윤금초의 작품들은 그들의 진지한 삶, 눈에 보이고 만져질 수 있고, 증명을 위해 내보일 수 있는 객관적 행위를 모방하고 있는 것이다.

5. 현실 풍자와 거리 두기, 反미메시스

지금까지 윤금초의 시조 작품에서 미메시스를 통해서 서정적 동일성이 이루어지는 것을 살펴보았다. 이때 미메시스의 대상은 자연이거나 혹은 고전 및 전통이거나 아니면 이야기와 같이 시적 주체가 본받을 만한 존재나 사물들이었다. 그런데 시인 윤금초의 시선이 자본주의 현실로 돌아서면 미메시스의 대상은 사라져 버린다. 도시 현실에서 발견되는 사물들은 미메시스를 통한 동화의 대상이 되기보다는 풍자와 비판을 통한 거리 두기, 곧 비동일화의 대상으로 전락한다. 여기에 등장하는 사람들도 자기의 분수대로 성실하게 생명력을 발휘하면서 살아가는 서민 내지 기층민중이 아니라 그 서민 내지 기층민중을 기롱하고 착취해먹는 지배 계급으로 나타난다.

> 하루치 날빛 또한 다 그므는 그 언저리
> 가로수 잎새마다 기쁨조 손뼉 친다 손뼉 친다. 한 닢 동전이 게워
> 내는, 만물상 자판기 낯선 사내 정액인가 질질질 녹물 흘린다. 위벽
> 은 헐고헐고 정강이뼈 허옇게 드러낸 도시의 소름 돋도록 차가운 우
> 리네 헛헛한 시간, 어둠을 패대기치며 게걸음 걷는 열구름이거나

저마다 제 길 굴려 가는 무심한 저 별이거나.

부나비떼 여인 두엇 골목 어귀 서성이고
허섭쓰레기 날린 바람결 쉰 목소리 음유시인
탐욕의 허리띠 끄른 목소리 쉰 음유시인.

자본의 논리로야 벗길 수 있는, 벗길 수 있는
견고한 자존의 붕대, 정조대여 이데아여.

—〈춤추는 도시〉 부분

타락한 자본주의 도시에서는 인간만이 아니라 자연물도 성스런 자연성을 상실하고 있다. 즉 생명력이 거세당하고 있다. 가로수에 달려 있는 잎새는 도시에다 생명력을 불어 넣어주고 잃어버린 자연성을 회복시켜주는 성스러운 존재가 아니다. 그것은 돈벌이를 위해서는 몸도 영혼도 악마에게 팔아버리는 창녀나 기쁨조로 전락되어 있다. 열구름 또한 어둠을 패대기치며 게걸음 걷고 있을 뿐 도시에다 신선한 생명력을 가져다주는 존재가 아니다.

만물상 자판기에서 흘러나오는 것은 우리의 생명을 유지시켜주는 고상한 것이 아니라 병든 낯선 사내가 질질 흘리는 정액이다. 그것은 동전 한 닢으로 바뀌어진 것이다. 이 거리에는 부나비떼 여인, 창녀들이 골목 어귀에서 서성이고 있다. 돈으로 팔리고 사서 소비되는 성은 이미 건강성을 잃어버린 소외된 상품이다. 이것은 앞의 시조들에서 보이던 건강한 성적 생명력을 상실해버리고 왜곡되어 있다. 그래서 모방의 대상이 될 수 없다. 모방의 대상을 상실한 음유시인의 목소리는 허접쓰레기 날리는 바람결처럼 쉬어 있다. 이 음유시인마저 건강한 자연성, 생명력을 상실해버린 채 탐욕의 허리띠를 끄르고 있다.

이런 세속 도시에서는 창공의 별조차 제 기능을 상실하고 있다. 지상에서 살고 있는 사람들에게 삶의 좌표가 되어야 하는 별[23]은 더 이상 나침반이 되지 못하고 무심하게 자기 길을 굴려가기에도 바쁘다. 이렇게 자연도 인간도 함께 타락하고 병든 세속 도시에는 진리, 객관적이고 보편적인 진리가 사라지고 없다. 학문, 곧 이데아의 정조대마저 자본의 논리로 벗겨지고 만다. 따라서 여기에는 시적 주체가 믿고 본받고 합일하고 싶어하는 대상이 전혀 없다. 그래서 反미메시스로 갈 수밖에 없다. 反미메시스, 이것은 현대 도시인의 절망과 허무를 초래한다. 길 없음에 대한 절망과 허무를 '저마다 제 길 굴려 가는 무심한 저 별'로 나타냈다.

윤금초는 세속 도시가 타락하는 가장 큰 이유의 하나로 돈을 들고 있다. 돈바다인 세속 도시가 그에게는 똥바다로 보인다.

매화틀 똥통 타고 진똥 된똥 뒤를 본다.

갓난아기 첫 울음 고사리 손 곰실대는 배내똥, 물기 없는 강똥, 뾰족한 고드름똥, 굵고 긴 똥덩이를 똥자루라 한다던가. 등쳐먹고 발라먹고 요리조리 눙치다가 배탈 나서 고대 쏟는 산똥, 한밤중 느닷없이 비상 거는 밤똥, 의뭉한 사람 시커먼 속내 드러낸 숯검정 삼똥, 속곳도 내리기 전 뿌지직 분출하는 물총똥, 눈치 못 챌 비행궤적 사방으로 똥물 튀는 분수똥, 구리빛 느물거리는 자본주의 황금똥, 끊임없는 떡가래 감치고 감기고 서리서리 어깨동무 껴안는 퇴적층똥, 인동 당초 물풀 연화 매화 상감 철사 진사 화려한 문양에 화들짝 깨는 공작새똥, 딸기 참외 수박 오디 구렁이 새알 훔쳐먹듯 으깨먹고 깎아먹고, 어메 지체 높은 나으리가 아그작 아그작 씹어잡순, 온갖 과일 씨앗들 불꽃 놀 듯 부유하는 불꽃놀이똥이 뜨는구나. 괄약근 권력 끈에 뇌물 잘금 잘라먹고 바나나 자르듯 잘라내는 바나나똥, 초례청 굿청 지나 말 잔치 청문회 마당 이실직고할까 말까 세치 혀 나

---

23) 게오르그 루카치(반성완 역), 『루카치 소설의 이론』, 심설당, 1998, p.25.

불대다 마음 조려 애태울 땐 똥줄 탄다, 똥줄이 탄다. 똥 묻은 거시
기 겨 묻은 거시기 나무라는 똥바다, 무서워서 더러워서 피해가는
똥바다, 찌곱똥 생똥 피똥 물찌똥 활개똥 물렁똥 벼락똥 똬리똥 튀
김똥 빨치산똥 오르가즘똥…… . 휘휘 둘러보고 둘러 봐도 온 길섶
이 똥바다 똥바다라. 우라질 체면 퉤 퉤 퉤……

감는목 꺾는목 푸는 판소리똥도 뜨는구나.

―<뜬금 없는 소리―똥에 관한 한 연구 1> 전문

위의 작품에서 보듯이 자본주의 세속도시는 온 전체가 똥바다로 나
타난다. 실제는 돈바다인데, 그 돈이 똥으로 전도되는 것은 권력을 지
닌 자들의 부패와 타락으로 말미암는다. 이런 의미에서 윤금초에게 있
어서 자본주의 세속도시는 결코 모방의 대상이 되지 못한다. 反미메시
스적 대상으로 나타나는 세속도시에서의 삶은 동일성이 아니라 비동
일성으로 규정된다. 이렇게 비동일화의 대상으로 나타나는 세속 도시
에서의 타락한 삶은 동화가 아니라 비판과 풍자를 통한 거리 두기로
귀결된다. 이것은 미메시스가 아닌 다른 방법으로 연구되어져야 할 것
이다.

6. 꼬리말

본고에서는 지금까지 윤금초의 시조집 『이어도 사나, 이어도 사나』
에 수록되어 있는 작품들을 미메시스적 관점에서 연구해 보았다. 먼저
그의 작품 중 많은 분량을 차지하고 있는 자연서정시에서는 자연이
모방의 대상이 되고 있다. 이때 자연은 우리가 실제로 경험할 수 있는

자연이 아니라 매우 이상화된 존재로 나타난다. 이 자연은 생명적 에너지로 가득 찬 활기찬 존재이다. 그리고 자연 속의 사물들은 초월적 중심이 없이 서로 유기적으로 연결되어 있다. 사물들은 부분적 독자성을 띠면서 내적으로 긴밀히 연속되어 있다. 그리고 시적 주체와 자연물간에도 그러한 평등하고 민주적인 관계, 곧 제유적 관계가 형성되어 있다. 이때 인간 주체는 사물의 하나로서, 소위 以物觀物의 입장에서, 다른 사물들을 관찰하고 있다.

윤금초에게서 보이는 제유적 세계관에는 실낙원 개념이 없다. 낙원으로서의 자연은 인간을 둘러싸고 있는데, 단지 인식 주체의 마음이 탁한 기에 가려져 그것을 발견하고 있지 못할 뿐이다. 따라서 그것은 실낙원과 복락원이라는, 과거와 미래를 향하고 있는 낭만주의에서 보이는 은유적 이데올로기와는 달리 현재를 향하고 있다.

그의 자연서정시에 보이는 이러한 이상적인 자연은 시적 주체가 본받음으로써 자기정체성을 확립할 수 있는 모델이 된다. 그리고 그것은 해체된 사회현실을 재통합할 수 있는 근거가 된다. 또한 그것은 부박한 현실세계로부터 시적 주체가 구원받을 수 있는 원리가 된다.

윤금초의 시조 중에는 고전과 전통에 대한 미메시스도 보인다. 고전과 전통을 존중하는 고전주의적 삶은 행복하다. 그것은 자연만이 아니라 그 자연을 모방하고 있는 고전을 본받을 수 있기 때문이다. 여기서는 이중의 모방이 이루어진다. 이러한 미메시스 또한 산업화, 근대화로 분열 해체되어 가고 있는 주체의 내면을 통합하고 구원할 수 있는 원리가 된다. 또한 그것은 사회적 통합과 구원의 원리가 되기도 한다.

윤금초에게는 이야기를 모방함으로써 주체를 통합하고 구원하고자 하는 시도도 보인다. 옛날 이야기, 전설, 설화를 모방함으로써 그 이야기가 생산되던 공동체성을 복원하고자 하는 은유적 염원이 보인다. 이야기를 통한 모방에는 사회적 통합과 구원의 욕망도 들어있다 하겠다.

윤금초에게는 미메시스와는 상관이 없는 비동일성의 서정시도 보인다. 자본주의 세속도시의 타락한 현실적 삶을 풍자적으로 비판하고 있는 시조에는 대상과의 동화가 아니라 거리 두기가 보인다. 이러한 타락한 현실세계는 미메시스의 대상이 될 수 없다. 오히려 반미메시스가 나타날 뿐이다. 고전주의적 계기를 내포할 수 없는 현실세계는 절망과 허무로 이어진다.

▌참고문헌

김경복, 「동일성에서 物化의 시학으로─탈근대시학의 정립을 위한 시론」, 『신생』 창간호, 2001년 봄, pp.189~194.

김경복, 『생태시와 넋의 언어』, 새미, 2003.

김유동, 『아도르노와 현대사상』, 문학과지성사, 1997.

노승욱, 「황순원 소설에서 <이야기>의 수사학적 의미」, 2003년 한국현대문학회 하계학술대회 Proceeding, p.123.

이성희, 『無의 시학』, 새미, 2003.

전미정, 『한국 현대시와 에로티시즘』, 새미, 2002.

조지훈, 『조지훈 전집 3』, 일지사, 1973.

최승호, 『한국 현대시와 동양적 생명사상』, 다운샘, 1995.

최승호, 「오세영 서정시의 미메시스적 읽기」, 『우리말글』 제24집, 우리말글학회, 2002, pp.22~24.

최승호, 「신석정 자연서정시의 미메시스적 읽기」, 『어문학』 78집, 한국어문학회, 2002, pp.564~565.

최승호, 「김소월 서정시의 미메시스적 읽기」, 『한국시학연구』 제10호, 한국시학회, 2004, pp.345~346.

최승호, 「박목월 서정시의 미메시스적 읽기」, 『국어국문학』 139호, 국어국문학회, pp.337~341.

Adorno, Th. W., Horkheimer, M(김유동 역), 『계몽의 변증법』, 문학과지성사, 2001.

Auerbach, E.(김우창·유종호 역), 『미메시스─고대·중세편』, 민음사, 1987.

Bate, W. J.(정철인 역), 『서양문예비평사서설』, 형설출판사, 1964.

Benjamin, W.(반성완 역), 『발터 벤야민의 문예이론』, 민음사, 2002.

루카치, G.(반성완 역), 『루카치 소설의 이론』(중판), 심설당, 1998.

Plato(박희영 역), 『향연』, 문학과지성사, 2004.

Ricoeur, P., *Metaphor vive*, Seuil, 1975.

Ricoeur, P., *The Rule of Metaphor*, University of Toronto Press, 1975.

― 2006, 『우리말글』 제36집

서정적 동일성에 이르는
전통적 방법과 그 현대적 의미

1. 머리말

시적 상상력, 구체적으로 말해서 서정적 상상력이란 서정적 자아와 그것을 둘러싼 외부 세계 사이의 갈등을 조정해 주는 정서적 능력이다. 현실 세계 속에서 자아는 외부 대상과 조화롭지 못한 상태에 놓여 있는 것이 일반적 정황이다. 이 조화롭지 못한 상태의 삶을 조화로운 삶으로 조정해 가는 것이 詩作 과정인 셈이다.

우리는 이렇게 詩的으로 조화된 삶의 상태를 흔히 동일성, 또는 서정적 동일성[1]이라 부른다. 자아와 세계가 일체화된 상태를 우리는 통상 이렇게 부른다. 그리고 이 서정적 동일성에 이르는 방법은 시대와 장소에 따라, 문화권과 세계관에 따라 다양하게 전개되어 왔다. 서정

---

1) '동일성'이란 용어로 서정시의 본질을 규정한 본격적인 시론가는 김준오이다.
　서 림, 「서정적 동일성을 위한 변명」, 『말의 혀』, 새미, 2000, p.11.
　김경복, 「동일성에서 物化의 시학으로」, 『신생』 제6호, 2001, p.179.

적 동일성에 이르는 방법이 다양하다는 것은 갈등의 종류와 그것을 해소하는 방식이 다양하다는 것을 뜻한다. 그리고 각각의 서정화 방법들은 그 시대와 장소에 따라 삶의 방식과 내용에 따라 다양하게 요청되어 온 구체적인 양상들인 것이다.

최근 우리 학계와 문단의 일각에서 이 서정적 동일성에 대한 논의가 심심찮게 대두되고 있다. 한 소장학자는 '동일성'이란 용어 자체에 대해 완강한 거부를 보이고 있다. 그에 따르면 시학에 있어서 동일성의 사고란 근대 서구의 주체중심주의 사상에서 배태되었다는 것이다. 서구 미학사상 중에서도 근대 낭만주의 시학에서 유래되었다는 것이다. 낭만주의 시학에 있어서 서정적 동일성이란 '세계의 자아화'에 다름 아니다. 따라서 낭만주의 시학의 입장에서 정의된 동일성이란 다분히 폭력적이고 비민주적인 것이다. 그리고 제국주의적이고 파시즘적인 것이다.[2]

그러나 서정적 동일성은 낭만주의 시학의 전유물이 아니다. 동일성의 사고는 까마득한 신화시대부터 줄곧 있어왔다. 그 구체적인 방식을 달리하며 역사적으로 전개되어 왔던 것이다.[3] 물론 낭만주의 시학에서 말하는 동일성의 시학이란 '동일자' 중심 사고에서 빚어지는 개념이다.[4] 역사적으로 이 동일자 개념은 개인과 주체, 곧 자아의 발견, 그리고 그것의 강조와 연관된다. 즉 근대의 시작과 더불어 형성된 개념이다. 이것은 나름대로의 미학사적 의미와 중요성을 지니고 있다. 그러나 극단적으로 치우친 동일자 중심 철학은 지나친 개인주의와 파시즘, 전체주의적 삶의 방식을 만연시켰다.

---

2) 구모룡, 『제유의 시학』, 좋은날, 2000, pp.29~39.
3) 서 림, 「서정적 동일성을 위한 변명」, 앞의 책, pp.11~16.
4) 김경복, 앞의 글, pp.177~188.

최근에 김경복은 '동일성'에 대해 역사철학적인 접근을 시도하면서 동서양에 있어서 동일성에 이르는 방식의 차이를 세밀하게 비교하였다. 그는 그 차이점을 꼼꼼히 짚으면서 '동일성'이란 용어 사용에 대해 재검토할 것을 제의하고 있다. 김준오 교수가 주도적으로 사용한 바 있는 '동일성'이란 용어에 서구 동일자 철학의 뉘앙스가 강하게 풍기고 있다는 것을 조심스럽게 지적하고 있다. 김준오 교수가 비록 '세계의 자아화'란 용어 대신에 동일성이란 용어를 사용했지만, 그 속에는 여전히 낭만주의 시학의 냄새가 난다는 것이다. 그러면서 그는 장자의 '物化' 개념을 빌어와 탈근대적인 시학의 모델로 제시하고 있다. 기존에 사용하고 있는 '동일성' 개념에는 알게 모르게 동일자 중심적인 사상이 침투해 있으니 전통 동양적 시학인 '물화'라는 개념으로 서구의 주체중심주의가 빚어낸 근대의 부정성을 극복하자는 것이다.5)

필자는 '物化'니, '以物觀物'이니 하는 동양적인 일체화 방식도 동일성에 이르는 구체적인 양식의 하나라고 보고 있다.6) 사실 '물아일체'라는 것만 보아도 알 수 있듯이, 자아가 외부 사물과 일체화되기 위해서는 居敬窮理라는 의식적이고 의도적인 방식, 주체적인 방식을 취하지 않을 수 없다. 비록 자아와 세계가 대등한 입장에서 상호 감응하는 것이라 하지만 인식 주체의 적극적이고도 고유한 기능은 무시할 수 없는 것이다.

본고에서는 한국현대시의 전개과정을 통해 전통서정시론이 어떻게 현대적으로 재구성되는가를 살펴보려 한다. '전통시론'이란 語辭에서도 보이듯 이것은 이미 현대적인 가치를 함유하고 있는 개념이다. '전통'이란 어디까지나 현대적인 용어이다. 현대인이 필요해서 만들어낸

---

5) 김경복, 앞의 글, pp.189~194.
6) 서 림, 「서정적 동일성을 위한 변명」, pp.15~16.

용어이다. 근대 속에 살면서 근대에 대해 심각한 위기와 회의를 느꼈
을 때 그 근대의 부정성을 극복하기 위해 요청된 전근대로서의 전통
은 현대적인 가치를 지니고 있는 것이다.

본고에서는 서정적 동일성에 이르는 동양적 방법, 곧 전통적 방법이
어떻게 현대시론으로 자리잡아 가느냐를 살펴볼 것이다. 그것을 情景
論, 形而上學論, 生命詩學이란 세 가지 층위적 개념으로 살펴볼 것이
다. 이 세 가지가 각각 어떤 의미를 지니는지, 그리고 서로 어떻게 맞
물리고 있는지 살펴볼 것이다. 결국 이 세 가지 전통시론이 근대의 부
정성을 극복하기 위한 대안으로 어떻게 역사적으로 요청되고 있는지
살펴볼 것이다.

그리고 이들 전통시론의 현대화 과정을 문장파 시인들을 통해 살펴
볼 것이다. 한국 현대시사에서 전통시학이 현대적인 모습으로 거듭나
는 것은 1930년대 후반 문장파에 와서야 비로소 본격화된다. 이병기
의 시조에서 촉발된 현대시로서의 전통서정시는 정지용의 후기 산수
시에 와서 꽃을 활짝 피운다. 그리고 조지훈에 이르러 그것은 이론적
으로 완전한 토대를 구축하게 된다.[7]

2. 情景論

문장파의 자연서정시에는 조선조 사대부들의 문화적 이념이 계승되
어 있다. 문인화정신, 곧 동양적 인문주의가 그들의 전통지향적인 자
연서정시에 그대로 투영되어 있는 것이다. 1930년대 후반에 발흥한

─────────────────

7) 최승호, 「이병기, 근대에 대한 서정적 대응방식」, 『한국적 서정의 본질 탐구』, 다운
　샘, 1998, p.150.

고전부흥운동의 이념이 그들의 시학에 녹아 있는 것이다. 주지하다시피 문장파 시인들이 수용하고 있는 고전부흥운동의 이념은 反근대적인 것이다. 그들은 전근대적 삶을 현재적인 것으로 회복하여 그것으로써 근대의 부정성을 극복하고자 하는 태도를 취하고 있었다.[8]

근대는 주체의 발견과 그 확립을 특징으로 하고 있다. 그리고 그 주체는 이성의 발견을 전제로 하고 있다. 그런데 근대화가 지속됨에 따라 이성은 절대화되고 특권적인 위치를 차지하게 된다. 이 절대화된 이성은 도구적 이성으로 변질되고 도구적 이성은 자연에 대한 인간의 착취를 초래했다. 자연과 인간은 더 이상 화해롭거나 조화로운 관계를 맺지 못하게 되었다. 그리고 인간과 인간 사이의 관계도 도구적인 관계, 지배－피지배의 관계로 변질되고 말았다. 공동체적인 삶이 붕괴된 것이다. 더 나아가서는 인간의 내면세계마저 심하게 붕괴되고 해체되기에 이른 것이다. 주체에 대한 지나친 강조가 바로 인간 자신의 파탄, 비인간화를 초래하게 된 것이다.

이렇게 인간과 자연, 인간과 인간간의 조화로운 관계가 파탄이 나고, 개인의 내면이 파괴되는 상황을 초래한 것이 근대가 가져다 준 어두운 측면이다. 이 부정적 근대성을 경험하고 그것을 극복하기 위해 나타난 것이 문장파 시인들의 자연서정시와 시론이다. 바로 그 속에 반근대적인 의식이 자리잡고 있는 것이다. 문장파 시인들의 자연서정시에 들어있는 전통지향적 미의식은 이처럼 근대의 파국을 체험하고 난 뒤에 나온 것이라는 점에 있어서 현대적 의미를 지닌다. 그것은 전통지향적 미의식의 단순한 계승이 아니라 부활과 회복이라는 의미를

---

8) 황종연, 『한국문학의 근대와 반근대』, 동국대학교 박사학위논문, 1991.
  최승호, 「이병기, 근대에 대한 서정적 대응방식」, 『한국적 서정의 본질 탐구』, 다운샘, 1998.

지닌다. 매우 의도적이고 자각적인 방법론을 동반하고 있다. 그만큼 전략적인 미의식을 소유하고 있다는 것이다. 김소월이 근대 체험을 하고 자연(본질)으로부터 '저만치' 떨어져 절망적으로 울부짖고 체념하고 있었다면, 즉 근대의 파괴적이고 폭력적인 운명에 휘둘린 채 고통을 받고 있었다면, 이들 문장파 시인들은 자연과의 깨어진 관계를 다시 조화롭게 회복시켰다. 그들이 자연과의 조화로운 관계를 회복시킬 수 있었던 것은 바로 전통적인 미의식을 계승 부활시켰기 때문이다.

먼저 이들 문장파 시인들이 절대화된 주체로 인해 초래된 근대의 파국, 곧 인간과 자연의 분리, 내면세계의 분열을 경험했다는 것을 다시 한번 강조할 필요가 있다. 이 근대의 파국을 경험하고 나서 그것을 극복하고자 그들이 가져온 전통시론 중에 하나가 정경론이다. 정경론이란 시적 주체와 객체가 대등한 입장에서 서로 만나는 방식이다. 서구 낭만주의 시학에서처럼 주체 중심으로 기울어지지도 않고, 고전주의 시학에서처럼 객체 중심으로 경사되지도 않는다.[9] 주체와 객체간의 균형잡힌 미학인 정경론을 들고 나와서 이들 문장파 시인들은 서구 미학이 초래한 심한 불균형을 바로잡으려 했던 것이다.

情景論이란 한시에서의 시학이론이다. 전통적인 한시, 특히 자연서정시는 자아의 情과 대상의 景이 서로 만나 하나로 융해된 상태에서 쓰여진다고 보는 이론이다. 이렇게 情과 景이 통히 하나로 융해되어 있는 세계는 어디까지가 情이고 어디까지가 景인지 분리되지 않는다. 王夫之가 그것을 잘 이론화하고 있다.

情과 景이 이름은 둘이지만 실제로는 분리할 수 없는 것이다. 詩

---

9) 최승호, 「정지용 자연시에 나타난 情·景에 대한 고찰」, 『한국적 서정의 본질 탐구』, 다운샘, 1998, pp.127~132.

로써 神妙한 것은 〔情과 景이〕 감쪽같이 하나가 되어 이어댄 자리가
없고, 공교로운 것은 情 가운데 景이 있거나 景가운데 情이 있거나
한다.10)

이러한 정경교융을 향한 열망은 중국뿐만 아니라 우리나라 사대부
들의 한시에서도 하나의 창작 지침이 되어왔다. 조선조 문인화 정신을
부활시키고 있는 문장파 시인들도 이 정경론을 그들의 미학이념으로
그대로 계승하고 있다. 가령 이병기가 전통지향적 자연시 속에 '山海
風景'과 '山水情懷'11)가 나타난다고 하거나, '情景'12)이 보인다고 순희
하는 것 등이 그러하다. 정지용 역시 客觀景物 묘사로서의 景과 主觀
情緒 표현으로서의 情을 다같이 강조하고 있다. 먼저 그는 『서경』에
서 인용한 "詩者는 言志라"는 말을 쓰고 있다.13) 이는 표현론적인 견
해로 情과 관련된다. 정지용이 표현론적인 견해를 보이는 것은 다음
인용문에서도 보인다.

시가 시로서 온전히 제자리가 돌아빠지는 것은 차라리 꽃이 봉오
리를 머금듯 꾀꼬리 목청이 제철에 트이듯 아기가 열 달을 채서 태
반을 돌아 탄생하는 것이니, 시를 또 한가지 다른 자연현상으로 돌
리는 것은 시인의 회피도 아니요 무책임한 죄로 다스릴 법도 없
다.14)

이는 시란 자연스런 감정의 '자발적인 발로'라는 낭만주의식 표현론
과 유사하다. 따라서 그는 "가장 타당한 詩作이란 具足된 조건 혹은

---

10) 王夫之, 「薑齋詩話」.
  　이병한 편저, 『중국고전시학의 이해』, 문학과지성사, 1992, p.110에서 재인용.
11) 이병기(정병욱·최승범 편), 『가람일기』, 신구문화사, 1975, p.384.
12) 이병기, 「시조와 그 연구」, 『가람문선』, 신구문화사, 1966, p.242.
13) 정지용(김학동 편), 「조선시의 반성」, 『정지용 전집』 2, 민음사, 1988, p.272.
14) 정지용, 「시와 발표」, 『정지용전집』 2, p.248.

난숙한 상태에서 불가피의 시적 懷妊 내지 출산"[15]이란 입장에 이르게 된다. 결국 이는 미란 것은 주관적인 감정을 '자발적으로' 표현한 것이란 낭만주의 미학과 유사한 입장이다.

그런데 정지용의 이 표현론적 견해는 서구 낭만주의의 그것과 일치하지 않는다. 그는 서구 낭만주의에서 말하는 '주관적 감정'의 자발적 발로를 말하는 것이 아니라 性情論에서 일컫는 '情'의 관점에서 말하고 있다. 즉 '情'의 자발적 발로를 말하고 있다. 따라서 낭만주의와 정지용 표현론의 유사점은 '자발적' 발로에 있지, 주관적 감정과 '情'과의 관계에 있지 않다. 이것이 정지용으로 하여금 표현론적 견해를 갖게 하면서도 서구 낭만주의와는 다른 입장을 취하게 만드는 요인이다.

한편 정지용은 다음과 같이 모방론적 견해도 동시에 보이고 있다.

> 그보다도 더 좋은 것을 얻을 수 있는 것은 바다와 구름의 동태를 살핀다든지 절정에 올라 고산식물이 어떠한 몸짓과 호흡을 가지는 것을 본다든지 들에 나가 一草一葉이, 벌레 울음과 물소리가, 진실히도 시적 운율에서 떠는 것을 나도 따라 같이 떨 수 있는 시간을 가질 수 있음이다.[16]

이는 시가 바로 객관적인 대상을 묘사했다는 모방론에 다름 아니다. 이런 모방론은 바로 전통지향적 자연시가 지니는 景의 묘사와 관련된다. 이처럼 정지용은 객관대상을 묘사함으로써 미를 나타내고자 하는 객관성의 미학도 지니고 있다.

이상에서 살펴본 바와 같이 정지용에게서는 객관적인 미를 추구하는 景의 묘사와 주관적인 미를 추구하는 情의 표현이 맞물려 있음을

---

15) 정지용, 위의 글, 위의 책, p.249.
16) 정지용, 위의 글, 위의 책, p.249.

볼 수 있다. 이는 결국 그의 시학이 낭만주의적인 표현론과 고전주의적 모방론의 결합으로 되어있음을 말한다.

조지훈의 시학에서도, 이미 여러 사람이 지적[17]한 대로, 모방론과 표현론이 혼재되어 나타난다. 겉으로 보기에는 이 둘이 얼핏 서로 모순되는 것 같지만 실은 그렇지가 않다. 왜냐하면 모방론과 표현론은 정경론 속에서 하나로 만나고 있기 때문이다. 모방론은 景의 차원이고, 표현론은 情의 차원이다. 사실 조지훈은 景의 객관 묘사와 관련해서는 서구 모방론적 견해를 빌어오고, 情의 표현과 관련해서는 서구 표현론적 견해를 빌어오고 있다. 따라서 정경론은 일방적으로 표현론적인 낭만주의적 미학만으로 되어 있는 것이 아니요, 역시 일방적으로 모방론인 고전주의 미학만으로 되어 있는 것도 아니다. 고전주의 미학에서는 객관적으로 존재하는 미가 작품 속에 일방적으로 반영될 뿐이다. 고전주의 계통의 철학에서는 인식 주체의 정신을 거울에 지나지 않는 것으로 보기 때문이다. 반면 낭만주의 미학에서는 미란 주관적으로 결정된다. 외부 사물은 이때 인식 주체인 등불로부터 빛을 받는 존재에 지나지 않는다. 이렇듯 고전주의 미학이든 낭만주의 미학이든 이들은 각각 자아의 정서나 객관적 사물 어느 하나만 강조하는 일방성을 지닌다. 이에 비해 정경론에서는 자아의 情이든 사물의 景이든 서로 대등하게 만난다. 이것이 소위 情景交融이다.

이런 정경교융 사상 때문에 조지훈에게서도 다음처럼 객관 경물의 묘사를 중시하는 모방론적 견해와 자아의 情을 중시하는 표현론적 견해가 동시에 나타나고 있다.

---

17) 김윤식, 「유기적 문학관」, 『한국 근대 문학 사상 연구』 1, 일지사, 1984, pp.312
~328.
　　정효구, 「유기체시론의 의미」, 『시와 젊음』, 문학과비평사, 1988, pp257~268.

① 모든 예술은 플라톤이 말한 것처럼 단지 모방(mimesis)의 기술이 아니라 기술을 토대로 한 기술 이상의 것, 다시 말하면 「이데아」 또는 생명의 原像(Urbild)이 직접 표현된 것이라 하지 않을 수 없다. 차라리 아리스토텔레스가 예술을 「보편적 형상(universal forms)의 리얼라이즈」라고 본 것은 타당하다 하겠다. 감각을 통하여 초감각의 세계에 사무친다는 것은 특수적인 것이 보편화되는 길이 아니겠는가.[18]

② 자연을 정련하여 그것을 다시 자연의 혈통에 환원시킨 것, 곧 「막연한 자연」에 특수한 의미를 부여함으로써 새로운 의미를 발견한 것, (……) 시의 소재는 우주의 삼라만상과 인간 생활 일체의 내용 속에 편만함을 인정하지 않을 수 없다. 그러나 시의 소재로서의 자연은 어디까지나 소재일 뿐 그대로는 아직 시라 할 수 없는 것이다. 나는 이를 「넓은 의미의 시」, 다시 말하면 「시정신」이라 부르고 이 소재가 시인의 개성 있는 가슴과 손을 통하여 창조되어 이루어진 것을 「참뜻의 시」라 부른다.[19]

위의 글 ①은 고전주의자들의 모방론을 받아들인 것이고, ②는 낭만주의자들의 표현론을 받아들인 것이다. 그런데 그의 정경론은 앞의 모방론과 표현론을 그대로 받아들이지는 않는다. 먼저 모방론의 경우를 보면 모방되는 자연이 서구의 것과는 다르다. 조지훈의 말대로 "자연의 개념은 서양에서 이른바 「자연」이 아니요, 동양의 그것이며 동양에서도 특히 우리의 생활화된 「자연」"이다.[20] 이 '생활화된 자연'이란 말은 '주체와 일치된 자연'이란 뜻으로 해석할 수 있을 것이다. 유가들에 따르면, 자연은 객관적으로 도를 지니고 있는데, 그 자연이 도를 주체적으로 지니고 있는 인간과 상호 만나게 된다. 뒤에서 말하겠지만

---

18) 조지훈, 「시의 원리」, 『조지훈전집』 3, 일지사, 1973, p.16.
19) 조지훈, 「시의 원리」, pp.12~13.
20) 조지훈, 「시의 원리」, p.43.

동양에서는 자연이나 인간이 동일한 도를 가지고 있다고 말한다. 즉 인간이나 자연은 동일한 도를 지니고 서로 대등하게 만나고 있다고들 한다. 이런 의미에서 그가 모방론을 받아들임에도 불구하고 서구의 것 그대로 받아들이지 않는다. 객체의 도를 받아들이는 것은 주체 속에도 동일한 종류의 도가 들어있기 때문이다.

한편 표현론의 경우를 보아도 조지훈은 서구 표현론을 그대로 받아들이지 않는다. 먼저 그가 말하는 개성이란 결국 각 개인에게 나타나는 氣質之性의 차이를 두고 말하는 것이다. 남인 계통의 主理論의 철학사상을 잇고 있는 조지훈에게 있어서 기질지성이란 엄밀히 '氣質中本然之性'을 의미[21]하므로 보편성을 전제로 한 개별성을 나타낸다. 조지훈이 개성을 인간 본성과 관련시키는 것은 다음과 같은 말에서도 나타난다. 즉 그는 "저 자신의 사상이란 것이 바로 우주의 생명의 직관"[22]에 통하는 길이라고 하고 있다. 이는 결국 개성이란 개인의 독특한 정신이면서도 보편자로서의 우주의 객관적 본질도 나누어 갖고 있다는 것을 의미한다. 서구 표현론에서 개성이란 선험적인 인식 카테고리에 의해 주어지는 것이지 객관적인 자연의 본질에 의해 보장받는 것은 아니다.

그리고 이 기질지성이 곧바로 性情으로 나타난다. 性情은 理氣와 본질적으로 동일한데 인간에 국한시켜서 부르는 개념이다. 그런데 性은 잠재된 것이므로 실제 시적 주체가 사물과 대할 때 발동하고 작동하는 것은 情이다. 그리고 이때의 情은 서구적 의미의 감정과는 달리 지·정·의가 통합된 전인격적 정신 능력이다. 조지훈에게서도 바로

---

21) 유인희, 「程·朱의 人性論」, 한국동양철학회 편, 『동양철학의 본체론과 인성론』, 연세대학교출판부, 1982, pp.265~266.
22) 조지훈, 「시의 원리」, p.13.

이러한 情의 개념이 보인다.

> 시인이 지·정·의 어느 것 하나로써 시를 논한다면 새로운 생명
> 을 기르는 협동의 조화에 지장이 생겨 결국 불구의 시를 사산하게
> 되는 것이다. 그러므로 시를 향수하고 양육하는 시인의 기관과 작용
> 은 어느 하나만이 아니요, 생명 전체가 통히 하나로 된 새로운 통일
> 감관으로서 체득할 것이란 말이다. 이를 「宇宙官」이라 하고 그 작용
> 을 「宇宙感能」이라 부를 수 있겠다. 宇宙官은 눈, 귀, 입, 혀, 몸, 마
> 음 그 어느 것 하나에만이 아니요, 그것 밖에 있는 것도 아니니, 이
> 들이 한 덩어리로 통일되어 그 본래의 분담기능이 교호작용을 낳는
> 것이다. 23)

이렇게 정경론에서 출발하고 있는 조지훈은 '서경시'를 특별히 중시
하고 그것을 하나의 별도의 장르로까지 부각시키고자 한다. 이는 동양
의 자연서정시가 서양의 낭만적 서정시와 매우 다르다는 것을 인식했
기 때문이다. 그에 따르면 (서구의) 서정시는 주관적인 미만 강조하고
서사시는 객관적인 미만 강조하는 편향성을 지닌다는 것이다. 그에 비
해 '서경시'는 주관적인 미와 객관적인 미를 종합하는 面이 있어서 양
자보다 우수하다는 것이다.24)

그러면 조지훈에 있어서 정경론이 구체적으로 실현된 상태는 어떤
것인가? 결론부터 말하면 그는 그런 상태를 '感興'이라 부른다. 感興
이란 원래 퇴계 등이 썼던 용어이다. 퇴계는 이를 '興感'이라 표현했
지만 뜻은 동일하다. 興感 또는 感興이란, 퇴계에 따르면, 我의 情과
物의 景이 통히 하나로 만나 이루어진 황홀경의 상태이다. 이 感興은
시학, 특히 정경론에서의 사물 인식 방법이지만, 그 구체적인 방법은

---

23) 조지훈, 「시의 원리」, p.26.
24) 조지훈, 「시의 원리」, pp.77~78.

성리학, 곧 형이상학에서의 사물 인식 방법인 格物致知와 완전히 일치한다.[25] 그 興感은 이른바 '敬'의 상태에서 일어난다. 敬은 유가들의 심신수양 방법이다. 격물치지 하기 위해서 인식 주체가 먼저 자신의 마음을 바르고 곧게 가지는 방법이다. 그리고 敬의 상태에서 興感이 일어난다는 말은 興感 역시 직관적이란 뜻이 된다. 조지훈 역시 이 興感을 직관적인 것으로 보고 있다.[26] 興感이 직관적이라는 것은 그 속에 사물에 대한 형이상학적 인식까지 포함된다는 의미가 내포되어 있다. 다시 말해 興感으로 표현되는 정경론 속에는 형이상학론까지 포함된다는 뜻이다. 사실 興感은 자아의 情과 사물의 景이 하나로 만나는 데서 이루어진다. 王夫之에 따르면, 정과 경이 서로 교융되는 가운데, 자아의 마음과 사물의 정신이 하나로 만나게 된다는 것이다.

> 情을 품고 능히 그것을 표현할 수 있다면, 景을 보고 마음이 살아 움직인다면, 사물의 情을 체득하고 그 정신을 얻을 수 있다면, 자연스럽게 생동하는 구절을 얻게 될 것이고, 자연 조화의 묘함에도 참가하게 될 것이다.[27]

위의 글에서 우리는 자아의 情과 사물의 景이 하나로 만날 때 단순히 감각적이거나 감정적인데 그치지 않고, 그 만남이 형이상학적인 차원에까지 들어감을 볼 수 있다. 이것은 관조자가 사물의 形만 보는 것이 아니라, 사물의 情神까지 들여다보기 때문이라는 것이다. 또한 이

---

25) 퇴계의 興感論은 정운채의 논문 「퇴계 한시 연구」(서울대학교 석사학위논문, 1988)를 참조할 것.
26) 조지훈, 「시의 원리」, p.14.
  이병기 역시 이 '興感'이란 용어를 쓰고 있다(『가람일기』, p.363.)
27) 王夫之, 「詩繹」.
  劉若愚(이장우 역), 『중국의 문학이론』, 동화출판공사, 1984, p.91에서 재인용.

것은 바로 관조자의 마음이 관조되는 사물의 정신과 합일되기 때문이라는 것이다. 이처럼 정경론 속엔 형이상학론이 내포되어 있다. 그 둘은 확연히 분리되지 않고 모호하게 결합되어 있다.

3. 形而上學論

앞에서 우리는 정경론 속에 형이상학론이 내포되어 있음을 살펴보았다. 따라서 우리는 형이상학론 역시 주·객 동일성의 원리에 의해 구성되어 있음을 짐작할 수 있다. 형이상학론이란 용어를 처음 사용한 사람은 劉若愚이다. 유약우는 그의 저서 『중국의 문학이론』에서 형이상학론이란 용어를 다소 애매하게 사용하고 있다. 그리하여 사람에 따라서 그의 형이상학론이란 용어를 서구 모방론과 유사한 것으로 받아들이는 경우가 종종 있다. 그러나 이 형이상학론은 엄밀히 말해서 모방론과 다르다. 그러한 오해의 소지는 유약우가 'metaphysical'이란 번역어를 쓰고 있기 때문이다. 그런데 실제 그가 사용한 '形而上'이란 용어는 『주역』 계사전에서 인용한 것이다.[28] 그리고 유약우도 자신이 사용하는 형이상학론이라는 용어가 아리스토텔레스 등이 쓰는 모방론과는 다르다는 것을 언급한 적이 있다. 즉 그는 형이상학론이 모방론과 표현론의 중간에 서 있다고 말한 적이 있다.[29] 그러나 유약우 자신이 그 이유에 대해 충분히 해명하지 않았기 때문에 계속해서 모방론과 형이상학론 사이에 서로 혼동되는 오해를 불러일으키고 있다. 어쨌든 유약우 자신도 형이상학론이 모방론과 표현론의 중간에 서 있다고

---

28) 『주역』, <계사> 上, 제12장. 是故形而上者謂之道 形而下者謂之器.
29) 劉若愚(이장우 역), 『중국의 문학이론』, 동화출판공사, 1984, p.107.

함으로써 그것이 지닌 주·객 양면성을 동시에 드러내려 했다는 것은 짐작할 수 있다.

우리는 앞에서 형이상학론이 정경론 안에 내포되어 있는 것을 살펴보았다. 즉 정경론처럼 주·객 양면성을 지니는 것을 살펴보았다. 이 주·객 양면성을 동시에 지님으로써 형이상학론은 앞의 정경론처럼, 지나치게 주·객이 분리되어 있는 근대문화의 폐해를 극복하는 대안으로 기능할 수도 있다는 것이다. 문장파 시인들이 시와 시론에 형이상학론적 관점을 담지하고 있었다는 것은 바로 당대 문학이 지니고 있던 기형석인 면을 교정하고자 함이었다고 볼 수 있다. 서구 낭만주의 시학의 영향을 받은 시론들이 지니고 있는 지나친 주체중심주의와 서구 고전주의 시학의 영향을 받은 시론들이 지니고 있는 지나친 객체중심주의 편향들을 극복하고 균형잡힌 시학을 회복하고자 했다고 보아야 할 것이다. 그리고 그것을 현대적인 것으로 정립하고자 했을 것이다. 특히 1930년대 말 모더니스트들에 의해 초래된 지나친 내면화에 대한 경계와 비판, 그리고 그 대안으로 제시되었을 가능성이 크다. 당대 모더니스트들, 특히 해체주의 경향의 모더니스트들에 의한 지나친 내면화 경향으로 말미암아 인간의 내면이 균열되고 해체되는 지경에 이르게 되었다. 주·객간의 병적인 분리는 정신의 파탄을 초래하고 말았다. 이럴 때 주·객 동일성의 중요성이 부각되었다. 그리고 그 주·객 동일성의 미학적 기반으로 정경론과 형이상학론이 제시되었던 것이다. 형이상학론은 주·객간의 정당한 관계와 우주적 조화와 질서를 지향하는 시학이다. 당대 해체주의 계열의 모더니스트들이 형이상학과 우주적 질서를 부인하고 병적이고 그로테스크한 삶에 침윤되어 있었음을 상기할 때, 이들 문장파의 형이상학론적 관점은 해체화의 시절에 중심을 잡아주는 원리로 기능했음을 알 수 있다.

동양시학에 있어서 형이상학론이란 시에다 우주의 원리, 곧 道를 구현하겠다는 것이다. 전통시학자들은 자연서정시를 쓸 때 단순히 자연의 景物 묘사나 정취를 표현하는 데 그치지 않고 그 속에 자연의 이법, 원리, 곧 道를 구현해야 한다고 믿고 있었다. 詩속에 형이상을 구현하는 것이 최고의 경지라는 이러한 시학은 고대 중국에서 생겨나 동아시아에 두루 일반화되어 현재까지 내려오고 있다. 여기서는 문장파들의 시학에 국한시켜 알아보자.

이병기는 자신의 전체 시 중에서 전통지향적 자연시를 가장 많이 쓴 시인답게, 전통지향적 자연시의 이념인 形而上의 구현을 이상시하는 견해를 간접적으로 내비치곤 하였다. 그것이 이른바 ‘神韻’이다. 가람은 일기나 시론 곳곳을 통해 詩에서나 다른 예술에서 신운이 나타나야 한다고 주장하고 있다. 그리고 신운이 나타난 예술을 최고의 경지인 것으로 보고 있다.30) 원래 신운이라는 용어가 함의하는 바는 그 범위가 매우 크다. 王士禎(1634~1711)이 이 말을 사용할 때에는 일반적으로 말로 표현하기 어려운 개인적인 격조나 풍미를 뜻했다.31) 그런데 이미 이 속에는 實在에 대한 직관적 포착이나 직관적 예술 재능, 개인적 품격 등과 같은 개념들이 저변에 깔려있는 것이다.32) 즉 ‘神韻生動’하다고 할 때에는 작품 속에 形而上의 표현이 매우 훌륭하게 나타나 있다는 뜻이 들어가 있다. 이때 形而上은 물론 직접적으로 드러나지 않고 경물 묘사와 정서 표현 속에 용해되어 있는 것이 바람직한 것이다.

---

30) 이병기, 『가람일기』, p.184.
　　이병기, 『가람일기』, p.185.
　　이병기, 『가람일기』, p.540.
31) 유약우, 앞의 책, p.94.
32) 유약우, 앞의 책, p.92.

다음 정지용에게서는 이러한 형이상학론적 관점이 어떻게 나타나는 가 살펴보자. 그도 물론 形而上學論이란 용어를 직접 쓰지는 않았으나, 그의 시론 곳곳에 이미 이러한 요소가 산재해 있음을 볼 수 있다. 그리고 그가 이런 시론을 쓸 당시 바로 전통지향적 자연시를 썼다는 점으로 미루어 보아, 그는 이러한 시론을 이미 마음속에 깊이 간직하고 있었던 것으로 보인다. 지용은 1939년『문장』지에「시의 옹호」라는 시론을 발표하고 있는데, 그 글에서 세 가지 부류의 시를 논하고 있다. 그 세 가지란 단순한 풍경시, 정취의 시, 정신의 시이다. 이중 단순하게 경지만 묘사한 시가 제일 낮은 차원이고, 그 다음이 정서를 표현한 정취의 시이고, 가장 높은 경지의 시는 바로 정신의 시라는 뜻으로 말하고 있다.[33] 그가 말하는 정신적인 시란 다음과 같이 우주의 본질, 곧 形而上을 탐구한 시임을 가리키는 것이다.

> 그보다 더 좋은 것을 얻을 수 있는 것은 바다와 구름의 동태를 살핀다든지 절정에 올라 고산식물이 어떠한 몸짓과 호흡을 가지는 것을 본다든지 들에 나려가 一草一葉이, 벌레 울음과 물소리가, 진실히도 시적 운율에서 떠는 것을 나도 따라 같이 떨 수 있는 시간을 가질 수 있음이다. 시인이 더욱이 이 시간에 인간에 집착하지 않을 수 없다. 사람이 어떻게 괴롭게 삶을 보며 무엇을 위하여 살며 어떻게 살 것인가에 주력하며, 신과 인간과 영혼과 신앙과 愛에 대한 항시 투철하고 열렬한 정신과 심리를 고수한다. 이리하여 삶음과 죽음에 대하여 점점 段이 승진되는 일개 표일한 생명의 劍士로서 영원에 서게 된다.[34]

인간 자신을 포함한 우주 만물의 생명의 원리와 본질 탐구, 그것의

---

33) 정지용,「시의 옹호」,『정지용전집』2, 민음사, 1988, pp.241~246.
34) 정지용,「시와 발표」,『정지용전집』2, p.249.

詩化가 곧 시의 가장 궁극적 이상이라는 이러한 시론은 바로 形而上學論的 시학임에 틀림없다.

　조지훈은 '문장파'의 어떤 선배보다 유학에 정통한 시인답게 형이상학론적 시학을 체계적으로 나타내고 있다. 그리고 그 자신 다음과 같이 '形而上'이란 용어를 직접 쓰고 있다.

　　시인으로서 일가를 이루면 자기로서의 세계가 있고 그 세계는 세속적인 平平凡凡한 것이어서는 못쓴다. 미에 대한 존숭의 念은 미를 수호하는 신으로 우리를 이끌어 간다. 예술은 종교와 철학과 풍속으로 돌아가서 우리 생활에 깃든 形而上의 나라를 살찌게 해야 할 것이다.[35]

　그리고 이때 그가 말하는 '形而上'이란 용어가 유가에서의 陰陽理氣 철학과 관련된다는 것은 아래와 같이 명약관화하다.

　　萬象이 이 陰陽의 變에 의하여 생긴다. 物과 心, 이도 陰陽之變의 하나이다.
　　그러나 陰陽之變이 원인으로 만물이 생하니 만물은 음양의 果가 되는 것인가. 因이 어디 비롯되는가. 果 있기 때문에 因이 있으니 만물로 볼 때 만물이 因이요, 그 만물이 변하는 곳에 음양의 교변이 있으니 이는 果다. 어느 것이 먼저며 어느 것이 나중인가.[36]

　지금까지 '문장파'로서 전통지향적 자연시를 쓴 세 사람의 시인 이병기, 정지용, 조지훈의 시론을 形而上學論과 관련해서 살펴보았다. 이상에서 살펴본 바와 같이 '문장파'에서 형이상학론적 관점을 가장 확실히 지니고 있는 이는 조지훈인데, 지금부터는 조지훈에 초점을 맞추

---

35) 조지훈, 「유미주의예술 소고」, 『조지훈전집』 3, p.324.
36) 조지훈, 「大道無門」, 『조지훈전집』 4, p.127.

어 그가 어떻게 이 형이상학론을 구체화하고 있는지 살펴보자. 그의 시론을 알려면 먼저 그의 세계관부터 살펴 볼 필요가 있다.

> 대자연은 사물의 근본적인 原型으로서 여러 가지 의미를 실현하고 있다. 대자연의 일부인 사람은 그 자신 자연의 실현물로서만 존재하는 것이 아니라 창조적 자연을 저 안에 간직함으로써 다시 자연을 만들 수 있는 기능을 가지는 것이다.[37]

이는 인간을 자연의 일부로 보는 유가적 세계관을 드러내고 있다. 즉 우주는 一氣의 연속체로 되어 있고, 인간은 그 一氣의 부분으로 되어있다는 유가적인 형이상학을 근본으로 깔고 있는 사상인 것이다. 지훈 자신도 物과 心이 모두 陰陽之變으로 되어있다고 보고 있는 데서[38] 그것이 단적으로 드러난다. 유가들은 物, 즉 육체는 質이라 하고 心, 즉 정신은 氣라 하는데, 이는 육체와 정신이 다 氣로 되어 있다는 말이다. 왜냐하면 氣 중에서 탁한 기를 質이라 하기 때문이다. 이는 인간이 자연과 본질적으로 동일한 질료와 형상을 지니고 있다는 말이 된다. 그리고 만물이 一氣로 되어 있다는 말은 만물 속에 태극이 있다는 말로 이어진다. 즉 만물 속에 동일한 理가 있다는 말이다. 이는 결국 자연의 본질인 理(道)는 인간에게도 있고 사물에게도 있다는 뜻이 된다. 그런데 사물 쪽에서 바라보면 그 도는 객관성의 원칙에 따라 운동하지만, 인간 쪽에서 보면 그것은 또한 주관성의 원칙에 따라 움직인다. 다시 말하면 도의 주체적인 측면은 인간이 자신 속에 있는 도를 창조적으로 실현시켜 나가는 것이고, 도의 객체적인 측면은 도가 만물 속에 구현되어 있다는 것이다.

---

37) 조지훈, 「시의 원리」, p.12.
38) 조지훈, 「대도무문」, 『조지훈전집』 4, p.127.

도 자체는 객관적인 것, 현상적으로 천지간에 벌어지고 있는 것이다. 즉 도는 자존 상태에 처해 있다. 이 객관적인 도는 오직 자기 속에 스스로 있는 것이기 때문에 스스로 인간을 굉대(宏大)시킬 수는 없다. 그것은 마치 하나의 사물과 같아 천지간에 있는 객관적 존재로서 존재한다. 그것이 바로 도의 객관성이다. 그런데 객관적인 도는 오로지 스스로 자존하는 것이기 때문에 인간에 의한 확충을 기다리며 인간에 의존하고 있는 것이다. 객관적인 도란 모름지기 인간이 주체적인 도를 실천하는 데서만 확충되고 宏大해진다는 것이다. 인간에 의한 宏大擴充의 노력에 의지하고 있다는 점에서 도는 주관성을 띤다는 것이다. 이러한 사상은 『논어』에 나오는 다음과 같은 공자의 말속에 단적으로 집약되어 있다.

> 인간이 도를 크게 할 수 있는 것이지, 도가 인간을 크게 하는 것이 아니다.[39]

이상은 결국 도의 주관성과 객관성을 말한 것으로 유교적 형이상학에 다름 아니다. 그리고 이 속에는 객관적인 도보다 주관적인 도가 더 중요한 기능을 하고 있다는 의미가 들어있다. 인용된 조지훈의 윗글을 보면, 그가 바로 도의 주관성과 객관성을 동시에 언급하고 있다는 것을 알 수 있다. 도는 자연의 본질로서 객관적인 것이지만 주체 속에도 구현되어 있다는 것이다. 그리고 주체 속에 구현되어 있는 도를 실천함으로써 도를 확충 宏大해 나간다는 것이다. 지훈 자신의 표현대로 말하면, 인간이 '창조적 자연'을 자기 안에 간직함으로써 다시금 자연을 만들 수 있는 기능을 가진다는 것이다. 결국 창조력의 근원은 주체

---

39) 『논어』, <위령공>, 人能弘道 非道弘人.

속에 들어있는 주관적인 도이다.

주관적 도와 객관적 도의 대등한 만남, 즉 물아일체, 이것이 조지훈의 詩作에 있어서 형이상이 구현되는 방식이다. 그에 따르면 理란 것은 진·선·미의 통합적 근거이면서 원천인 셈이다. 그리고 미란 주관적인 도와 객관적인 도가 하나로 합치될 때 실현되는 것이다. 따라서 이것은 모방론처럼 객관적인 美만을 반영하는 것도 아니고 표현론처럼 주관적인 美만을 표현한 것도 아니다. 이런 이유로 형이상학론은 모방론이나 표현론과 다르다. 주지하다시피 모방론은 객관적인 美만을 일방적으로 반영한다. 이때 인식 주체의 정신은 거울에 지나지 않는다. 반면 표현론은 주관적인 美만 표현한다. 이때 외부 대상은 그 자체 미적 가치를 띠지 못한다. 표현론에서 미적 가치란 오로지 인식 주체의 선험적인 미적 인식 카테고리에 의해 결정된다. 따라서 이때 외부 대상은 주체의 등불과 같은 정신으로부터 빛을 받는 존재에 머문다. 이와는 달리 형이상학론에서는 주관적인 미(理)와 객관적인 미(理)가 대등하게 만나 통히 하나로 되는 데서 완전한 미가 실현된다.

그러면 조지훈에 있어서 형이상학론은 구체적으로 어떻게 실현되는가? 어떻게 형이상학적인 미가 실현되는가는 곧 철학에서의 문제와 일치한다. 그것은 이른바 격물치지의 방법이라 이를 수 있다. 조지훈에 있어서 격물치지가 일어나는 모습은 이른바 그가 말하는 '半無意識' 상태를 통해 알 수 있다. 그가 말하는 바의 반무의식이란 일종의 직관적 인식을 위한 마음의 상태를 의미한다.[40] 이 직관은 '敬'의 상태에서 일어난다. 敬이란 『주역』 두 번째 곤괘(坤卦)의 "군자는 敬으로써 안을 고르게 하고, 義로써 밖을 바르게 한다"는 구절에서 나온 말

---

40) 조지훈, 「시의 원리」, p.57.

이다. 즉 군자는 敬으로써 마음을 곧게 하여 외부 사물을 인식할 준비를 갖춘다는 말이다. 거경(居敬)의 강조는 모든 유가들이 공통적으로 지니고 있는 항목이다. 유가들에게 敬이란 사물 인식의 시작과 끝이 되는 공부 방법이다. '敬', 이것이 이른바 조지훈이 말하는 반무의식 상태이다. 이러한 반무의식 상태에 이르고자 하는 주체의 의식적인 노력이 중요하다.

그런데 조지훈은 영남 사림파의 후예로서 주리론적 입장에 서 있기 때문에 대체로 퇴계의 학설을 이어받아 퇴계적인 인식론을 지니고 있다. 퇴계적인 격물치지론에 따르면, 사람과 사물 사이에는 원래 간격이 없어야 하는데, 현실적으로 사람의 마음이 기폐(氣蔽)의 상태에 놓여 있어 사물과의 사이에 간격이 생긴다는 것이다. 즉 사람의 마음속에 있는 性으로서의 理가 혼탁해진 氣에 가려져 제대로 발현되지 않는다는 것이다. 그리하여 마음속의 혼탁해진 氣를 바르게 하여 바깥 사물과 일치될 필요가 있는데, 이때 요구되는 것이 심신수양인 것이다. 敬이란 이때 요구되는 심신수양의 방법이다. 조지훈이 말한 '생명이 특수하게 고조된 상태'[41]란 바로 이런 경지, 곧 我의 마음이 氣蔽에서 벗어나 '理純不雜'이 실현된 경지를 일컬음이다. 즉 我의 理가 物의 理와 하나된 경지이다. 이를 성리학에서는 格物致知라 부른다.

이상에서 살펴본 바에 의하면, 유가적인 세계 인식 방법을 이어받고 있는 조지훈의 경우, 물아일체에 이르기 위해서는 주체의 적극적이고 의식적인 노력, 창조적인 행위가 강조된다. 물아일체에 앞서 '居敬'이 강조된다고 하는 것이 그러하다. 즉 심신수양이라는 마음가짐이 그러하다. 그리고 자연 속에 있는 객관적인 도를 굉대 확충시키는 것은 인

---

41) 조지훈, 「시의 원리」, p.37.

간, 곧 인간 속에 있는 주체적인 도라고 말한다. 형이상학론이 비록 주체적인 도와 객체적인 도의 대등한 만남에서 이루어진다고는 하나, 어디까지나 주체적인 도를 더 강조함을 볼 수 있다. 이렇게 하여 유가적인 미적 인식에 있어서는 인식 주체의 적극적인 면이 강조됨을 알 수 있다. 물아일체에 이르는 서정적 동일화 과정에 있어서 주체의 창조적인 측면이 매우 중요함을 알 수 있는 대목이다. 실제 유가들의 문화관에 있어서 인간의 주체적인 역할은 매우 적극적으로 강조되고 있다.

4. 生命詩學

그러면 이들 문장파 시인들이 추구하는 형이상이란 어떠한 것인가. 한마디로 그들은 생명적인 것으로 구현된 형이상, 곧 生理에다 집중적인 관심을 보이고 있다. 生理, 곧 생명의 본질이란 생명적인 면으로 구현된 우주의 이치를 일컫는 개념이다. 예컨대 이병기는 항상 도락적인 삶을 살려고 했다. 즉 道를 즐기는 삶을 살려고 했다. 그런데 이병기가 말하는 道樂이란 생명적인 의미에서의 도, 즉 사물의 생리를 인식하고 그것을 즐기는 행위였다. 그가 자주 언급하고 있는 소위 '悟道'는 바로 사물들의 생리를 깨달음이란 뜻으로 볼 수 있다. 그가 난을 기르는 데서 '오도'를 한다고 말한 것은 바로 난의 생리, 난의 생명적 본질을 깨닫는다는 것을 의미한다. 난을 기르는 최고의 목적을 난의 생리를 깨닫고, 그 생리(도)를 즐긴다는 데 두고 있는 것이다. 이병기가 悟道를 생리면에서 치중하고 있다는 것은 다음과 같은 인용문에서 확인된다.

봄의 느낌은 자연이나 인생이 같을 것이다.

나는 매양 봄을 촉진하고 있다. 年中에도 봄이 가장 그립기 때문이다. 더구나 육순을 지난 나로서는 그렇잖을 수 없다. 그리고 나는 화초를 사랑하는 한 사람으로서 화초와 함께 누구보다도 봄을 먼저 기다리고 있다.

그래서 九, 十月부터 工作하여 野梅 한 주를 분재하여 방에 들여놓아 동지 무렵에 그 만발한 꽃을 보았다.

盡日尋春不見春
芒鞋踏破東頭雲
歸來笑撚梅花醉
春在枝頭已十分

이란 건 이걸 보고 悟道까지 하였다는 名詩였으나 그런 자연상태에만 맡겨두고 그걸 보고 悟道하였다는 그런 것보다도 지금 우리로는 그런 오도보다도 매화 피기를 촉진하여야겠다. 아닌게 아니라 이미 내 손으로 가꾸어 「春在枝頭已十分」전에 매화를 보았다. 이리하여 나는 나의 悟道를 따로 그 매화보다도 먼저 하였다고 하고 싶었다.42)

매화를 보고 그 생리를 통해 오도를 즐기는 것은 일반적인 행위이다. 그런데 이병기는 방에서 매화를 철 이르게 피게 하여 그 매화의 생리, 즉 따뜻해지면 꽃이 피는 생리, 즉 이치를 남보다 먼저 겨울에 즐겼다는 것이다. 그리고 이병기가 생리나 생명 문제에 매우 집착하고 있는 것은, 김윤식 교수의 지적43)처럼, 그가 빛이 아닌 '볕'에 몰두하고 있음을 통해서도 볼 수 있다. 볕이란 빛과 달리 밝음에다 온도(따뜻함)를 내포한 것이다. 바로 이 볕이 쬐는 장소가 생명의 서식지이다.

---

42) 이병기, 「매화」, 『가람문선』, p.189.
43) 김윤식, 「「문장」지의 세계관」, 『한국근대문학사상비판』, 일지사, 1978, p.167.

이병기는 시, 산문 도처에 '빛'으로 나타내어야 할 단어조차도 '볕'이란 말로 대체해서 사용하고 있는 것을 볼 수 있는데, 이로 보아 그가 얼마나 생명 문제, 생명의 존재 방식, 즉 生理問題에 집착하고 있는가를 알 수 있다.

한편 정지용 역시 생명 문제에 관심이 매우 컸음을 알 수 있다. 그것은 먼저 생명체가 지닌 생리적 현상에 대해 그가 지대한 관심을 가지고 있음을 통해서 알 수 있다.

꾀꼬리 우는 재철이 있다.
이제 계절이 아조 바뀌고 보니 꾀꼬리는커니와 며누리새도 울지 않고 산비둘기만 극성스러워진다.
꽃도 닢도 이울고 지고 산국화도 마지막 슬어지니 솔소리가 억세여간다.
꾀꼬리가 우는 철이 다시 오고 보면 장성 벗을 다시 부르겠거니와 아조 이우러진 이 계절을 무엇으로 기울 것인가.
동저고리바람에 마고자를 포기어 입고 은단초를 달리라.
꽃도 조선 황국은 그것이 꽃 중에는 새 틈에 꾀꼬리와 같은 것이다. 내가 이제 황국을 보고 취하리로다.[44]

이 글은 꾀꼬리가 우는 것을 듣고 즐기는 내용으로 된 에세이이다. 서울서도 새문 밖 감영 앞에서 전차를 내려 한 십 분쯤 걷는 터에, 꾀꼬리가 우는 동네에 살게 된 것을 다행스럽고 자랑스럽게 생각한다는 내용으로 시작되어 있다. 정지용은 그 꾀꼬리 소리를 자랑하고 싶어 장성에 사는 벗을 오라 했는데, 그 벗이 왔을 땐 이미 꾀꼬리 우는 제철이 아니어서 서운했다는 것으로 되어 있다. 꾀꼬리의 소리를 즐긴다는 것은 꾀꼬리의 생명력을 즐긴다는 것이다. 그리고 그것은 꾀꼬리의

---

44) 정지용, 「꾀꼬리와 국화」, 『정지용전집』 2, p.154.

생리(우는 철이 따로 있다는 생리)에 민감하게 반응하게 된다. 꽃도 잎도 지고 산국화도 마지막 스러지고 솔소리가 억세어가고 꾀꼬리 소리가 사라진, 아주 이우러진 계절에 동저고리 바람에 마고자를 포기어 입고 은단초를 달겠다는 것은 자기 자신의 생리에도 민감하게 반응한다는 증좌이다. 그렇게 자신의 생리 문제에 민감하게 대처하고 난 다음, 황국을 보고 즐긴다. 단순히 즐기는 정도가 아니라 그것에 취한다. 향기에 취한다는 말도 된다. 향기란 생명의 강한 움직임이기 때문이다. 이처럼 정지용은 황국을 통해 생명의 이치, 즉 생리를 즐기는 것이다. 이는 자잘한 주위의 감각적인 삶 일체를 즐기는 태도이다.

이런 감각적인 즐거움이 생리 문제와 연결되어 있다는 것은 시 「난초」에서도 보인다. 난에 대한 세밀한 감각적 묘사에서 그가 얼마나 난의 생리를 깊게 탐구하려고 애쓰고 있는가를 역력히 볼 수 있다. 그리고 이런 생리 문제는 바로 생명사상으로 연결된다. 그는 시를 쓰려면 무엇보다 먼저 "바다와 구름의 동태를 살핀다든지 절정에 올라 고산 식물이 어떠한 호흡을 가지는 것을 본다든지 들에 나가 一草一葉이, 벌레 울음과 물소리가 진실히도 시적 운율에서 떠는 것을 나도 따라 같이 떨 수 있는 시간을"[45] 가지기를 권고하고 있다. 이것은 바로 자연의 생명적 본질을 인식하는 데서 포에지가 나온다는 미학사상에 다름 아니다. 그가 시의 방향을 동양화론에서 찾는다는 것 역시 생명사상에 닿아 있다고 볼 수 있다.[46] 문인화정신이란 곧 사물의 생명적 본질을 추상화시킨 것이기 때문이다.

그러면 조지훈에 있어서 생명사상은 어떻게 나타나는가? 그 역시 생리 문제를 형이상의 구체적 한 양상으로 파악하고 있다. 그는 먼저

---

45) 정지용, 「시와 발표」, 『정지용전집』, p.249.
46) 정지용, 「시의 옹호」, 『정지용전집』 2, p.255.

자연 자체를 살아 있는 생명체, 유기체로 파악한다.[47] 살아 있는 생명체로서의 자연과 자아간의 생명적 합일 속에 시정신이 구현된다는 것이다. 즉 시정신은 우주의 생명을 직관하는 데서 나온다는 것이다.[48] 그러한 우주의 생명적 본질을 인식하는 것은 자아 속에 동질의 생명적 본질이 들어있기 때문으로 보고 있다.

> 생명은 자라려고 하는 힘이다. 생명은 지금에 있을 뿐만 아니라 장차 있어야 할 것에 대한 꿈이 있다. 이 힘과 꿈이 하나의 사랑으로 통일되어 우주에 가득 차 있는 것이 우주의 생명이 아니겠는가. 우주의 생명이 분화된 것이 개개의 생명이요, 이 개개의 생명의 총체가 우주의 생명이라고 볼 것이다. 그러므로, 나는 시는 「자기 이외에서 찾은 저의 생명이요, 자기에게서 찾은 저 아닌 것의 혼」이라고 한다. 다시 말하면 「대상을 자기화하고 자기를 대상화하는 곳에 생기는 통일체 정신」이 시의 본질이라고 나는 믿는다. 「인간의식과 우주의식의 완전일치의 체험」이 시의 究竟이라고 믿어진다는 것이다. 이런 뜻에서 우주의 생명적 진실을 受精함으로써 시를 생탄시키는 것은 시인의 보편한 지향이라 할 것이다.[49]

이처럼 자연과 자아 사이의 생명적 교감에서 포에지를 찾으려 하는 데서 그의 미학이 얼마나 확실하게 생명사상에 뿌리를 내리고 있는가를 알 수 있다. 그에 있어서 포에지란 우주의 생명과 시인의 생명간의 합일에서 나온다. 方東美 식으로 말하면,[50] 보편생명과 개체생명의 일치 체험에서 시정신이 나온다는 것이다.

이와 같이 조지훈에게 있어서 미란 시인으로서의 개별생명과 우주

---

47) 조지훈, 「자연과 문학」, 『조지훈전집』 3, p.313.
48) 조지훈, 「시의 원리」, p.11.
49) 조지훈, 「시의 원리」, p.15.
50) 方東美(정인재 역), 『중국인의 인생철학』, 형성출판사, 1983, p.22.

자연으로서의 보편생명간의 감응과 교감 가운데 발생하는 것이다. 그런데 앞의 인용문에서 살펴보았듯이 개별생명과 보편생명의 완전한 만남, 즉 物我一體는 주체로서의 개별생명의 능동적인 행위에서 빚어진다. 즉 우주의 생명적 진실을 受精함으로써 시를 생탄시킬 수 있는 것은 시인의 주관적인 생명적 진실이 있기 때문이다. 다시 말해 자연 속에 들어있는 객관적인 도와 생명을 확충 굉대시킬 수 있는 것도 인간 속에 있는 주관적인 도와 생명이 있기 때문이고, 보편생명과 개별생명이 만나서 미를 구현할 수 있는 것도 개별생명이 지닌 창조력이 있기 때문이라는 것이다. 이리하여 서정적 동일성에 이르는 유가적 방식에는 주체의 적극적인 역할이 들어가 있다는 것을 알 수 있다.

지금까지 우리는 문장파 시인 세 사람 이병기, 정지용, 조지훈의 생명시학을 살펴보았다. 그런데 이 생명시학의 중요성은 그것이 촉발된 사회적, 역사적 배경과 함께 고려될 때 더욱 부각된다. 문장파 시인들에 의해 생명시학이 부각될 때 한반도는 냉혹한 파시즘 체제 아래 있었다. 파시즘이라는 논리, 자본의 폭력 앞에 인간과 인간간의 관계, 인간과 자연간의 관계, 인간의 내면세계마저도 다 붕괴되고 파탄나고 말았다. 모든 살아있는 것들의 생명력이 위축되고 고갈되었다. 생명현상은 공동체적인 것이다. 공동체적으로 서로 협동하고 교감 감응할 때 아름다운 관계가 형성되고 거기서 미가 발생하는 것이다. 따라서 문장파 시인들이 집요하게 추구한 생명시학은 그 자체가 反파시즘적인 것이다. 이는 2차대전 전후 方東美 등이 중국에서 생명사상으로써 서구 제국주의가 가져온 파시즘에 대항하려 했던 것과 정신적으로 동일한 궤를 이루고 있다. 이리하여 문장파의 생명시학은 근대가 초래한 파괴적인 힘에 맞서 새로운 생성과 희망의 원리로 작용한 것이다. 반근대가 부정적 근대를 극복할 수 있는 한 방안으로 대두된 것이다.

5. 꼬리말

지금까지 한국에서의 전통시론이 어떻게 현대적인 것으로 재구성되는가에 대해 살펴보았다. 전통시론 중에서도 서정시학 쪽을 집중적으로 살펴보았다. 서정적 동일성에 이르는 방법은 시대와 장소에 따라 역사적으로 다양하게 전개되어 왔다. 여기서는 동일성에 이르는 전통적 방법, 특히 유가적인 방법에 대해 자세히 고찰해 보았다. 情景論, 形而上學論, 生命詩學 등이 그것이다. 그리고 이 전통시학을 문장파 시인들과 관련시켜 고찰해 보았다. 문장파 시인들은 이 땅에서 전통사상, 특히 유학사상을 이어받으면서 본격적으로 현대화시킨 사람들이다.

먼저 情景論은 주체의 '情'과 객체의 '景' 사이에 일치를 지향하는 시학이다. 情景交融이란 情과 景이 일체화되어 분리되지 않는 상태를 일컫는 개념이다. 문장파 시인들이 일제 말기에 이 정경론을 들고 나온 것은 역사철학적 의미가 있다. 당대는 근대의 부정성이 노골화되던 때였다. 파시즘으로 귀결된 근대의 부정적 측면은 인간과 자연, 인간과 인간간의 관계를 단절시키고, 인간의 내면세계를 붕괴시키고 말았다. 이는 주·객간의 병적인 분리 때문이다. 문장파 시인들은 정경론 속에 들어 있는 주·객 동일성의 이념으로 근대가 가져온 병리 현상을 극복할 수 있다고 믿었던 것이다.

形而上學論이란 작품을 통해서 形而上을 구현하는 방식이다. 이 형이상의 구현은 주관적인 도와 객관적인 도의 완전한 만남에서 이루어진다. 따라서 형이상학론은 美의 객관성만 강조하는 모방론과 다르고 美의 주관성만 강조하는 표현론과도 다르다. 형이상학론적인 의미에서 美의 완전한 실현은 객관적인 도와 주관적인 도의 대등한 만남에서 이루어진다. 그런데 객관적인 도와 주관적인 도가 대등하게 만나게 되다 하더라도 주관적인 도의 능동적이고 창조적인 기능이 매우 중요하다.

문장파 시인들에게서 나타난 형이상학론 역시 당대의 병적인 문화를 극복하기 위해 나왔다. 낭만주의 계열의 지나친 주관주의화 경향과 고전주의 계열의 지나친 객관주의화 경향을 극복하고 주·객간의 균형을 회복하기 위해 나온 것이다. 특히 해체주의 계열의 모더니스트들이 부정하고 불신해버린 형이상, 우주적 질서를 강조하고 복구하려 했다는 점에서 역사철학적 의미를 지닌다.

문장파 시인들은 생명적으로 구현된 형이상, 생리에 민감한 관심을 보이고 있다. 생명의 이치를 탐구하는 生命詩學 역시 주·객 동일성의 이념을 지향하고 있다. 조지훈이 시는 우주 생명에 대한 직관에서 나온다고 말한 바 있다. 시의 본질은 시인의식과 우주의식의 완전 일치 체험이라고 말한 바 있다. 이는 시가 바로 시인의 개별생명과 우주 자연의 보편생명의 만남·교감 가운데서 나온다는 것이다. 그리고 조지훈에 따르면, 보편생명과 개별생명이 대등하게 만난다 하더라도 어디까지나 시적 주체의 창조적 행위가 중요함을 알 수 있다.

자아와 세계간의 생명적 일치 교감을 강조하는 이러한 시학은 反파시즘적 의미를 지닌다. 근대의 파국적 현상인 파시즘이 불러일으킨 비인간화, 비생명화 현상을 극복하고자 나온 것 중에 하나가 동양적 생명사상인 것이다. 생명시학은 공동체적인 것이고 공동선을 지향한다. 따라서 인간과 인간, 인간과 자연간의 관계를 분리시키고 인간의 내면 세계를 분열시키는 근대의 부정성에 대항하는 현대적 의미를 지닌다.

이들 문장파 시인들은 이미 근대의 부정성을 체험했고 그것을 극복하고자 전통사상을 회복·부활시키고 있는 것이다. 따라서 그들에 의

해 회복·부활된 전통시학은 현대적인 가치를 지니고 있다. 근대의 파
국, 파시즘 속에 숨어있는 심연을 극복하기 위해 역사적으로 요청된
것이라 할 수 있다.

█ 참고문헌

곽신환, 『주역의 이해』, 서광사, 1990.

구모룡, 『제유의 시학』, 좋은날, 2000.

김경복, 『서정의 귀한』, 좋은날, 2000.

김경복, 『생태시와 넋의 언어』, 새미, 2003.

김용직, 『정명의 미학』, 지학사, 1986.

김윤식, 『한국근대문학사상비판』, 일지사, 1978.

김윤식, 『한국 근대 문학 사상 연구』 1, 일지사, 1984.

서　림, 『말의 혀』, 새미, 2000.

이병기, 『가람문선』, 신구문화사, 1966.

이병기(정병욱·최승범 편), 『가람일기』, 신구문화사, 1975.

이병한 편저, 『중국고전시학의 이해』, 문학과지성사, 1992.

조지훈, 『조지훈 전집』 3, 4, 일지사, 1973.

정운채, 「퇴계 한시 연구」, 서울대학교 석사학위논문, 1988.

정지용(김학동 편), 『정지용 전집』 2, 민음사, 1988.

정효구, 『시와 젊음』, 문학과비평사, 1988.

최승호, 『한국적 서정의 본질 탐구』, 다운샘, 1998.

최승호, 『서정시의 이데올로기와 수사학』, 국학자료원, 2002.

한국동양철학회 편, 『동양철학의 본체론과 인성론』, 연세대출판부, 1982.

황종연, 「한국문학의 근대와 반근대」, 동국대학교 박사학위논문, 1991.

牟宗三(송항룡 역), 『중국철학의 특질』, 동화출판공사, 1983.

方東美(정인재 역), 『중국인의 인생철학』, 형성출판사, 1983.

劉若愚(이장우 역), 『중국의 문학이론』, 동화출판공사, 1984.

王夫之, 『詩繹』.

王父之, 『薑齋詩話』.

山田慶兒(김석근 역), 『주자의 자연학』, 통나무, 1991.

『論語』.

『周易』.

신석정 자연서정시의 미메시스적 읽기

1. 머리말

　서정시는 소박하게 말해서 대상에 대한 주관 정서를 표현하는 양식이다. 대상에 대한 주관적인 느낌이라 할 때, 그 주관적인 느낌은 대상의 본질에 대한 것이다. 이런 의미에서 서정시학은 본질시학이라 불리는 것이다.[1]

　그런데 서구 낭만주의 시학 이후 서정시에 대한 정의는 매우 주관적으로 규정되어 온 게 사실이다. 그러나 위에서 보는 것처럼 서정시에는 분명히 대상, 사물의 본질을 탐구하고 규명하는 측면이 매우 분명하게 들어있다. 이렇게 분명하게 들어있는 객관적인 측면을 무시하거나 소홀히 해 온 것이 근대 이후 서정시에 관한 제 정의들이다. 서정시를 매우 주관적이고도 사적인 양식으로 규정하는 것은 서구 근대

---

1) 최승호, 「조지훈 서정시학 연구」, 『한국적 서정의 본질 탐구』, 다운샘, 1998, pp.18~25.

주체중심주의 사상 때문이다.[2]

우리는 통상 지금까지 서정양식이라 하면 별 반성 없이 소위 '세계의 자아화'라는 개념을 떠올려 왔다. 이 '세계의 자아화'라는 것은 서정적 동일성에 이르는 다양한 방법 중 하나에 지나지 않는 것인데도 불구하고,[3] 그것을 모든 서정양식에다 일반적으로 적용하곤 해왔다. 사실 '세계의 자아화'라는 것은 헤겔 이후 정의되어 온 서구 낭만주의의 서정화 방식에 지나지 않는다.

그런데 이 서구 낭만주의 미학에서도 분명히 美의 객관적 측면이 중요하게 자리잡고 있는 것을 알 수 있다. '세계의 자아화'란 용어로 인해 매우 주관적인 미학만 강조되는 것 같지만, 그 속에 객관성의 미학이 공존하고 있는 것이다.[4] 객관성의 미학이란 '세계', 곧 대상에 대해 탐구하는 시학이다. 즉 대상에 내재해 있거나 초월적으로 존재하는 본질을 탐구하는 시학이다. 낭만주의 시학에 있어서 세계, 곧 대상, 사물은 매우 관념화된 것으로 나타난다.

낭만주의 시인들이 동일화의 대상으로 삼고 있는 세계는 일상적이거나 비본질적인 사물들이 아니다. 그것은 매우 고상하고 지고지순한 이상적인 이데아의 세계로 나타난다. 서정적 자아는 이렇게 이상화된, 관념화된 세계를 설정하고 그것을 본받고 흉내내고 합일하고자 한다. 플라톤적 의미에 있어서 모방(mimesis)이란 그림자와 같이 덧없고 훼손된 세계에 살고 있는 서정적 자아가 그렇게 관념화된 이데아 세계를 설정하고 그것과 합일하려고 사모하는 것에 지나지 않는다.

---

2) 김경복, 「동일성에서 物化의 시학으로」, 『신생』 2001년 봄호, pp.167~169.
3) 최승호, 「김영랑 시의 서정화 방식과 순수성의 사회학적 의미」, 『국어국문학』 제131
   집, pp.560~561.
4) 최승호, 「오세영 서정시의 미메시스적 읽기」, 오세영 교수 화갑논총 간행위원회 편,
   『오세영의 시, 깊이와 넓이』, 국학자료원, 2002, pp.17~19.

이렇게 이상화된 세계를 사모하고 그것과 합일하고 싶어하고 동화되고 싶어하는 욕망이 소위 미메시스의 원천이다. 미메시스란 분명히 하나의 이데올로기적 욕망이다. 언어로써 사물의 본질을 탐구하고 드러내려는 끈질긴 욕망이다. 다시 말해 언어기호로써 사물의 물질성 너머에 존재하는 본질, 기의를 드러내려는 욕망이다. 은유적 욕망이란 결국 언어기호(기표)와 사물의 본질(기의)을 일치시키려는 소위 동일화에의 욕망이다.

한편 언어기호로써 사물의 본질을 탐구하고 모방하려는 은유적 욕망은 결국 시징직 사아가 그 지식으로 자신의 인격을 고양시키고 발달시키고자 하는 욕망의 다른 이름이다. 모든 낭만주의 시학에는 이처럼 대상의 본질을 탐구하고 그것으로써 인간 자신의 삶을 완성시키려는 의도가 들어가 있다. 이런 의미에서 모방의 대상이 되는 세계는 매우 이상화되고 관념화된 모델로 존재하는 것이다.

자연서정시는 서정시의 표본이 된다. 자연서정시야말로 시적으로 자연의 본질을 탐구해 가는 것을 목표로 삼고 있다. 자연서정시에 나타나는 '자연'은 매우 이상화되고 관념화된 자연일 수밖에 없다.5) 자연서정시를 쓰는 시인들이 탐구하고 본받고 흉내내고 싶어하는 자연은 있는 그대로의 현실적 자연이라기보다 '응당 있어야 할 이상적 자연', '당위적 자연'일 수밖에 없다.

그런 의미에 있어서 낭만적 자연서정시에는 서정적 이념이 매우 잘 드러나 있다. 낭만적 자연서정시의 이념은 그 속에 들어 있는 객관적 대상, 곧 세계의 본질론적 특성 때문에 중요한 의미를 지닌다. 낭만적 자연서정시에 들어있는 관념화된 자연은 미의 객관성을 보장하는데,

---

5) 최승호, 「도시적 서정의 맥락과 현재적 가능성」, 『시와사상』 2002년 봄호, pp.27~
   30.

그 객관화된 美는 삶의 공동체성을 가져다준다. 매우 주관화되고 사적인 양식이라고 설명되는 낭만적 자연서정시 안에 존재하는 이와 같은 객관적이고 보편화된 관념미학은 우리의 개별화된 삶을 공동체적인 것으로 고양시켜 주는 계기를 제공한다.

그런데 자연서정시에는 서구적이고 낭만적인 것 이외에 동양적이고 전통지향적인 것도 있다. 고래로부터 동양시학에서는 미의 주관성과 객관성이 공히 강조된다. 흔히 情景論, 形而上學論 등으로 설명되는 소위 동양시학은 주관적인 미가 중심이 되지도 않고, 객관적인 미가 중심이 되지도 않는다.6) 이들 미학은 주·객관의 미가 상호 대등하게 만나는 가운데 성립된다. 이 동양시학에 있어서도 서정적 주체는 대상, 자연물을 매우 중요시 여긴다. 산수시, 영물시, 전원시 등으로 다양하게 나타나는 동양적 자연서정시에 있어서도 자연 대상은 하나의 이념적 모델이 된다. 하나의 이념형(Ideal Type)으로서의 자연이 그 속에 들어가 있다. 이들 동양적 자연서정시에 있어서도 서정적 주체는 자연 대상을 모방하여 자신의 삶을 완성시켜 나가고자 한다.

본고에서는 신석정의 자연서정시를 미메시스적 관점에서 해석해 보고자 한다. 미메시스란 본질시학이면서도 구원의 시학이다. 시적 구원이란 시적 주체가 모방하고 싶어하는 이상적 대상과 동화, 합일될 때에 일어나는 것이다. 본고에서는 신석정이 역사적 현실 속에서 자연을 선택하여 나름대로의 시적 구원을 성취해 나가는 방법을 살펴보고자 한다. 신석정의 서정시를 미메시스적 입장에서 연구하는 소위 진리의 시학은 혼탁해진 오늘날, 그리고 서정적 이념이 혼란을 겪고 있는 지금 상황에서 하나의 삶의 지표로 등장할 것이다. 이처럼 미메시스 시

---

6) 최승호, 『한국 현대시와 동양적 생명사상』, 다운샘, 1995, pp.64~91.

학 속에는 답보상태에 있는 우리의 삶을 한층 고양시키려는 전략과 힘이 들어 있는 것이다.

2. 낭만적 자연서정시와 은유적 미메시스

시집『촛불』(1939년)에 실려 있는 신석정의 초기 작품들은 거의 대부분이 낭만적 자연서정시이다. 이 시편들은 그가 노장철학이나 불교 등 동양사상의 영향을 집중적으로 받기 이전에 창작된 것으로 보인다.『시문학』등에 발표된 이들 초기 시편들은 시집『슬픈 목가』(1947년)와 그 이후의 시집에 실려있는 시편들과 사뭇 다르다.『슬픈 목가』와 그 이후의 시집에 실려 있는 소위 동양적 자연서정시는 노장사상이나 불교사상 등의 영향을 집중적으로 받고 난 이후의 것으로 보인다.

초기 낭만적 자연서정시는, 이건청이 일찍이 연구해서 밝혔듯이,[7] 동양적인 전통적 전원시가 아니라 서구적인 전원시의 영향권 안에 놓여있는 것으로 보인다. 이건청의 말대로 신석정의 전원은 서구적인 것이지 한국적인 것과 무관하다고 할 수 있다.

> 저 재를 넘어가는 저녁에의 엷은 광선들이 섭섭해합니다.
> 어머니, 아직 촛불을 켜지 말으셔요.
> 그리고 나의 작은 명상의 새새끼들이
> 지금도 저 푸른 하늘에서 날고 있지 않습니까?
> 이윽고 하늘이 능금처럼 붉어질 때
> 그 새새끼들은 어둠과 함께 돌아온다 합니다.

---

7) 이건청,『한국전원시 연구』, 문학세계사, 1986, pp.68~69.

언덕에서는 우리의 어린양들이 낡은 녹색 침대에 누워서
남은 해볕을 즐기느라고 돌아오지 않고
조용한 호수우에는 인제야 저녁 안개가 자욱히 내려오기 시작하
였습니다.
그러나 어머니, 아직 촛불을 켤 때가 아닙니다.
늙은산의 고요히 명상하는 얼굴이 멀어 가지 않고
머언 숲에서는 밤이 끌고 오는 그 검은 치맛자락이
발길에 스치는 발자욱 소리도 들려오지 않습니다.

멀리 있는 기인 뚝을 거쳐서 들려오는 물결소리도 차츰차츰 멀어
갑니다.
그것은 늦은 가을부터 우리 전원을 방문하는 까마귀들이
바람을 데리고 멀리 가버린 까닭이겠습니다.
시방 어머니의 등에서는 어머니의 콧노래 섞인
자장가를 듣고싶어하는 애기의 잠덧이 있습니다.
어머니, 아직 촛불을 켜지 말으셔요.
인제야 저 숲 넘어 하늘에 작은 별이 하나 나오지 않았습니까.

－<아직 촛불을 켤 때가 아닙니다> 전문

어린양의 노니는 모습, 녹색 침대, 풀밭, 조용한 호수, 비둘기 등은 확실히 한국적인 시어라기보다는 서구 목가적 전원시에서 발견되는 시어들이다. 그런데, 신석정에게 보이는 이 서구적인 전원의 모습은 매우 구체적이다. 같은 낭만파이면서도 김소월류의 민요조 서정시에 보이는 자연의 압축된 모습과는 사뭇 다르다. 김소월류의 민요조 서정시가 민요 리듬에 따른 음악성 강조 때문에 그 대상을 회화적으로 자세히 구체적으로 묘사할 수 없었다면, 신석정의 자연서정시는 자연 대상을 매우 구체적으로 세밀하게 그려내고 있다고 볼 수 있다. 같은 낭만적 자연서정시라 할지라도 김소월은 음악성에 집중함으로써 자연에 대한 간절한 그리움을 상징적으로 강조했다고 볼 수 있다. 음악성은

다소 환상적이고 추상적인 그리움을 만들어내는 요소가 된다.

그에 비해 신석정의 낭만적 자연서정시는 다분히 회화적 요소에 많이 의존하고 있다. 그리고 구체적으로 세부적인 묘사를 하는 것 역시 모방의 대상으로서의 자연이나 전원을 실감나게 그려내는 방식의 하나이다. 신석정의 성공 여부는 음악성에 있다기보다 그가 그려내는 이미지의 구체성에 있다고 할 수 있다. 그는 자신이 모방하고 싶어하는 이상적 전원을 아주 그럴듯하게 자세히 그려냄으로써 시적 진정성을 획득하려고 한다고 볼 수 있다. 이렇게 자세하게 구체적으로 묘사해서 모방하는 행위는 시적 개연성을 위한 일종의 증명과정이다.8)

이렇게 구체적으로 세밀하게 묘사되고 있는 대상은 앞에서 말한 대로 서정적 자아가 다가가 하나로 동화되고 싶은 세계이다.

>가을날 노랗게 물드린 은행잎이
>바람에 흔들려 휘날리듯이
>그렇게 가오리다
>임께서 부르시면……
>
>호수에 안개 끼어 자욱한 밤에
>말 없이 재 넘는 초승달처럼
>그렇게 가오리다
>임께서 부르시면……
>
>포곤히 풀린 봄 하늘 아래
>구비구비 하늘가에 흐르는 물처럼
>그렇게 가오리다
>임께서 부르시면……

---

8) 대상에 대한 간절한 그리움이 미적 필연성을 얻기 위해서 세부적인 묘사를 하는 것은 백석에게서도 발견된다.

파―란 하늘에 백로가 노래하고
이른 봄 잔디밭에 스며드는 해볕처럼
그렇게 가오리다
임께서 부르시면……

　　　　　　　　　　　　　　―<임께서 부르시면> 전문

　위의 시에 나오는 '임'은 구체적이지 않고 추상적인 존재이다. 따라서 이 시를 자연서정시라고 딱히 규정 지울 수는 없다. 그런데 신석정 초기 시의 서정적 구조를 밝히는 데 크게 도움이 되는 작품이다. 이 시에서 서정적 자아는 '임'이라는 완벽한 존재, 이상적 존재를 상정하고 그것을 모방의 대상으로 삼는다. 이 완벽한 임은 신과 같은 존재이다. 존재로서의 '임'이 부르시면 존재자로서의 서정적 자아는 응답할 수밖에 없다. 하이데거 식으로 서정적 동일성이 일어나는 형국이다.9)

　한편 존재가 신비의 베일에 숨기어져 있음에 비하여, 존재의 부름에 응답하는 존재자의 모습은 상대적으로 상당히 구체적으로 묘사되어 있다. 그 구체성은 시적 진정성과 필연성을 동반한다. 그 구체성은 세밀한 이미지 묘사로 네 번이나 반복되어 있다. 가을날 노랗게 물들인 은행잎이 바람에 흔들려 휘날리듯이 그렇게 가겠다는 것은 존재의 부름에 대한 존재자의 응답이 자연스럽게 필연적으로 이루어진다는 것을 말한다. 그리고 호수에 안개 끼어 자욱한 밤에 말없이 재를 넘는 초승달처럼 그렇게 가겠다는 것은 존재의 부름과 존재자의 응답이 물리적 법칙, 자연법칙과 같다는 것을 드러내는 방식이다. 이렇게 자연스럽게 법칙처럼, 이른 봄 잔디밭에 스며드는 햇볕처럼 임에게 가겠다는 의지는 동일화에의 욕망, 즉 하나의 은유에의 욕망으로 볼 수 있다.

---

9) M. Heidegger, *Existence and Being*, translated and edited by Werner Brock, Gateway, 1965, p.278.

본질이자 존재의 근원인 '임'과의 은유적인 동일화에의 욕망이 시적 구원을 가능케 하고 있다.

앞에서도 말했듯이, 여기에 나타나는 '임'은 본질적 존재로서 신과도 같은 존재이다. 그리고 신석정에겐 神性이 들어있다고 생각되는 자연 그 자체이기도 하다. 이 신과 같은 존재와의 합일이 바로 신석정 초기 시의 은유적 서정구조의 근간을 이루고 있다. 그리고 위의 시 <임께서 부르시면>에서 '임'은 은유적 사고, 동일화 사고의 중심핵을 이루고 있는 요소이다. 모든 사물이 '임'을 중심으로 유기적으로, 그리고 총체적으로 구조화되고 동일화되고 있다. 그것이 신석정 초기시의 서정화 방식이다. 이 작품에 나타난 은유적 서정구조는 초기 낭만적 자연서정시의 서정구조에도 그대로 적용된다. 신석정 자연서정시에 나타난 은유적 서정구조를 본격적으로 살펴보자.

> 어머니
> 산새는 저 숲에서 살지요?
> 해 저문 하늘에 날아가는 새는
> 저 숲을 어떻게 찾아간답니까?
> 구름도 고요한 하늘의
> 푸른 길을 밟고 헤매이는데……
>
> 어머니 석양에 내 홀로 강가에서
> 모래성 쌓고 놀 때
> 은행나무 밑에서 어머니가 나를 부르듯이
> 안개 끼어 자욱한 강 건너 숲에서는
> 스며드는 달빛에 빈 보금자리가
> 늦게 오는 산새를 기다릴까요?
>
> 어머니

먼 하늘 붉은 놀에 비낀 숲길에는
돌아가는 사람들의
꿈 같은 그림자 어지럽고
흰모래 언덕에 속삭이든 물결은
소몰이 피리에 귀 기울여 고요한데
저녁바람은 그 무슨 이야기를 하는지
언덕의 풀잎이 고개를 끄덕입니다.
내가 어머니 무릎에 잠이 들 때
저 바람이 숲을 찾아가서
작은 산새의 한없이 깊은
그 꿈을 깨우면 어떻게 할까요?

　　　　　－<그 꿈을 깨우면 어떻게 할까요?> 전문

위의 시에서도 모든 사물은 어머니(=임)를 중심으로 구조화되어 있다. 서정적 자아가 자연물과 동일성을 이룰 수 있는 것 역시 초월적 존재인 어머니 때문에 가능하다. 시적 자아와 어머니의 관계는 산새와 그 보금자리인 숲의 관계와 같다. 숲과 어머니는 이때 동격이다. 그리고 숲은 어머니와 같이 완벽한 존재이다. 숲(존재)이 부르면 산새(존재자)는 찾아갈 수밖에 없다. 이때 숲(자연)은 산새의 존재의 근원이다. 그리고 산새는 숲 속으로 들어가야만 자연 속에서 자연과 하나가 되고 보금자리를 틀 수가 있다. 이 숲은 어머니와 동격이라고 했는데, 이 숲이 지닌 여성성은 생명과도 직결된다.

산새가 숲을 향해 가듯이, 시적 자아는 어머니(모성, 여성)를 향해 나아간다. 모방의 주체가 힘을 얻고 살 수 있는 것은 모방의 대상인 숲과 어머니를 발견하고 그것에 다가가 하나로 동화되는 데서 가능하다.

이렇게 존재하는 모든 것들은 존재(본질적인 것)를 향하여 다가가 하나로 되려는 은유적 욕망을 지니고 있다. 존재자들은 존재와 합일되는 순간 진정한 생명을 얻고 구원에 이르기 때문이다.

그런데 여기서의 서정적 합일은 매우 견고한 총체성을 이루고 있다. 초월적 존재를 중심으로 모든 사물들이 긴밀하게 유기적으로 얽혀 있다. 그러면서도 생명적으로 잘 조화를 이루고 있다. 위의 시에 나오는 구체적인 자연물들은 생명력의 면에서 서로 잘 조응하며 교감하고 있다.

먼 하늘 붉은 놀에 비낀 숲길에 돌아가는 사람들의 꿈같은 그림자가 어지럽다고 하든가, 흰모래 언덕에 속삭이던 물결도 소몰이 피리에 귀 기울여 고요하다고 하든가, 서녁바람이 무슨 이야기를 하는지 궁금해서 언덕의 풀잎이 고개를 끄덕인다고 하는 등등의 모습들이 모두 다 자연의 유기적 관계를 나타내는 것들이다. 이렇게 자연물들이 각각 자신의 생명력을 즐기면서 서로 행복하게 유기적으로 구조화되어 있는 것은 초월적 존재인 어머니나 숲(자연) 때문이다.

이로 보아 신석정의 낭만적 자연서정시 안에 생태시학이 자리잡고 있음을 볼 수 있다.[10] 그리고 그 생태시학이 은유적 세계관으로 총체성을 이루고 있음을 알 수 있다. 그리고 그 총체성의 단단하고도 완결된 구조 안에 어머니, 숲과 같은 초월적인 여성적 존재가 중심부를 이루고 있음을 볼 수 있다.

이처럼 신석정의 초기 낭만적 자연서정시는 유기적 구조(제유적 구조)를 포함하면서 그 유기적 구조를 끌어안고 고양되는 은유구조로 되어 있다. 즉 개별 자연물들 사이에는 유기적 관계(제유적 관계)가 이루어지고 있고, 그 전체 자연물과 초월적 중심인 어머니나 숲과는 총체적인 관계(은유적 관계)를 이루고 있다. 이러한 총체성의 은유구조 때문에 신

---

10) 김경복, 「신석정 시의 유토피아 의식 연구」,『한국문학논총』제28집, 2001, pp.243
    ~260.

석정의 초기 시는 단단한 완결된 구조를 보이고 있다.

> 해별이 유달리 맑은 하늘의 푸른길을 밟고
> 아스라한 산넘어 그 나라에 나를 담숙안고 가시겠습니까?
> 어머니가 만일 구름이 된다면……
>
> 바람잔 밤하늘의 고요한 은하수를 저어서 저어서
> 별나라를 속속드리 구경시켜 주실수가 있습니까?
> 어머니가 만일 초승달이 된다면……
>
> 내가 만일 산새가 되어 보금자리에 잠이 든다면
> 어머니는 별이 되어 달도없는 고요한 밤에
> 그 푸른 눈동자로 나의 꿈을 엿보시겠습니까?
>
> —<나의 꿈을 엿보시겠습니까> 전문

위의 시에 나오는 사물들은 서로 유기적 구조를 형성하고 있다. 그러면서도 유기적 구조에 머물지 않고 총체적 구조로까지 나아가고 있다. 엄밀히 말해서 유기적 구조란 초월적 중심이 없이 사물들끼리 공존하는 방식이다. 따라서 유기적 구조 속에 있는 사물들은 부분적 독자성을 지니고 여백(구멍)을 사이에 두고서 상호 감응운동을 한다. 이것이 제유적 관계이다. 그런데 위의 시에서는 모든 사물이 서로 유기적 관계를 맺고 있으면서도 한편으로는 초월적 중심인 어머니를 가운데 두고 총체적 구조를 형성하고 있다. 이것이 은유적 구조이다.

시적 자아가 햇볕이 유달리 맑은 하늘의 푸른 길을 밟고 아스라한 산 너머 그 나라에 갈 수 있는 것도 전적으로 초월적 중심인 어머니 때문이다. 이때 어머니는 구름도 될 수 있는 존재이다. 그리고 바람잔 밤하늘의 고요한 은하수를 저어서 저어서 별나라를 속속들이 구경시켜 줄 수 있는 것도 어머니이다. 이때의 어머니는 초승달도 될 수

있는 존재이다. 위의 시가 나름대로 내적 논리를 지니면서 완결된 선
조성을 보이게 되는 것도 바로 어머니라는 초월적 존재를 중심으로
해서 모든 사물들이 상호 긴밀한 관계를 맺고 있기 때문이다.

그런데 그 어머니를 통해 갈 수 있는 나라는 현실적인 세계가 아니
다. 그곳은 낭만적 동경이 만들어낸 환상의 세계이다.

어머니,
당신은 그 먼 나라를 알으십니까?

깊은 삼림지대를 끼고 돌년
고요한 호수에 흰물새 날고
좁은 들길에 야장미 열매 붉어

멀리 노루 새끼 마음놓고 뛰어다니는
아무도 살지 않는 그 먼 나라를 알으십니까?

그 나라에 가실 때에는 부디 잊지 마셔요.
나와 같이 그 나라에 가서 비둘기를 키웁시다.

어머니,
당신은 그 먼 나라를 알으십니까?

산비탈 넌즈시 타고 나려오면
양지밭에 흰염소 한가히 풀 뜯고
길 솟는 옥수수밭에 해는 저물어 저물어
먼 바다 물소리 구슬피 들려 오는
아무도 살지 않는 그 먼 나라를 알으십니까?

어머니, 부디 잊지 마셔요.
그 때 우리는 어린양을 몰고 돌아옵시다.

어머니,
당신은 그 먼 나라를 알으십니까?

오월 하늘에 비둘기 멀리 날고
오늘처럼 촐촐히 비가 내리면
꿩소리도 유난히 한가롭게 들리리다.
서리 까마귀 높이 날아 산국화 더욱 곱고
노오란 은행잎이 한들한들 푸른 하늘에 날리는
가을이면 어머니! 그 나라에서

양지밭 과수원에 꿀벌이 잉잉거릴 때
나와 함께 그 새빨간 능금을 또옥 똑 따지 않으렵니까?

-<그 먼 나라를 알으십니까> 전문

위의 시에서도 모든 사물들은 어머니를 중심으로 잘 구조화되어 있
다. 그리고 내적 논리와 선조성을 이루고 있다. 서정적 자아는 스스로
그 나라에 갈 수 없다. 어머니를 통해서만 갈 수 있다. 그 나라는 멀리
떨어져 있다. 이것은 단순히 물리적 거리가 아니다. 김소월에게서 보
이는 '저만치'와 같은 숙명적 거리, 존재론적 거리이다. 낭만적 아이러
니를 초래하는 이 좁힐 수 없는 거리 때문에 '그 먼 나라'는 현실세계
의 것이 아니다. 지금까지 신석정의 전원시를 해석할 때 '그 먼 나라'
는 도피의 공간이 되었다. 도피의 공간인 만큼 쓸쓸하고 고독한 곳으
로 해석되었다. 그리고 사람이 살지 않는 곳으로 해석되기도 했다.[11]
따라서 생명력이 위축된 공간으로 해석되기도 했다.

그런데 위의 시에서 보듯 그 먼 나라는 현실 속의 공간이 아니지만,

---

11) 이숭원, 「신석정 시의 자연과 정신」, 『20세기 한국시인론』, 국학자료원, 1997,
　　pp.159~160.

비록 상상의 세계이지만, 사람이 전혀 살지 않는 곳이 아니다. 도시 문명인이 살지 않는다는 말이지 자연인, Volk는 살고 있는 곳으로 나타난다. '흰염소', '옥수수밭', '어린양', '과수원', '능금' 등이란 시어를 보면 그곳에 Volk들이 살고 있다는 것을 알 수 있다. 그리고 '그먼 나라'는 생명력이 위축되어 쓸쓸한 공간이 아니라, 반대로 생명력이 충일한 행복한 세계이다. "오월 하늘에 비둘기 멀리 날고 오늘처럼 촐촐히 비가 나리면 꿩 소리도 유난히 한가롭게 들리리다"라는 데서 생명력의 충만함과 그로 인한 평화와 행복을 느낄 수 있다. 그리고 서리 까마귀 높이 날아 산국화 더욱 곱나고 하는 데서, 그리고 노란 은행잎이 한들한들 푸른 하늘에 날린다고 하는 데서, 또 양지 밭 과수원에 꿀벌이 잉잉거릴 때 새빨간 능금을 뚝 뚝 딴다고 하는 데서도 그곳이 생명력으로 충만한 소망스런 세계임을 알 수 있다. 이런 유토피아로서의 '그 먼 나라'는 현실도피의 공간이라기보다 서정적 자아가 추구하는 이상적 세계이다.[12] 타락한 식민지 현실세계에 언젠가 도래하고 실현되어져야 할 당위적 세계이다. 유토피아로서의 '그 먼 나라'는 이 시가 쓰여졌을 당시 암담한 현실 세계를 비추어주고 비판해주는 거울 구실을 해준다. 그리고 그 거울은 우리가 미래에 반드시 달성해야 할 목표로서의 구실도 한다. 이처럼 신석정의 자연서정시는 미래 언젠가 우리가 도달해야 할 이상적인 세계를 선취하여 보여주는 것이다.

이와 같이 서정적 주체가 꿈꾸는 당위적 세계, 모방의 욕망이 투사된 세계는 현재적인 의미를 지닌다기보다는 미래적인 의미를 지니고 있는 것이다. 까마득한 과거에 있었다고 상상되는 유토피아의 像이나, 지금으로서는 도저히 도달할 수 없는 까마득하게 멀리 떨어져 있다고

---

12) 김경복, 앞의 논문, pp.245~247.

상상되는 낙원의 像은 지금—이곳의 불모지적인 삶을 견디어 내게 해주고 희망찬 미래를 위한 비전을 갖게 만든다. 이로써 우리는 은유가 현재가 아닌 미래적인 비전과 연결되어 있음을 알 수 있다.

은유는 낙원 회복에다 초점이 맞추어져 있는 것이다. 은유의 목표는 서정적 총체성 또는 총체적 동일성을 겨냥하는 것이다. 특히 근대체험 이후 은유에의 의지는 하나의 이데올로기적 열망인 것이다. 동일성의 근원적 고향인 낙원이 상실되고 난 이후 그 근원을 회복하고자 하는 열망이 은유적 사고로 나타난 것이다. 근대체험 이전과 이후로 나누어 볼 때 은유적 사고는 그 시대적 의미가 사뭇 다르다. 근대체험 이전의 경우 은유를 강조하는 것은 하나의 지배논리로서 작용하나, 근대체험 이후 은유의 강조는 그 총체적 동일성을 파괴하고 해체시키는 힘에 대한 저항논리로 작용한다고 보아야 한다.

이처럼 잃어버린 낙원을 회복하는 데다 초점이 맞추어져 있기 때문에 은유, 곧 총체적 동일성에의 꿈은 미래적 의미를 지닐 수밖에 없다. 지금—이곳에서는 전혀 발견할 수 없는, 완전히 사라져버린 낙원을 미래 언젠가는 반드시 회복해야 한다는 적극적인 의지가 들어간 사유방식이 은유인 것이다. 따라서 근대체험 이후, 실낙원 체험 이후 은유는 매우 적극적이고도 래디칼한 성격을 띨 수밖에 없다. 전형적으로 은유 구조를 취하고 있는 낭만주의 시나 리얼리즘 시에 보이는 혁명적인 사상이 바로 그러하다.

한편 미래에 성취되어져야 할 당위적 세계는, 위의 시에서 보이듯, 모든 사물들이 각각 자신의 생명력을 최대한 향유하면서 초월적 존재를 중심으로 해서 서로 긴밀히 연결되어 있음을 알 수 있다. 즉 서정적 총체성 또는 총체적 동일성의 구조를 이루고 있다. 그 초월적 중심에 어머니나 숲과 같은 여성적, 모성적 존재가 자리하고 있음을 알 수 있다.

3. 동양적 자연서정시와 제유적 미메시스

앞에서도 간략하게 말했듯이, 시집 『슬픈 목가』와 그 이후의 시집에는 동양적인 자연서정시가 주로 나타난다. 『문장』지 등에 발표된 이러한 동양적 자연서정시에는 앞의 목가적 전원시와는 아주 다른 미학적 이념이 들어가 있다.

숲길 짙어 이끼 푸르고
나무 사이사이 강물이 희어……

햇볕 어린 가지끝에 산새 쉬고
흰 구름 한가히 하늘을 거닌다

산가마귀 소리 골짝에 잦인데
등넘어 바람이 넘어 닥쳐와……

굽어든 숲길을 돌아서 돌아서
시냇물 여음이 옥인 듯 맑아라

푸른산 푸른산이 천 년만 가리
강물이 흘러 흘러 만 년만 가리

-<山水圖> 전문

산수시는 동양적 자연서정시 중에서도 서정적 이념이 가장 잘 드러나는 양식이다. 동양에 있어서 산수는 그냥 물질적인 것에 그치지 않고 정신적인 것을 내포하고 있는 개념이다. 山水詩나 山水畵의 이념이란 산수자연을 모방하여 인간적인 성숙이나 완성을 도모하는 것이다. 이처럼 산수시는 格物致知를 근거로 하여 인간적 발전을 도모한다는 점에 있어서 미메시스적 속성을 지니고 있다.

위의 작품 속에 나타나는 산수자연은 매우 이상적 사물들이다. 모든 만물들이 제 각각의 생명력을 충실히 즐기면서 서로 사이좋게 感應하고 있다. 感應, 交感, 이것이 산수시에서 美가 실현되는 구체적 방식이다. 동양사상에 따르면, 자연대상에는 보편생명이 강같이 흐르고, 그것을 窮究하는 서정적 주체에게도 개별생명이 運轉을 계속하고 있다. 이 普遍生命과 個別生命의 만남과 調和 가운데 美가 실현된다는 것이 동양미학의 정수이다.13)

숲길이 짙어 이끼 푸르고 나무 사이사이 강물이 희게 흐른다는 데서 생명력의 충일을 읽을 수가 있다. 그리고 햇볕 어린 나뭇가지 끝에 산새가 쉬고 흰 구름 한가히 하늘을 거닌다는 데서 萬物이 각자 품수한 생명적 이치를 마음껏 즐긴다는 것을 읽을 수 있다. 산까마귀 소리 골짝에 잦고 등 너머로 바람이 닥쳐온다는 데서는 서정적 주체가 자연물들과 생명적으로 하나가 됨을 볼 수 있다. 즉 보편생명과 개별생명의 조화, 일치된 모습을 읽을 수 있다. 이렇게 생명력이 충일한 자연과 그 가운데 존재하는 서정적 주체는 옥처럼 맑고 깨끗해진다. 그리하여 그 푸른 산과 강물이 천년만 만년만 가리라고 기대한다. 이것은 지고지순한 자연에 대한 완벽한 믿음을 보이는 대목이다. 산수 자연 자체가 무한하게 아름답고 선하다는 사상, 그 속에 완벽한 진리가 들어있다는 사상이 바로 모방의 시학을 가져온다.

기실 동양 전통시학인 情景論 속에 모방론적 측면이 들어있다는 것을 생각할 때,14) 동양적 자연서정시, 특히 산수시 속에 미메시스 시학은 필연적으로 존재하는 것이다. 그리고 이 미메시스 시학 때문에 산수시는 일종의 風景詩를 이루고 있다. 동양 산수시가 풍경시를 이루고

---

13) 方東美(정인재 역), 『중국인의 인생철학』, 형설출판사, 1983, p.23.
14) 최승호, 『한국 현대시와 동양적 생명사상』, 다운샘, 1995, pp.65~72.

있다는 것은 의미심장한 데가 있다. 동양의 풍경시란 邵康節이 말하는, 이른바 以物觀物의 미학을 이념으로 하고 있다.15)

　서정적 주체와 풍경인 대상 사이에 상호 대등한 관계가 주어지는 것이 동양적 풍경시이다. 조지훈이 풍경시인 소위 '敍景詩'를 주관과 객관이 조화를 갖춘 제3의 양식으로 정의하려 했던 것처럼 이것은 동양에서만 볼 수 있는 독특한 서정시이다. 서구 낭만주의 미학으로 설명할 수 없는 동양만의 색다른 서정시이다. 앞에서 살펴본 바대로 서구 낭만적 서정시가 주체중심주의 미학으로 착색되어 있다면, 동양의 서정시인 산수시는 절대 주체중심주의 미학으로 이루어져 있지 않다. 앞에서도 말했듯이, 21세기 들어 요새 일군의 소장학자들이 동양의 전통 자연서정시에서 탈근대적인 가능성을 찾으려 하는 이유도 여기에 있다.16)

　　　이 투박한 대지에 발은 붙였어도
　　　흰 구름 이는 머리는 항상 하늘을 향하고 사는 산

　　　언제나 숭고할 수 있는 푸른산이
　　　그 푸른산이 오늘은 무척 부러워

　　　하늘과 땅이 비롯하던날 그 아득한날 밤부터
　　　저 산맥 위로는 푸른별이 넘나 들었고

　　　골작에는 양떼처럼 흰구름이 몰려오고 가고
　　　때로는 늙은산 수려한 이마를 쓰다덤거니

　　　고산식물들을 품에 안고 길러낸다는 너그러운 산

---

15) 以物觀物에 대해서는 다음 논문을 참조 바람.
　　최승호, 「1930년대 후반기 시의 전통지향적 미의식 연구」, 서울대학교 박사학위논문, 1994, pp.122~123.
16) 구모룡, 『제유의 시학』, 좋은날, 2000, pp.39~46.
　　김경복, 「동일성에서 物化의 시학으로」, 『신생』 2002년 봄호, pp.189~194.

정초한 꽃그늘에 자고 또 이는 구름과 구름

내 몸이 가벼히 흰구름이 되는 날은
강넘어 저 푸른산 이마를 어루만지리……

—<靑山白雲圖> 전문

위의 작품은 앞의 시 <산수도>처럼 모방의 대상이 될만한 자연물인 산을 제재로 하고 있다. 그리고 이 시속에는 서정적 주체가 중심이 되어 사물들을 일방적으로 자기편으로 끌어들이지 않는다. 자연물과 서정적 주체는 상호 대등한 관계를 이루고 있다. 이렇게 서정적 주체가 대상에 대해 중심부를 형성하고 있지 않을 뿐만 아니라, 대상 내에서도 중심 축이 되는 사물이 존재하지 않는다. 제2장에서 살펴본 대로 신석정의 낭만적 자연서정시에는 서정적 자아인 '나'나 초월적 존재인 '임' 또는 '어머니', 자연물인 숲 등이 중심 축을 형성하고 있었다. 그에 비해 동양적 자연서정시에는 그런 초월적 중심이 보이지 않는다. 여기에서 소위 제유적 세계관이 나타나는 것이다.

제유적 세계관이란 서정적 주체와 대상이 상호 대등한 입장에서 평등한 관계로 합일을 이루어내는 삶의 방식이다. 이때 以物觀物의 미학 정신은 제유적으로 서정적 동일성에 이르는 방법이다. 여기에서는 모든 사물들이 부분적 독자성을 지닌 채 상호 교감을 한다. 전체적으로 조화와 질서를 이루고 있으면서도 초월적 중심은 부재한다. 여기에는 많은 구멍(여백)이 존재한다. 이 여백을 사이에 두고 사물들은 부분적 독자성을 이루면서, 서로 고유의 차이성을 존중 내지 유지하면서 음양 운동, 즉 작용·반작용의 생명적 교감 운동을 한다. 이 생명적 교감에서 바로 미가 발생한다는 것이다.

서정적 주체가 산수 자연을 모방의 대상으로 삼을 수 있는 것은 그 산수 자연이 언제나 숭고하다고 생각되기 때문이다. 그리고 '靑山'이 숭고할 수 있는 것은 이 투박한 대지에 발을 붙였어도 흰 구름 이는 머리는 항상 하늘을 향하고 있기 때문이다. 그리고 서정적 주체가 흉내내고 싶어할 만큼 부러운 푸른 산은 고산식물들을 품에 안고 길러내는 너그러운 존재이다. 따라서 서정적 주체는 자연물의 하나가 되어, 즉 흰 구름이 되어 강 넘어 저 푸른 산의 이마를 어루만지고 싶다고 한다. 즉 물아일체로 되고 싶어한다.

그런데 物我一體의 이념에 근거한 동양적 자연서정시, 곧 제유적 세계관으로 된 서정시에는 김소월에게서 나타나는 '저만치'라는 낭만적 거리가 없다. 이들 동양적 자연서정시에서 산수자연은 결코 '저만치' 떨어져 있는 '그 먼 나라'가 아니다. 서정적 주체가 마음만 먹으면 언제나 도달할 수 있는 거리, 현재적 거리에 놓여 있다. 그리고 그것은 현세적 거리이기도 하다.

> 대숲으로 간다
> 대숲으로 간다
> 한사코 성근 대숲으로 간다
>
> 자욱한 밤안개에 버레소리 젖어흐르고
> 버레소리에 푸른 달빛이 배여 흐르고
>
> 대숲은 좋더라
> 성그러 좋더라
> 한사ㅎ고 서러워 대숲은 좋더라
>
> 꽃가루 날리듯 흥근히 드는 달빛에
> 기척 없이 서서 나도 대같이 살거나

−<대숲에 서서> 전문

이처럼 유토피아로 나타나는 대숲이라는 자연물은 과거나 미래적인 의미를 지니는 존재가 아니다. 현재 서정적 주체가 마음만 잘 먹으면 언제나 걸어 들어가 하나로 만날 수 있는 대상이다. 이처럼 동양미학으로 이루어진 제유적 자연서정시에 있어서 낙원이란 언제나 발견되는 것이다. 도처에 널려있는 자연(낙원)을 서정적 주체가 발견하기만 하면 되는 것이다. 서정적 주체가 마음만 잘 고쳐먹으면 되는 것이다. 자연(낙원)은 까마득한 과거부터 지금까지 계속 있어왔고 앞으로도 영원히 변함없이 존재하는 것인데, 인간의 마음이 탁한 기에 가려져 그것을 잠시잠깐 잊어버릴 뿐이라는 것이다.

앞장에서 살펴보았듯이, 낭만적 자연서정시에 보이는 유토피아로서의 자연(낙원)이 우리가 적극적으로 회복해야 하고 애써 성취해야 하는 것임에 비해, 동양적 자연서정시에 있어서 자연(낙원)은 이처럼 그냥 발견하기만 하면 되는 것이다.[17] 이 자연(낙원)은 상실된 적이 없으니 결코 회복될 성질의 것이 아니다. 그런 만큼 낭만적 자아가 취해야 하는 적극적 자세를 가질 필요도 없다. 이와 같이 실낙원의 개념이 없는 동양적 서정시인들에게 낙원은 미래적인 의미를 지니는 것이 아니라 어디까지나 현재적 현세적 의미로 다가오는 것이다. 그리고 소월에게서 보이는, 인간과 실낙원 사이에 놓여있는 '저만치'라는 숙명적 거리, 인간의 힘으로는 결코 좁힐 수 없는 존재론적 거리가 없음으로 인해, 동양적 자연서정시에는 낭만적 아이러니도 그로 인한 비극적 정조도 없다. 다시 말해 시적 주체가 마음만 잘 고쳐먹으면 언제나 발견하고 도달할 수 있는 거리에 자연이 존재한다고 생각하기 때문이다.

제유란 한마디로 전근대적인 사유방식이다. 근원상실을 경험하기

---

17) 최승호, 「오세영 서정시의 미메시스적 읽기」, pp.39~40.

이전 인간이 자연물과 일체감을 향유하던 사유방식이다. 근대체험 이전에 은유도 제유도 같이 있어왔다. 은유란 초월적 존재를 중심으로 해서 모든 사물들이 총체적 동일성을 형성하고 있다고 생각하는 사고방식이다. 아니, 은유는 이 세계가 초월적 존재를 중심으로 총체적 동일성을 형성하고 있다고 인식하는 데 그치지 않고, 이 세계를 그러한 모습으로 구성해 나가려는 적극적인 의지를 내포하고 있다. 사실 은유는 사물들간의 차이성을 존중하면서도 초월적 존재를 중심으로 해서 총체적 동일성, 곧 합의점을 적극적으로 도출해 가는 변증법적 사유과정이다.

그에 비해 제유는 사물들 사이의 부분적 독자성과 차이성을 존중하는 사고방식이다. 그것은 사물들 사이의 유기적 연속성은 강조하나 초월적 중심은 배제한다. 제유란 이처럼 초월적 중심을 배제한 채 모든 사물들이 서로 유기적 동일성을 이루고 있다고 생각하는 사고 방식이다. 사물들 사이의 생명적 교감, 곧 감응운동을 강조하고 있는 제유적 사고는 따라서 유기적 동일성을 추구하되 비변증법적 특징을 지니고 있다. 사물들 사이의 합의점 도출을 위한 적극적 의지가 결여되어 있는 이 제유적 사고 방식은 그냥 사물들간의 조화로운 共存을 겨냥한다. 어떠한 초월적 중심도 배제하고 그냥 사물들간의 화해로운 공존을 강조하는 이러한 제유적 사고 또한 이 세계를 새롭게 구성하려는 소극적 의지로 볼 수 있다. 그리하여 제유론자들은 소위 '동일성'이라는 적극적인 의미를 띠는 변증법적 용어보다 '造化'나 '物化'라는 신중하면서도 소극적인 그러면서도 비변증법적인 용어를 선호한다.[18) 오늘날 많은 젊은 비평가들이 이 전근대적인 제유적 사고방식에서 탈근대

---

18) 김경복, 「동일성의 시학에서 物化의 시학으로」, pp.189~194.
　　구모룡, 「궁극의 和(和)」, 『다층』, 1999 여름, p.13.

적 지평을 열고자 애쓴다. 그러나 싫든 좋든 우리는 이미 낙원상실을 경험해버렸다. 오늘날 은유주의자들은 초월적 중심을 전제로 해서 파편화되어 있는 사물들 사이에 총체적 동일성을 적극적으로 회복하려 들고, 제유주의자들은 원래부터 있어왔고 지금도 있는 유기적 관계, 초월적 중심이 배제된 연속성을 소극적으로 발견하려 한다. 이처럼 오늘날의 수사학은 단순한 도구학을 넘어서서 세계를 인식하는 방법이 되고 있다. 더 나아가 그것은 이 세계를 새롭게 구성하려는 의지를 내포하고 있는 이데올로기적 담론이다. 『슬픈 목가』와 그 이후의 신석정 시집에는 앞에서 살펴본 바와 같은 제유적인 방식으로 근대를 초극하려는 노력들이 집중적으로 보인다.

한편 『슬픈 목가』와 그 이후의 시집에는 자연 대상을 알레고리화하여 현실을 우의적으로 드러내는 시가 많다. 현실적 메시지, 정치사회적 주제를 상징적으로 드러내는 방법이 그러하다. 이건청은 이러한 시편들을 또 다른 전원시로 보고 있는데 이는 온당치 못한 해석이다.[19] 이들은 비록 자연물을 다루고 있다 할지라도 자연서정시의 이념과는 무관한 것들이다. 이들 우의적인 시에 나타난 자연물들은 시적 주체에게 결코 모방의 대상이 되어 주지 못한다.

나와
하늘과
하늘 아래 푸른산 뿐이로다

꽃한송이 피어낼 지구도 없고
새한마리 울어줄 지구도 없고
노루새끼 한마리 뛰어다닐 지구도 없다

---

19) 이건청, 앞의 책, p.68.

나와
밤과
무수한 별 뿐이로다

밀리고 흐르는게 밤뿐이오
흘러도 흘러도 검은밤 뿐이로다
내마음 둘 곳은 어느 밤하늘 별이드뇨

-<슬픈 構圖> 전문

그리고 시집 『山의 序曲』(1967년)에 오면, 또 다른 종류의 자연서정
시가 나타나 눈길을 끈다.

山은 어찌 보면 雲霧와 더불어 항상 저 아득한 하늘을 연모하는
것 같지만 오래오래 겪어온 피문은 역사의 그 생생한 기록을 잘 알
고 있다.

山은 알고 있다. 하늘과 땅이 처음 열리고 그 기나긴 세월에 묻어
간 모든 서럽고 빛나는 이야기를 너그러운 가슴에서 철철이 피고 지
는 꽃들의 가냘픈 이야기보다 더 역력히 알고 있다.

山은 가슴 언저리에 그 어깨 언저리에 스며들던 더운 피와 그 피
가 남기고 간 이야기와 그 이야기가 마련하는 역사와 그 역사가 이
룩할 줄기찬 합창소리도 알고 있다. 山은 역력히 알고 있는 것이다.

-<山은 알고 있다> 부분

여기에 나타나는 산은 자연성과 역사성을 공유하고 있다. 구체적으
로 말해 그 산의 생명력이 자연성 곧 초역사성과 역사성을 동시에 함
유하고 있다. 산의 초역사성 곧 자연성은 정태적인 이미지를 띠며 모
든 역사적인 것들, 즉 동적인 것들을 보듬어 안으면서 그것들의 아픔

과 상처를 싸매주고 치유해주는 역할을 한다. 즉 산이 지니고 있는 동
적 이미지로서의 역사성이 초역사성, 자연성으로서의 정태적인 이미
지 속에 흡수된다. 그리고 그 정태적으로 보이는 산의 전체적인 품도
알고 보면 미세하고 웅장한 움직임으로 가득 차 있는 것이다. 이처럼
고요하게 정지해 있는 듯한 산의 넉넉한 품으로 동적인 인간의 역사
를 감싸안고 그 역사의 상흔을 치유해줄 수 있다는 믿음이 동양 산수
시 안에 또 다른 모습으로 들어가 있다. 寂然不動하는 동양 산수에 대
한 믿음이 역사성까지 아우르는 모습을 이러한 시학에서 발견할 수
있는 중요한 국면이다. 이처럼 모방의 대상으로서의 산은 단지 자연
성, 초역사성만 지니는 것이 아니라 역사적 차원도 그 품안에 감싸안
으면서 그 역사의 상흔을 치유해주고 있는 이상적 존재이다.

그리고 마지막 시집 『댓바람 소리』(1970년)에 오면 다시 전형적인 제
유적 자연서정시가 주류를 이루면서 등장한다. 이는 노년에 접어든 신
석정이 동양사상을 토대로 자연물들과 생명적으로 교감하면서 삶을
즐기는 형식으로 되어 있다.

> 梧桐에
> 비낀 달
> 가을은 치워라.
>
> 古梅
> 성근 가지
> 영창에 거지었고,
>
> 철새 나는
> 하늘을
> 무서리 나려

풀버레 사운대는
밤은
정작 고요도 한저이고

어디서
대피리 소리
마디마디 가삼이 시리다.

시내대 숲에
바람이 머물어
촛불도 눈물짓는 기인 긴
이 밤

나는
당시(唐詩)를 펴들고
아득한 아득한 잠을 부른다.

-<秋夜長 古調> 전문

여기에서는 서정적 주체가 자연의 일부로 되어 자연과 하나된 삶을 구가하고 있다. 즉 자연을 모방하여 자연처럼 자연스럽게 살아가는 것을 목표로 하고 있다. 이처럼 자연을 닮아, 자연을 흉내내어 자연스럽게 살아가려는, 소위 無爲自然적 삶의 방식, 곧 노장적 삶의 방식이 후기시의 주조를 이루고 있는 것이다.

4. 꼬리말

본고에서는 신석정의 자연서정시를 미메시스의 관점에서 살펴보았다. 서정시에 있어서 미메시스란 서정적 주체가 대상과 간절하게 합일하고 싶을 때 일어난다. 이때 서정적 주체가 모방하고 싶고 합일하고 싶은 대상은 매우 이상적인 완벽한 존재로 나타난다. 자연서정시는 서정시 중에서도 미메시스의 이념이 가장 잘 드러나는 양식이다.

먼저 신석정의 초기 낭만적 자연서정시에 있어서 자연은 서정적 주체가 간절하게 모방하고 싶어하는 대상이다. 이때의 자연은 서정적 주체가 합일하고 싶어하는 은유적 욕망의 대상이다. 이 은유적 욕망에 의해 구조화된 서정시는 총체적 구조, 즉 총체적 동일성을 형성하고 있다. 우리는 이것을 은유적 동일성이라 부를 수 있을 것이다. 그리고 이 은유적 동일성의 중심에 '어머니'나 '임'과 같은 초월적 존재가 자리하고 있다. 신석정의 낭만적 자연서정시에 있어서 서정적 동일화는 '임'과 같은 초월적 존재의 '부름'과 '나'와 같은 지상적 존재자의 '응답'의 형식으로 이루어진다.

그리고 하나의 이데아의 세계로 나타난 자연세계는 현실세계에서는 볼 수 없는 것이다. 그렇지만 그 이데아로서의 자연세계가 현실도피적인 공간은 결코 아니고 지금-이곳의 타락한 식민지 현실을 비추어주고 개혁할 수 있게 해주는 지표나 거울로 나타난다. 그곳에서는 모든 사물이 '어머니', '임'과 같은 초월적 존재를 중심으로 총체적 동일성을 형성하는 가운데 생명적으로 조화와 질서를 이루고 있다. 이렇게 당위적으로 나타난 유토피아로서의 자연세계는 현재적인 것이 아니라 미래적인 의미를 지닌다. 낭만적 자연서정시의 미학적 근간을 이루고 있는 은유적 상상력에 있어서 낙원은 근원적인 의미를 지니면서도 현재에는 현실에는 존재하지 않는 것으로 나타난다. 그것은 이미 상실된 것으로서 미래 언젠가는 꼭 회복되어져야 할 것으로 나타난다. 다시 말해 신석정의 낭만적 자연서정시에 있어서 낙원은 지금 상실된 것이면서 미래 언젠가 회복되어져야 할 성질의 것이다.

그에 비해 시집 『슬픈 목가』와 그 이후의 시집에 나타나는 자연서정시는 동양적인 사상을 근간으로 하고 있다. 이 동양적 자연서정시역시 시적 주체가 동화되고 모방하고 싶어하는 이상적인 자연을 대상으로 하고 있다. 여기서는 소위 제유적 관계가 나타나는데, 이 제유적관계는 서정적 주체와 자연물 사이에서만 나타나는 것이 아니라, 대상속의 자연물들 상호간에도 나타난다. 이 제유적 세계관에 따른 서정시에서는 주체중심주의적인 동일화 방식이 나타나지 않는다. 여기서는주관과 객관이 대등한 입장에서 상호 만나고 있다. 모든 사물들은 초월적 중심이 없이 여백을 사이에 두고 각각 부분적 독자성을 유지한채 생명적인 교감을 이루고 있다. 이 생명적 교감이 미가 일어나는 방식이다.

그리고 서정적 주체와 자연물 사이에 김소월과 같은 낭만적 시인에게서 보이는 '저만치'라는 낭만적 거리도 없고 그에 따른 낭만적 아이러니나 비극적 정조도 발견되지 않는다. 서정적 주체가 마음만 잘 먹으면 언제 어디서나 발견되는 자연(낙원)이 도처에 널려있다. 그러한의미에 있어서 동양적 자연서정시에 보이는 낙원은 회복되는 것이 아니라 발견되는 것이다. 제유는 근본적으로 낙원상실을 전제로 하지 않는다. 낙원상실을 체험하지 않은 자들의 미학사상이다. 실낙원 체험이없으니 회복될 낙원도 없다. 그래서 제유적 상상력은 과거나 미래를지향하지 않고 언제나 현재로 초점이 맞추어져 있다. 그들에겐 마음만잘 고쳐먹으면 언제나 돌아가 만날 낙원이 도처에 현재적으로 현세적으로 널려있는 것이다.

그리고 『산의 序曲』에 오면 이상적인 자연으로서의 산은 초역사성, 자연성만 갖는 게 아니라 역사성도 함유한다. 역사적 차원에서의 아픔과 상처를 초역사성, 자연성으로써 감싸고 치유해주는 산의 모습이 보인다. 한 개인의 내면뿐만 아니라, 사회적인 갈등과 역사적 상흔까지도 치유해주고 품어주는 초월적 능력을 지닌 산의 모습이 보인다. 이것은 동양 제유적인 자연서정시의 또 다른 중요한 모습이다. 또한 후기의 시집 『댓바람 소리』에 오면 동양적인 산수시의 이념이 드러나는 시가 많이 쓰여진다.

신석정 자연서정시를 미메시스적 관점에서 연구해 본 바에 의하면, 그의 자연서정시에 나타나는 자연은 매우 이상화되고 관념화된 것이었다. 그리고 그 이상화되고 관념화된 자연은 서정적 주체가 본받고 모방하고 싶어하는 모델로서 존재했다. 이 본받고 모방하고 싶어하는 자연 세계는 신석정의 자연서정시에 있어서 객관성의 미를 확보해주고 있다.

지극히 주관적이고 사적이라고 생각되어지는 자연서정시 안에서 그것은 객관적이고 보편적인 미를 실현시키고 있다. 이 객관적이고 보편적인 미는 관념적인 것으로서 우리의 삶을 공동체적인 것으로 고양시켜주는 계기를 마련해준다. 다시 말해 지극히 주관적이고 사적인 자연서정시조차도 객관적인 미를 지향하고 있으며, 이 객관적이고 보편적인 관념적인 미가 공동선의 준거가 되고 도덕적 진보의 원동력이 될 수 있다.

자연서정시를 미메시스와 관련지어 연구하는 이 작업이 서정시 일반론으로까지 확대될 경우, 우리는 주관적이고 사적이란 양식으로 규정되어온 서정시를 새로운 관점에서 해석하게 될 것이다. 그리고 서정시가 공동체적인 의미를 지니는 것으로 진일보할 것이다.

참고문헌

구모룡, 『제유의 시학』, 좋은날, 2000.

국효문, 『신석정 연구』, 국학자료원, 1998.

김경복, 『서정의 귀환』, 좋은날, 2000.

김민성 편, 『신석정의 문학과 인생』 1・2, 고글, 1997.

김용직, 『한국현대시사』 1, 한국문연, 1996.

박호영, 『한국현대시인론고』, 민지사, 1995.

신석정, 『산의 서곡』, 가림출판사, 1967.

신석정, 『대바람 소리』, 한국시인협회, 1970.

오세영, 『한국낭만주의시 연구』, 일지사, 1980.

오세영, 『한국현대시 분석적 읽기』, 고려대출판부, 1998.

오세영 교수 화갑논총 간행위원회 편, 『오세영의 시, 깊이와 넓이』, 국학자료원, 2002.

이건청, 『한국전원시 연구』, 문학세계사, 1986.

이숭원, 『20세기 한국시인론』, 국학자료원, 1997.

정한모, 『현대시론』, 보성문화사, 1979.

최승호, 『한국 현대시와 동양적 생명사상』, 다운샘, 1995.

최승호, 『한국적 서정의 본질 탐구』, 다운샘, 1998.

최승호 편, 『서정시의 본질과 근대성 비판』, 다운샘, 1999.

최승호 편, 『21세기 문학의 유기론적 대안』, 새미, 2000.

최승호 편, 『21세기 문학의 동양시학적 모색』, 새미, 2001.

최승호, 『서정시의 이데올로기와 수사학』, 국학자료원, 2002.

구모룡, 「궁극의 화(和)」, 『다층』 1999 여름호.

김경복, 「동일성의 시학에서 物化의 시학으로」, 『신생』 2001년 봄호.

김경복, 「신석정 시의 유토피아 의식 연구」, 『한국문학논총』 제28집, 2001.

최승호, 「김영랑 시의 서정화 방식과 순수성의 사회학적 의미」, 『국어국문학』 제131집, 2002.

— 2002, 『어문학』 제78집

김영랑 시의 서정화 방식과 순수성의 사회학적 의미

1. 머리말

　21세기 오늘날 서정은 시대정신을 반영하여 당위적인 것으로 요청되고 있다. 극도로 분열되고 해체된 시대에 있어서 인간의 내면과 사회를 통합하고 치유할 수 있는 구원의 방식으로 급속히 떠오르고 있는 것이 바로 서정이다. 구원의 방식으로 논의된다는 측면에서 보면 서정에는 윤리학이 스며들어 있다. 그리고 정치학도 들어있다. 서정이 함유하고 있는 윤리학 내지 정치학이란 바로 서정적 비전에 다름 아니다. 서정적 비전이란 인간이 이 세계에서 타자와 더불어 살아가면서 보다 나은 고양된 삶을 도모하는 것이다. 따라서 서정적 비전에는 다분히 도덕적 진보에 대한 열망과 믿음이 들어가 있다.[1] 도덕적 진보라는 어사에서 보이듯 서정적 열망은 다분히 관념론적이다.

　서정을 통한 관념론적 진보, 이것은 유물론적 진보의 꿈이 무너진

---

1) 김경복, 「서정의 귀환과 신생의 꿈」,『서정의 귀환』, 좋은날, 2000, p.39.

이 시대 하나의 대안으로서의 역할을 하고 있다. 이 세계가 근본적으로 타락해버렸다는 절망감, 현실에서는 구원의 길이 전혀 보이지 않는다는 참담함 속에서도 한 오라기 실낱같은 꿈을 갖게 해주는 초월적 이데아의 세계에 대한 믿음 때문에 서정적 비전은 가능한 것이다. 지상에서는 구원의 길이 없다고 생각되어질 때 천상의 세계를 보면 최소한 정신적인 파탄은 면할 수 있는 것이다. 그 천상의 세계조차 부인해버리면 허무한 모더니스트가 되고 만다. 따라서 천상의 세계에서 구원의 실마리를 찾으려 발버둥치는 서정주의자들의 안간힘은 그 자체 미학적인 가치가 있다.

서정시에도 다양한 구원의 길이 있다. 서정화 방식, 곧 서정적 동일성에 이르는 다양한 방식이 있는 것이다.[2] 우리는 통상 지금까지 서정시라고 하면 '세계의 자아화'라는 선입견에 사로잡혀 온 것이 사실이다. 일찍이 자이들러가 '자아(das Ich)'와 '세계(die Welt)'의 관련 양상 속에서 문학의 4대 장르(서정, 서사, 극, 교술)에 대한 이론적 체계를 세울 때, 서정의 특징을 '서정적 자아에 의해 포획된 세계(die vom lyrischen Ich ergriffen Welt)'[3]로 설명한 적이 있다. 그리고 조동일이 더욱 정밀하게 '세계의 자아화'라는 용어로 이론적 체계를 도모한 적이 있는데, 결국 이러한 서정화 방식은 모두 헤겔 미학으로 소급된다. 헤겔에 의해 토대가 세워진 바 있는, 서구 낭만주의 시학에 있어서 서정화 방식이 바로 '세계의 자아화'인 것이다. 그런데 이 '세계의 자아화'라는 방식은 서구 낭만주의와 그 영향권에 들어있는 작품 해석에는 적용이 되지만, 다른 문화권에 속해 있는 작품 해석에는 그대로 적용이 되지 않는다.

서정화 방식이란 결국 인간이 세계와 하나되기 위한 만남의 방식이

---

2) 서 림, 「서정적 동일성에 대한 변명」, 『말의 혀』, 새미, 2000, pp.11~16.
3) H. Seidler, *Die Dichtung*, Alfred Kroner Verlag, 1965, p.385.

다. 다른 말로 하면 서정적 총체성에 이르는 방식이다. 서정적 총체성
을 어떠한 모델로 제시하느냐에 따라 그 윤리학 내지 정치학은 첨예
한 이데올로기를 담지하게 된다. 도덕적 진보라고는 하지만 그 속에는
정치적 이데올로기가 들어가 있다. 다시 말해서 '순수한' 도덕적 진보
를 꿈꾸는데도 불구하고 주체와 타자가 만나는 방식에 따라 엄청난
문제가 발생할 수도 있다. 따라서 우리는 그 만남의 방식에 민감하지
않을 수 없다.

　우리는 지금까지 도덕적 진보, 관념론적 진보에 대해 이야기해 왔
다. 서정주의자들이 다른 미학지들보나 당당할 수 있는 것은 어떤 강
한 믿음을 가지고 있기 때문이다. 막연하고 신비해 보이지만 어떤 분
명한 형이상학적 실체에 대한 믿음을 갖고 있기 때문이다. 그리고 서
정주의자들이 때로는 도덕적 파시스트가 될 수 있는 것 역시 그런 형
이상학적 믿음 때문이다. 형이상학적 실체와 그것에 대한 믿음, 이것
은 바로 도덕적 진보의 동력원이 된다. 그리고 이 형이상학적 실체는
유토피아의 근거이고 동시에 서정적 비전, 서정적 총체성의 근원이 된
다. 결국 서정적 총체성에 이르는 방식과 형이상학적 실체에 대한 믿
음의 방식은 서로 맞물려 있는 것이다.

　본고에서는 1930년대 한국 순수서정시의 상징적 존재라 할 수 있는
김영랑을 통해 순수서정시의 위상과 그 의미를 다시 한번 살펴보고자
한다. 물론 많은 선학자들이 김영랑 서정시의 순수성에 대해 논의를
해왔다.4) 그리고 영랑에 있어서 서정성의 문제도 논의되어 왔다.5) 그

---

4) 대표적으로 다음과 같은 논문들이 있다.
　김용직, 「남도가락의 순수 서정─김영랑론」, 『한국현대시사 1』, 한국문연, 1996,
　pp.94~103.
　이숭원, 「김영랑 시와 순결의 미학」, 『20세기 한국시인론』, 국학자료원, 1997, pp.96
　~101.

런데 순수성의 의미, 서정성의 문제 등은 결국 시인이 가지고 있는 세계관의 문제, 형이상학의 문제와 결부된다. 이 세 가지가 입체적으로 다면적으로 고려되지 않으면 각자의 의미는 따로따로 분리될 수밖에 없다. 따라서 여기서는 김영랑에 있어서 서정화 방식의 문제를 그의 형이상학적 믿음의 문제 및 순수시학의 문제와 결부시켜 종합적으로 논의하려 한다. 이러한 시학 체계를 가지고 그가 당시 자기 시대에 있어서 삶의 문제를 어떻게 전개시켜 나갔는지 살펴보고자 한다. 순수서정을 통해서 도덕적 진보를 꾀해 가는 그의 삶의 방식이 서정의 일반론적 차원에서 논의될 것이다. 그리고 그러한 삶의 방식이 역사적 차원 안에서 어떠한 의미를 지니는지 살펴볼 것이다. 그렇게 해야만 그의 시에 나타난 서정화 방식 및 순수성의 의미가 보다 객관화될 수 있을 것이다. 한편 김영랑의 시학을 전통지향적 서정시인 조지훈의 그것과 비교 검토함으로써 더욱더 객관적인 평가를 꾀해 보고자 한다.

2. 주체중심의 서정화 방식

이미 많은 논자들이 지적했듯이,[6] 김영랑의 작품에는 '나' 또는 '내'라는 용어가 유난히 많이 나타난다. 거의 모든 작품에 나타난다고 해

정효구, 「1930년대 순수서정시 운동의 시대적 의미」, 최승호편, 『서정시의 본질과 근대성 비판』, 다운샘, 1999, pp.110~131.

5) 정효구, 위의 논문, pp.110~131.
김준오, 「비가적 세계와 순수자아―김영랑론」, 김준오 편, 『김영랑』, 서강대출판부, 1997, pp.186~214.

6) 정한모, 「김영랑론」, 『현대시론』, 민중서관, 1973, p.183.
김용직, 앞의 책, p.87.
김준오, 앞의 논문, pp.187~188.

도 될 만큼 영랑은 '나' 또는 '내'라는 단어를 강조해서 사용하고 있다. '나'의 강조는 무엇을 의미하는가. 아마 김영랑은 '나'의 강조를 통해서 자신이 추구하는 순수서정시가 매우 사적인 장르임을 부각시키려 했던 것 같다. 왜 그는 이토록 사적인 장르로서의 순수서정시를 부각시키려 했을까. 그것은 자신이 비판·부정하는 KAPF 쪽의 집단주의에 대한 반발인 듯 보인다. 집단적인 이념과 정서를 앞세우는 KAPF의 논리에 따르면 개인의 내밀한 정서, 내면의 움직임은 소홀히 되기 쉽다.

그런데 김영랑의 사저인 경향은 1920년대 초반의 낭만주의 시들보다 더 극단적이다. 그 이유는 앞서 말했듯이 KAPF의 극단적인 집단주의, 볼셰비즘에 대한 반동에 있을 것이다. 일찍이 우리 민족의 서정시에 있어서 김영랑만큼 자신의 내밀한 개인적 정서를 구체적으로 잘 포착한 예는 없었다. 그만큼 김영랑에게 있어서 사적인 경향은 충분히 문제적이다.

순수서정시를 지극히 사적인 것으로 몰아가는 경향은 서구 낭만주의 이후의 일이다. 서구에서도 그 이전에는 사적이거나 주관적인 것으로서의 서정시가 표나게 강조된 일은 거의 없다. 그리고 동양의 오랜 전통에 있어서 시란 결코 주관적인 것만은 아니다. 동양에서 서정시란 주관적이면서도 객관적이다. 그리고 지극히 개인적인 장르로서 존재해 오지 않았다. 동양의 오랜 전통 속에서 '개인'이란 관념은 분명하게 존재하지 않았다. 동양에서 '자각적인 개인'이란 관념은 서구화, 근대화 이후에 발생한다. '物我一體'에서 말하는 '我'는 결코 서구 낭만주의에서 일컫는 '서정적 자아'가 아니다. '자아'라는 말은 개인의 발견과 동시에 생겨나는데, 그것은 '객관 세계', '사회'라는 용어와 맞물려 있다. 우리는 통상 서정시에서의 주체 문제에 대해서 논의할 때

'자아'라는 용어를 별 고민 없이 사용해 온 것이 사실이다. 예컨대 조선조 서정시의 주체 문제를 논의하는 자리에서 '서정적 자아'라는 용어를 별 반성 없이 써 오곤 했다. 그러나 앞에서도 말했듯이, 조선시대 사용되던 '我'라는 용어는 결코 '자아'와 다르다. '자아'라는 용어는 개인의 내면성이 발견되고 난 뒤에 발생한 용어이기 때문이다. 그에 비해 '我'라는 용어는 전근대적인 사회구조와 철학을 바탕으로 하고 있다. '我'는 분명히 서구적인 개인도 아니다. 그렇다고 완전히 집단적인 개인도 아니다. 오늘날 우리와 같이 철저히 개인주의화된 근대인으로서는 정말 이해하기 힘든, 이 전근대적인 '我'는 대상과 완전히 분리되지 않은 상태로 존재한다. 그리고 '我'가 '自我'와 다른 점은 개인성, 내면성을 강조하지 않는다는 것이다.

> 모란이 피기까지는
> 나는 아직 나의 봄을 기둘리고 있을 테요
> 모란이 뚝뚝 떨어져버린 날
> 나는 비로소 봄을 여읜 설움에 잠길 테요
> 오월 어느날 그 하루 무덥던 날
> 떨어져 누운 꽃잎마저 시들어버리고는
> 천지에 모란은 자취도 없어지고
> 뻗쳐오르던 내 보람 서운케 무너졌느니
> 모란이 지고 말면 그뿐 내 한해는 다 가고 말아
> 삼백 예순날 하냥 섭섭해 우옵네다
> 모란이 피기까지는
> 나는 아직 기둘리고 있을 테요 찬란한 슬픔의 봄을
>
> —<모란이 피기까지는> 전문

위의 시에서 모란이 피는 순간은 서정적 자아가 황홀경을 체험하는 때이다. 모란을 통해서 서정적 자아는 우주의 깊숙한 부분과 내밀한 교감을 이룬다고 봐야 할 것이다. 이때 모란이 핀다는 것은 우주가 그 비밀을 순간적으로 서정적 자아에게 현시하는 행위이다. 이 순간적인 접신과도 같은 심미적 체험, 신비한 영적 체험과도 같은 행위는 매우 주관적이고도 사적이다. 그리하여 서정적 자아는 단순히 봄을 기다리고 있는 것이 아니라 어디까지나 '나의 봄'을 학수고대하고 있는 것이다. 쉽게 이 세상 누구와도 공유할 수 없는 '나만의' 봄이기에 서정적 자아는 세계에 대해 매우 자기중심적인 태도를 취할 수 있다. 오직 모란을 통해서만 이 세계를 해석하려는 자아중심적 태도가 그러하다. 모란이 뚝뚝 떨어저비린 날 '나'는 비로소 봄을 여읜 설움에 잠길 것이라고 말한다. 모란이 아니면 봄도 이 세계도 '나'에게는 아무런 의미가 없는 것이다.

이처럼 위의 작품에는 매우 주관화된 서정화 방식이 나타난다. 자아가 중심이 되어 세계와 일방적인 동일성을 이루어 내고 있다. 이러한 자아중심주의, 주체중심주의는 서구 근대철학에서 빚어진 것이다. 주체 중심으로 서정화, 동일화가 이루어지고 있다는 점에서 서정적 자아는 대상에 대해 매우 비민주적이고 폭력적인 관계를 맺고 있다고 볼 수도 있다.[7] 주체중심주의에 의한 서정화 방식이란 결국 서정적 자아가 중심이 되어 주변에 있는 대상을 타자화시키고 소외시키고 지배하는 구조로 발전할 수 있기 때문이다. 이러한 부정성이 심화되면 문화적으로 정신적으로 제국주의화, 파시즘화가 나타나게 된다. 이것이 오늘날 탈근대주의자들이 우려하는 바 근대성의 부정적 측면이다. 낭만주의자들의 주관성이 좀더 병적으로 심화되고 극단화되면 자아와 세계는 아주 단절이 되어버리고, 내면의 분열과 파탄이 초래된다. 모더

---

7) 김경복, 「동일성에서 物化의 시학으로」, 『신생』, 2001년 봄호, 전망, pp.177~188.
   구모룡, 「포위된 혁명 : 시적 근대성 비판」, 『제유의 시학』, 좋은날, 2000, pp.39~42.

니즘은 그때에 발생하게 된다. 서구 낭만주의에서 비롯되어 모더니즘에 이르기까지 확대재생산된 주체중심주의 미학의 부정적 측면에 대한 비판이 오늘날 거세게 대두되고 있는 것은 바로 이러한 이유에서이다.[8]

이에 비해 전통지향적 서정시를 많이 써온 조지훈의 경우는 사뭇 다르다. 조지훈은 일찍이 시정신이란 '인간의식과 우주의식의 완전 일치의 체험'[9]이라고 말한 적이 있다. 동양적인 생명사상을 토대로 하여 전통적인 자연서정시를 현대적인 감각으로 살려낸 조지훈에게 있어서 서정이란 결코 주관적인 것만은 아니다. 그의 시론은 주로 형이상학론, 정경론, 생명시학의 측면에서 논의될 수 있는데, 이것들은 한결같이 주관과 객관이 상호 대등한 입장에서 동일성을 이루어 가는 것을 보여주고 있다.[10]

> 외로이 흘러간 한 송이 구름
> 이 밤을 어디메서 쉬리라던고.
>
> 성긴 빗방울
> 파초잎에 후두기는 저녁 어스름
>
> 창 열고 푸른 산과
> 마조 앉어라.
>
> 들어도 싫지 않은 물소리기에
> 날마다 바라도 그리운 산아

---

8) 구모룡, 앞의 글, p.41.
9) 조지훈, 「시의 원리」, 『조지훈 전집 3』, 일지사, 1973, p.15.
10) 최승호, 『한국 현대시와 동양적 생명사상』, 다운샘, 1995, pp.64~91.

온 아츰 나의 꿈을 스쳐간 구름
이 밤을 어디메서 쉬리라던고.

-<파초우> 전문

위의 시에서 '한 송이 구름'은 나그네인 시적 주체와 대등한 입장에
서 만나고 있다. 나그네의 입장에서 구름인 대상을 자아화시키지도 않
고, 나그네가 대상 속으로 흡수되지도 않는다. 시적 주체와 대상으로
서의 자연은 상호 민주적인 방법으로 고요히 생명적인 교감을 하고
있다. 창 열고 푸른 산과 마주 앉는다는 시구 속에 그리한 교감이 확
연하게 나타난다.

조지훈도 역시 개인성, 내면성을 강조한 바 있다.[11] 창작 주체의 개
성적인 정신활동을 강조한 것이 그러하다. 게다가 그는 습작 시절 대
륙 모더니즘 계열의 시들을 쓴 적도 있다.[12] 이로 미루어 보아 그는
확실하게 서구적인 근대적 자아 내지 주체를 체험한 적이 있다. 그러
나 그후 그의 대부분의 중요한 시작품에는 그러한 것들이 쉽게 검출
되지 않는다.

이후 그의 시작품 속에 나타나는 주체는 다분히 전통적인 '我'의 개
념에 가깝다. 그가 비록 근대적인 자아, 주체 개념을 경험했더라도, 시
론 속에 그러한 것을 함유하고 있다 하더라도 그는 여전히 전통 유기
론사상 속에서 자기정체성을 확인하고 있는 것이다. 전통 유기론의 관
점에서 보면 개인과 사회라는 근대적 관계는 들어설 자리를 쉽게 발
견하지 못한다. 따라서 거기에는 근대적 자아 개념도, 사회학적 매개

---

11) 조지훈, 「시의 원리」, pp.20~22.
12) 박호영, 「조지훈 문학 연구」, 서울대학교 박사학위논문, 1988, pp.57~70.
　　김용직, 「전통미학의 세계-조지훈론」,『한국현대시사 2』, 한국문연, 1996, pp.472
　　~477.

항도 자꾸 밀려나간다. 확실히 유기론적 사상구조에 따르면 인간과 자연 사이에 근대적인 사회학적 매개항이 들어설 자리가 없다. 이것이 결점이라면 결점이다. 왜냐하면 거기에는 직관적 통합만 있고 논리적 분석의 자리가 개입하지 못하기 때문이다.

그에 비해 김영랑의 경우는 개인과 사회가 분명히 발견되고 난 후의 모습이 보인다. 근대적인 사회역사적인 갈등이 인간과 자연 사이에 매개항으로 자리잡고 있다. 다만 그 근대적 갈등이 직접 문면에 나타나지 않고 숨어있을 따름이다.[13] 근대적 갈등이란 결국 개인과 사회 간의 이데올로기적 문제이다. 개인 주체가 앞서느냐, 집단이 앞서느냐의 문제가 바로 근대사상의 중심축이다. 김영랑에게는 당연히 개인적 주체가 핵심이다. 그에 비해 카프의 시들에는 집단적 주체가 중핵을 이루고 있다. 개인적인 것이든 집단적인 것이든 인간 주체가 중심이 되어 타자를 지배하고 배척한다는 점에서 양자는 '근대적'이다. 그런데 우리는 이러한 주체중심주의 서정미학을 자명한 것으로 여겨왔다. 조동일이 내세운 '세계의 자아화', 김준오가 정립한 '동일성의 시학'도 그러하다. 이런 주체중심주의는 잘못하면 파시즘으로 흐를 수 있다. 조지훈의 시학은 바로 파탄에 이른 근대 주체중심주의를 비판하고 나온 점에서, 전근대적인 시학으로써 탈근대적인 비전을 제시하려 했다는 점에서 의의가 있다. 그에 비해 김영랑의 매우 주관적이고 사적인 서정시학은 1930년대 초반에 나왔다는 점에서 시대적 의미가 있다. 이때는 한반도 내에서 근대의 부정성이 심각하게 노정되지 않았기 때문에, 김영랑의 주체중심주의 서정시학은 근대시학의 긍정적 측면을

---

13) 김준오 교수는 김영랑이 그러한 근대적 갈등을 시의 구조에서 배제했다고 보지만, 필자는 배제한 것이 아니라 이면에 숨기고 있다고 본다.
　　김준오, 앞의 논문, pp.198~200.

수행하고 있었다고 보아야 할 것이다. 그것이 바로 개인성과 내면성의
강조이다.

> 내 마음의 어딘 듯 한편에 끝없는
> 　　　강물이 흐르네
> 돋쳐오르는 아침 날빛이 빤질한
> 　　　은결을 돋우네
> 가슴엔 듯 눈엔 듯 또 핏줄엔 듯
> 마음이 도른도른 숨어 있는 듯
> 내 마음의 어딘 듯 한편에 끝없는
> 　　　강물이 흐르네

-<끝없는 강물이 흐르네> 전문

1930년대 초 모더니즘 시가 아닌 서정시로써 이 작품만큼 개인의
내면을 자세하게 다룬 것도 없다. 마음의 내밀한 흐름을 다루고 있는
내용이 작품의 전체 구조를 지배하고 있다. 마음의 흐름을 강물에다
비교하여 구체적인 심상으로 제시하고 있다. 앞서 인용한 <모란이 피
기까지는> 역시 주체의 내면을 심도 있게 다루고 있다. 여기서 구체
적이다, 심도 있다 함은 어디까지나 1930년대 초를 기준으로 한 경우
이다. 1920년대 김소월의 경우보다 확실하게 내면이 풍부하게 드러나
있다. 이것은 김영랑의 서정시가 획득한 현대성의 한 국면이다. 현대
성이란 주체성, 개인성, 내면성의 강조로 나타난다.

그런데 김영랑의 낭만적 서정시에 나타난 내면은 모더니스트들의
경우와 사뭇 다르다. 모더니스트들에 비하면 영랑의 내면은 여전히 단
순하고 소박하다. 그리고 일면적이기도 하다. 김영랑이 내면을 강조하
고, 내면성을 가지고 시를 쓸 수 있었던 것은 자신의 내면에 대한 믿
음 때문이다. 그리고 이 내면에 대한 믿음은 이성적 주체로서의 인간

에 대한 믿음에서 연유한다. 인간 주체 및 내면에 대한 믿음이란 바로 그것들이 매우 지고지순하다는 것을 전제로 할 때 가능하다. 일제하 타락한 세상에서 자신의 내면만은 지극히 순결하고 아름답다는 사고가 내면성의 강조로 이어진 것이다. 이것은 일종의 도덕적인 우위성과도 연결된다. 자아를 둘러싼 바깥 세상이 모두 다 타락할 대로 타락하였는데 비해 자신의 내면만은 순결하다는 도덕적 우월감이 그러한 주체 중심의 동일화로 나타난 것이다. 이러한 주관적 관념미학은 현실세계가 어두워 보일수록 더욱 더 확고한 구조로 시인의 내면에 자리잡게 된다. 그리하여 그것은 자기방어적인 기제로 기능하게 된다. 영랑의 순수서정시는 일차적으로 타락한 시대에 자신을 지키는 방법으로서의 의미가 있다.

그러나 영랑의 내면에는 반성적 사고가 결여되어 있다. 자아를 둘러싼 바깥 세상은 절대적으로 악한 반면, 자아의 내면은 절대적으로 선하다는 단순구조는 사고의 심화와 성숙을 방해한다. 이러한 낭만적 사유 구조는 초기 자본주의의 어두운 측면을 비판하고 부정하기 위해 나온 것이다. 그래서 지극히 단순하고 소박하다. 거기에는 현실의 논리가 직접 개입하기 곤란하다. 현실 안에서 문제를 해결하려 들지 않고 자꾸만 관념미학으로 물러나게 한다. 사회학적 매개항이 직접 문면에까지 나오기는 힘들다. 그러나 이러한 낭만적 사유 구조는 21세기 오늘날 새롭게 부상할 수도 있다. 왜냐하면, 오늘날 현실이 구제불능인 것처럼 보이기 때문이다. 그러나 역시 자신의 내면에 대한 반성이 결여되어 있다는 비판은 면키 어렵다.

　　내 마음을 아실 이
　　내 혼자 마음 날같이 아실 이

그래도 어데나 계실 것이면

내 마음에 때때로 어리우는 티끌과
속임 없는 눈물의 간곡한 방울방울
푸른 밤 고이 맺는 이슬 같은 보람을
보밴 듯 감추었다 내어드리지

아! 그립다.
내 혼자 마음 날같이 아실 이
꿈에나 아득히 보이는가

향 밝은 옥돌에 불이 달아
사랑은 타기도 하오련만
불빛에 연긴 듯 희미론 마음은
사랑도 모르리 내 혼자 마음은

—<내 마음을 아실 이> 전문

위의 시에서도 자아의 내면은 순결한 아름다움으로 가득 차 있다. 그러한 자신의 마음을 누군가에게 보여주고 싶지만 이 세상에서 쉽사리 찾을 수 없다. 그러한 대상만 만나면 자신이 보배 같이 숨겨온 마음을 내어드리겠다고 한다. 이 작품의 미덕은 앞의 경우와는 달리 자신의 순결한 마음을 누군가에게 드리고 싶다는 데에 있다. 비록 이 세상에서 그 대상을 쉽사리 찾지는 못하지만, 그 누군가 만나기를 몹시 갈망하고 있다는 것이 중요하다. 이것이 사적인 순수서정시의 본질이다. 비록 세상이 타락할 대로 타락했으나 자신의 순결한 마음을 같이 나누고 싶은 사람을 찾는다는 것, 이것은 진정한 만남을 위한 서정적 열정이다. 서정이란 만남의 시학이다. 비록 김영랑 시의 서정적 자아에게 자기애적이고 고립적인 성격이 강하게 나타난다 할지라도,[14) 그

자아는 바깥 대상과의 만남을 열망하고 있는 것이다. 이 열망이 깨어
지면 자기폐쇄적, 자기분열적 자아로 떨어지게 되고, 서정주의는 무너
진다. 그 자리에서 모더니즘이 발생한다.

만남의 현상학, 이것은 시의 유형을 분류하는 중요한 변수이다. 그
런데 김영랑은 만남을 꿈꾸되 자기가 설정한 지극히 주관적인 공간에
서의 만남만 꾀한다. 예컨대 자신의 순결한 마음속이거나, 유토피아적
인 공간 등이 그러하다. 그리하여 그의 지극히 주관적인 서정시는 고
립을 면치 못한다. 그의 시에 나오는 눈물은 바로 이 고립 때문이다.

이에 비해 조지훈의 경우 고립된 자아가 보이지 않는다. 예컨대 <낙
화> 같은 작품에는 은일하는 자의 강한 슬픔이 보인다. 그러나 그 강
한 슬픔 가운데서도 시적 주체는 유유자적의 미덕을 보여주고 있다.
이는 시적 주체가 '고립된 자아'가 아니기 때문이다. 비록 고향 마을
근처에 초막을 짓고 홀로 숨어살면서도 시적 주체는 자신의 세계 안
에 고립되어 있지 않다. 오히려 그 주체는 자연물들과 제유적 관계를
맺으면서 상호 생명적 교감을 이루고 있다. 조지훈에게 있어서 시적
주체가 그나마 여유를 유지할 수 있는 것은 전통적인 미학 때문이다.
그의 무의식 깊은 데 자리잡고 있는 물아일체의 시학, 곧 비분리의 시
학이 고립되고 폐쇄된 자아의식이 생기지 않도록 예방해 준 것이다.

그런데 앞에서 말했듯이 김영랑의 경우, 서정적 자아는 바깥 대상과
의 만남이 거의 불가능했다. 김영랑이 보기에 바깥 현실은 일제로 표
상되는 절대악의 세계여서 대화나 소통, 만남이 불가능했다. 그리하여
고립적인 자아로, 내면성의 강조로 나아갈 수밖에 없었다.[15] 그렇지만
이런 극악한 상황에서도 그가 만남을 꿈꾸었다는 것이 중요하다.

---

14) 김준오, 앞의 논문, pp.189~191.
15) 김준오, 앞의 논문, pp.211~213.

3. 유토피아 지향성과 순수성의 사회학적 의미

앞에서 우리는 김영랑이 타자와의 만남을 꾀하되 자신의 내면공간 안에서 또는 초월적 관념공간 안에서만 만나기를 열망한다고 살펴보았다. 그리고 자신의 내면 공간이 지극히 순결한 것임도 살펴보았다. 그런데 영랑에게 있어서 자신의 내면 공간이 지고지순할 수 있는 것은 그것을 가능케 하는 초월적 관념세계 때문이다. 비록 몸은 전적으로 타락한 이 세상에 존재하고 있으나, 이 세상에 속하지 않은 순수내면으로 초월적인 천상세계를 인식하고 그리워한다는 것이다. 이때 초월적 천상세계는 지상에 있는 서정적 자아가 궁극적으로 합일하고자 하는 근원으로, 즉 모방하고 싶어하는 모델로서 존재한다.

> 돌담에 속삭이는 햇발같이
> 풀 아래 웃음 짓는 샘물같이
> 내 마음 고요히 고운 봄길 우에
> 오늘 하루 하늘을 우러르고 싶다.
>
> 새악시 볼에 떠오르는 부끄럼같이
> 詩의 가슴에 살포시 젖는 물결같이
> 보드레한 에메랄드 얇게 흐르는
> 실비단 하늘을 바라보고 싶다.

-<돌담에 속삭이는 햇발> 전문

이 시에서 보이는 '하늘'은 단순히 물리적인 'sky'가 아니다. 이 때의 하늘은 천상세계를 나타내는 은유적 상징체계로 구성되어 있다. 완벽한 이데아의 세계로서의 하늘은 만물의 근원이다. 특히 김영랑의 경우처럼 순수한 내면세계인 마음의 근원이다. 자아의 마음이 순결할 수 있는 것은 그것의 모태인 하늘 때문이다. 그리고 지상에 유배되어 온 자아의 마음은 그것의 영원한 모태이자 본향인 하늘세계를 그리워하고 사모한다. 이때의 '하늘'은 유토피아, 곧 낙원으로 나타난다. 그것은 시적 화자가 꿈꾸는 새로운 서정적 비전을 제공한다. 결국 하늘은 새로운 질서, 새로운 통합을 가능케 하는 총체성의 근원으로 작용한다. 천인합일을 가능케 하는 것은 역시 하늘(완전한 자연)이다. 점점 더 분열 해체되어 가는 시절 형이상학적 위기를 극복하게 해주는 존재이다.

이 시의 구조는 꽉 짜인 유기적 질서로 되어 있다. 이렇게 꽉 짜여 진 유기적 구조는 바로 서정시가 지향하는 총체성의 형식적 국면이다. 이 시가 하나의 유기적 총체적 질서를 갖출 수 있는 것은 중심이 있기 때문인데, 그 중심축은 '나'와 '하늘' 사이의 관계에 놓여 있다. '나'가 '하늘'을 향해, 존재론적 합일을 위해 간절히 열망하고 있는 상태에서 모든 사물들이 그 축을 중심으로 질서정연하게 배열된다. 이때 궁극적인 구심점은 물론 형이상학적 존재인 하늘이다.

그런데 이 관념적 실체로서의 하늘, 소위 '숨어버린 신'은 그 비밀스러운 모습을 아무 때나 쉽게 보여주는 것이 아니다. 내 마음이 돌담에 속삭이는 햇발같이 풀 아래 웃음 짓는 샘물같이 맑을 때만 '접신(接神)'이 가능한 존재이다. 그것은 서정적 자아가 간절히 우러를 때에야 가능하다. 그렇게 간절히 우러를 때 하늘은 자신의 신비적인 모습을 은혜처럼 순간적으로 계시의 형식으로 보여줄 뿐이다.

> 언덕에 바로 누워
> 아슬한 푸른 하늘 뜻 없이 바래다가
> 나는 잊었습네 눈물 도는 노래를
> 그 하늘 아슬하여 너무도 아슬하여

이 몸이 서러운 줄 언덕이야 아시련만
마음의 가는 웃음 한때라도 없더랴냐
아슬한 하늘 아래 귀여운 맘 질기운 맘
내 눈은 감기었네 감기었네

-<언덕에 바로 누워> 전문

그 하늘은 아스라하게 먼 곳에 있다. 이때 먼 곳이란 단순히 물리적인 개념이 아니다. 정서적, 정신적, 존재론적 거리이다. 자아로서는 도무지 좁힐 수 없는 운명적 거리이다. 이 거리는 자아와 하늘 사이에 놓여진 '신비적 베일' 때문이다. 이 신비적 베일 때문에 천상세계는 순간적으로 언뜻언뜻 자신의 모습을 계시형식으로 보여줄 뿐이다. 자아는 그 하늘과 접신되기 위해서 '뜻 없이' 바라보고 있다. 그러다가 하늘과 접신이 되는 순간 황홀경에 빠진다. "나는 잊었습네 눈물 도는 노래를"과 "내 눈은 감기었네 감기었네"가 그것을 증명한다.

앞에서 우리는 천상세계가 자신의 모습을 순간적으로 현시한다는 것을 누누이 강조해 왔다. <모란이 피기까지는>에서 모란이 피는 것도 순간적인 일이다. 사실 이때 모란은 우주, 자연, 하늘을 상징하는 제유이다. 모란이 피는 순간은 우주 전체가 하나의 꽃으로서 개현하는 찰나를 상징한다. 그리고 작품 <물소리>에서 우리는 다시 한번 그러한 순간을 확인할 수 있다.

새벽 잠결에 언뜻 들리어
내 무건 머리 선뜻 씻기우니
황금 소반에 구슬이 굴렀다.

오 그립고 향미론 소리야
물아 거기 좀 멈췄으라 나는 그윽히

저 창공의 銀河萬年을 헤아려 보노니

　　　　　　　　　　　　　　　　　　－<물소리> 일부

이 물소리는 천상세계, 은하세계에서 울려나온다. 은하세계는 무시
간성, 영원성으로서의 시간이 흐르는 공간이다. 이 이데아의 세계에서
울려나오는 물소리는 나의 무거운 머리를 선뜻 씻겨 준다. 황금소반에
구슬 구르는 소리와 같이 그립고 향미롭다. 그런데 이 물소리는 '언뜻'
들리는 것이다. 그리고 순간적으로 체험하되 언제나 과거적인 사태로
나타난다.

낭만적 비전을 지닌 서정시에서 낙원, 유토피아, 천상세계의 체험은
언제나 과거적인 것이다. 과거 어느 한 순간 접신하듯 체험한 이데아
의 세계가 평생동안 시인을 이리저리 끌고 다닌다. 한 순간 황홀했던
과거의 체험이 시인을 일생 동안 사로잡는다는 것은 그 과거적인 것
이 과거적인 것으로 끝나지 않고 미래적인 것으로서의 의미를 지님을
반증한다. 과거 어느 한 때의 위대한 완벽함이 과거적인 것으로 끝나
지 않을 때 그것은 미래적인 비전으로 기능한다.

발터 벤야민의 말대로16) 근원으로서의 과거가 미래적 목표로 기능
한다는 것을 의미한다. 서정시가 위대한 과거, 황금시대, 근원을 지향
한다는 것은 이 시대 새로운 의미를 지닌다. 우리가 과거 한 순간에
체험했던 '낙원'이 오늘날 타락한 현실을 비추어주고 비판해주는 척도
로써, 개혁의 지표로써 기능하게 된다는 말이다. 순수서정시학을 떠받
치고 있는 관념철학에 따르면, 인류의 태초는 언제나 위대하고 완벽했
다. 그에 비해 현재는 항상 혼란과 모순 투성이 상태에 놓여있다. 발
터 벤야민의 말대로17) 세계사는 아담의 타락 이후 점점 더 도덕적으

---

16) 발터 벤야민(반성완 역), 『발터 벤야민의 문예이론』, 민음사, 1983, p.350.

로 퇴보하고 있는지도 모른다. 가장 완벽했던 에덴에서의 삶의 방식이 우리가 추구해야 하는 원형으로서 모델로 떠오르는 것이다.

이에 비해 조지훈의 경우 유토피아는 항상 현재적인 의미를 지닌다. 조선조 사대부 유가들의 미학을 이어받고 있는 그에게 있어서 유토피아란 '시인의식과 우주의식' 사이의 완전한 교감이 이루어지는 순간에 언제 어디서나 가능하다. 사실 조선조 사대부들에게 유토피아란 인간과 자연간의 물아일체가 이루어지는 곳으로 인간이 마음만 잘 먹으면 언제 어디서나 달성될 수 있는 것이다.

특히 되계 쪽의 사상을 이어받고 있는 영남사림의 후예인 조지훈에게 있어서 물아일체는 시적 주체의 마음 고쳐먹기에 달렸다. 理自到說과 理自發說을 주장하고 있는 퇴계의 학맥인 경우,[18] 자연 그 자체는 항상 절대로 완미하고 지고지순하다. 자연은 항상 완전하여 자신의 理를 밖으로 드러내어 인간 쪽으로 다가오는데, 인간만이 '탁한 기'에 가려져 자신의 본성을 드러내지 못한다고 한다. 따라서 물아일체에 이르기 위해서는 먼저 인식 주체의 마음에 드리워진 탁한 기를 걷어내야 하는데, 이때 필요한 것이 심신수양이라는 것이다. 이렇게 하여 시적 주체의 마음이 맑아지면 그 본성이 밖으로 드러나 외부 사물의 理와 합일한다는 것이다.

이것은 어디까지나 동양 유기론사상, 氣사상에 입각한 미적 인식방법이다. 여기에는 근대적 사회학적 매개항이 들어갈 틈이 없다. 조지훈이 후기 평론에서 시에다 사회성, 비평성을 담아 내어야 한다고 주장은 했으나[19] 실제 그것을 이룩하지는 못했다. 그물망 같은 유기론적 사유구

---

17) 발터 벤야민, 앞의 책, p.348.
18) 배종호, 『한국유학사』, 연세대출판부, 1990, pp.80~92.
19) 조지훈, 『조지훈전집 3』, 나남출판사, 1996, p.249.

조에 근대 갈등이론이 들어설 자리는 쉽게 발견되지 않았던 것이다. 따라서 조지훈의 경우, 유토피아란 시적 주체가 마음만 잘 고쳐먹으면 언제 어디서나 가능한 그런 것이다. 따라서 다분히 현재적인 것이다.

그리고 조지훈에게 있어서 유토피아의 근원은 산수자연 안에 있다. 이때 산수자연은 단순히 물리적인 의미의 것이 아니다. 그 속에는 동양적인 정신, 형이상학이 깃들어 있다. 따라서 낙원체험은 인간이 산수자연과 더불어 정신적, 생명적인 교감을 하는 데서 가능해진다. 그리하여 조지훈에게 있어서 유토피아란 대단히 현세적인 것이고 현재적인 것이다.

앞에서 우리는 김영랑이 도달하고자 하는 유토피아가 관념적인 것으로서 과거적인 것이면서 미래적인 것이라는 사실을 알아보았다. 김영랑에게 있어서 낙원은 분명히 지상에 현존하고 있는 것이 아니다. 그리하여 시적 주체의 마음 고쳐먹기에 따라 쉽게 언제 어디서나 달성될 수 있는 것도 아니다. 김소월 이래로 우리는 이상적인 자연, 관념세계로부터 너무도 멀리 추방되어 왔음을 잘 알고 있다. 발터 벤야민의 말대로[20] 근대인들은 본질적 세계로부터 추방의 역사를 진보라고 착각하고 있는지도 모른다.

지상에 사는 개인적 주체로서의 시인과 초월적인 자연세계 사이에 좁힐 수 없는 거리가 생겼다는 사실에 대한 자각이 낭만적 비전으로 시를 쓰는 사람들에겐 깊이 깔려 있다. 그 사이에 사회학적 매개항이 자리 잡는 것이다. 사실 낭만파 시인들은 이 사회학적 매개항을 어렴풋이나마 인식하고 있었다고 보아야 할 것이다. 전근대사회에로 끊임없이 되돌아가고자 하나 근대적인 사회학적 매개항이 딱 버티고 앉아

---

20) 발터 벤야민, 앞의 책, p.348.

서 막아버린다는 사실, 그리고 근대 안에서 근대를 부정하는 낭만파로
서는 결코 그 사회학적 매개항을 무시할 수 없다는 사실을 희미하게
나마 인식했을 것이다. 그리하여 그들은 조지훈처럼 쉽게 유유자적할
수 없었던 것이다. 소월적 고뇌야말로 가장 근대적인 뉘앙스를 풍길
것이다. 이런 소월적 고뇌가 보다 더 극단적인 모습으로 드러난 것이
김영랑의 경우이다.

　어쨌든 김영랑은 절망적인 세계 속에서 자기동일성을 지키기 위해
순수의 세계로 더욱 더 강하게 나아간 것이었다. 지상에서는 불가능한
순결한 삶을 추구하기 위해 초월적 세계를 동경하는 그의 관념론적
유토피아 지향성이야말로 순수성의 비밀을 밝히는 열쇠가 될 것이다.
김준오의 말처럼[21] 그는 지나치게 자기동일성에 집착했다고 봐야 할
것이다. 자기동일성 그 자체는 매우 소중한 것이다. 정체성이 사라지
는 현대사회에서 자신의 영혼을 구원하는 방법이 되기 때문이다. 그러
나 지나치게 통시적 자기동일성에 매달리다 보면 자아의 발전이 불가
능해진다. 그리고 김준오의 말대로 김영랑이 통시적 자기동일성에 집
착한 것은 바깥 세계와의 만남을 두려워했기 때문이다. 자기발전이란
항상 자아가 타자와의 만남을 통해서 이루어 가는 것이다. 그런데 일
제하의 현실세계 전체를 절대악으로 규정해버리고 나면 만남 그 자체
가 아주 어려워진다. 시적 자아가 간절히 그 만남을 열망하지만 정상
적인 만남이 이루어지지 않는다. 이럴 때 이루어지는 비정상적인 만남
은 매우 관념적인 것이다. 오로지 시적 자아의 마음 안에서만, 초월적
인 고립된 세계 안에서만 이루어지는 만남이다.

　그러나 이 비정상적인 만남이 바로 시적인 것으로 된다. 시적인 것

---

21) 김준오, 앞의 논문, pp.207~211.

은 언제나 정상적인 데서가 아니라 비정상적인 데서, 문제적인 데서 발생하기 때문이다. 그러나 비정상적인 데 머물고 말면 진정한 의미에서의 문제의식이 희박해진다. 비정상적인 데서 정상적인 것을 지향할 때, 그 고통, 그 절망적인 상황에서 진짜 소중한 미가 발생하는 것이다.

이렇게 보면 일제하 참담한 상황 안에서도 타자와의 소중한 만남을 위한 긴장의 끈을 완전히 놓아버리지 않았다는 점에서 영랑의 서정시는 깊은 의미가 있다. 한편으로는 자신 속으로 도피하고 칩거하면서도 다른 한편으로는 타자와의 만남을 간절하게 열망해 왔다는 점에서 그 의미가 크다. 타자와의 만남을 도모하되 타락한 세상에서 타락한 방법으로 하는 것이 아니라, 비록 관념세계 안에서이지만 '순결하게' 만나겠다는 그 의지가 소중하다. 혹자는 그것을 순결콤플렉스라 하여 가볍게 치부해버릴지도 모른다.[22] 그러나 <毒을 차고>에서 보이듯 어떠한 사악한 세력과도 불의의 손을 잡지 않겠다는 굳센 결의는 순수서정시가 지닌 서슬 푸른 면이다. 이것이 바로 순수서정시가 지닌 윤리적 미덕이다. 또한 그것은 하나의 중요한 정치학적 태도이다. 아도르노의 말처럼[23] 순수서정시야 말로 이 시대 가장 反파시즘적이다. 우리 현대시사가 그것을 증명해 주고 있다. 역사적으로 가장 어려울 때 순수서정시야말로 가장 끝까지 훼절하지 않고 버티어 주었던 것이다. 서정시를 통한 현실 비판 내지 개혁이란 그렇게 혹독한 상황에서도 무너지지 않고 버텨주면서 미래적 비전을 소망스럽게 제시하는 것이다.

김영랑 순수서정시의 의미를 좀더 객관화시키기 위해서는 조지훈의 그것과 비교해 볼 필요도 있다. 조지훈에게 있어서 순수성이란 김영랑

---

22) 김준오, 앞의 논문, pp.200~201.
23) T.W. 아도르노(김주연 역), 「시와 사회에 대한 강연」, 『아도르노의 문학이론』, 민음사, 1992, pp.14~15.

처럼 관념세계로 도피하는 것이 아니다. 그는 이 세계 자체를 근본적으로 선하고 완미한 것으로 본다. 물론 이 때 말하는 '세계'는 거대한 우주, 자연 안에 포함되어 있는 개념이다. 그리고 그 세계를 바라보는 시적 주체 역시 자연 안에 들어 있다. 비록 정치적, 사회적, 역사적으로 일시 부정적 상황이 펼쳐지고 있으나 인간을 포함한 우주 그 자체는 무한한 생명운동을 해나가고 있다는 사상, 그리고 그 생명운동 자체는 지고지순하다는 사상[24]이 깔려 있다. 따라서 조지훈에게 있어서 시의 순수성이란 일시적으로 보이는 부정적 국면을 걷어내 버리고 우주의 참모습, 생의 구경적 모습을 드러내 보여주는 것에 달려 있다고 본다. 그런 만큼 그의 시가 지향하는 순수성의 의미는 매우 현세적이고 현실적이다. 미래 도달해야 할 관념적인 것이 아닌 만큼 현재적이다. 그럼에도 불구하고 그의 시학이 기대고 있는 유기론적 사상 때문에 이데올로기적 측면이 탈각되어 있다. 정확하게 말해서 이데올로기가 탈각되어 있다기보다는 보수적인 모습으로 들어 있다 해야 할 것이다. 그러나 그의 보수적 이데올로기가 근대 부르주아 이데올로기에 대해서는 저항적이다.

김영랑의 순수서정시 역시 타락한 부르주아 문화, 특히 파시즘 문화에 대해 강한 거부정신을 보여주고 있다. 타락한 세계에 오염되지 않기 위해 그것을 거부하는 가운데, 비록 관념론적이기는 하지만 서정적 총체성을 비전으로 제시하고 있다는 점에서 그의 순수서정시는 강한 이데올로기적 측면을 지닌다. 이것은 모든 사회적, 역사적, 현실적 의미를 소거해 버리고 단순한 기표놀이로 나아가 버린 김춘수의 무의미 시론에 근거한 순수성과도 다르다.

---

24) 方東美(정인재 역), 『중국인의 인생철학』, 탐구당, 1994, pp.107~108.

4. 꼬리말

지금까지 살펴본 대로 김영랑의 순수서정시는 일제하 파시즘 체제에 저항하는 미학적 의미를 지니고 있다. 타락한 시대에 타락한 방법으로 저항하는 모더니즘적인 미학정신이 아니라, 타락한 시대와 손잡지 않으려는 강한 거부의 미학정신이 들어가 있다. 거부정신, 부정정신은 모더니즘만의 전유물이 아니고 모든 진정한 문학의 출발점이다. 순수서정시가 모더니즘 시와 다른 점은 타락한 세상을 거부 내지 부정할 뿐만 아니라, 바람직한 재통합에의 꿈을 제시하는 데에 있다고 봐야 할 것이다.

김영랑은 일단 타락한 세계에 대해 단호한 거부의 의지를 보여주고 있다. 그는 이 세계를 전적으로 구제 불가능한 것으로 보고 있다. 대신 자신의 내면은 절대적으로 순결한 것으로 보고 있다. 그는 자신이 아끼는 대상과의 소망스런 만남을 자신의 내면세계 안에서만 가능하다고 본다. 자신의 내면만이 순수하다고 믿는 이러한 唯我的 태도는 비정상적일 만큼 강력한 주체중심주의 미학 태도를 초래한다. 이러한 균형을 잃어버린 주체중심주의는 근대 안에서 근대의 문제를 극복하고자 하는 낭만적 발상에 다름 아니다. 그러나 1930년대 초반 현실적으로 전혀 구원에의 길이 보이지 않는다고 생각하는 김영랑에게 있어서 주체중심주의적 서정화 방식은 무조건 비판될 성질의 것만도 아니다. 이러한 극단적인 주체중심주의는 모든 것을 해체시켜버리는 파시즘 문화 속에서 나름대로는 자기동일성, 내면의 순수성을 확보·유지하는 방법, 바로 구원의 방법일 수 있기 때문이다.

전적으로 타락했다고 치부하는 현실 속에서 자신의 순결한 내면을 지킬 수 있는 것은 또한 관념적 초월세계 때문이다. '하늘'이 바로 그

것인데, 이때 하늘은 일종의 '숨은 신'으로서 시인 내면의 총체성, 작품의 유기적 총체성을 가능케 하는 근원이다. 해체화 시대에 재통합을 가능케 하는 근원이다. 그리고 김영랑에게 있어서 이데아로서의 하늘은 서정적 자아에게 미래적 비전, 구원에의 길을, 바로 삶의 방향을 제시한다.

이에 비해 동양 유기론적 세계 인식방법을 이어 받고 있는 조지훈에게서는 자아중심주의가 보이지 않는다. 그에게는 서정적 주체와 대상이 상호 대등한 입장에서 만나는 방법이 보인다. 이것은 제유적인 상상력에 의한 것으로써 주체가 대상으로부터 완전히 분리되지 않는 모습을 보여주고 있다. 즉 '세계의 자아화'가 나타나지 않는다. 세계의 자아화란 세계와 자아 사이에 현격한 거리가 발생했을 때 나타나는 주체중심주의적 서정화 방식이다. 거기에는 이미 근대 사회학적 사고가 깊숙이 매개항으로 들어가 있다. 자아와 세계 사이의 좁힐 수 없는 거리는 이 사회학적 매개항과도 관련이 있을 것이다. 김영랑에게서도 이미 근대 이후 발견된 자아와 내면이 나타나기 시작한다.

한국 현대시사에서 김영랑의 중요성은 내면의 발견에 있다고 하겠다. 한국 모더니즘 시가 아니라 한국 현대 서정시의 흐름에서 보면, 김영랑의 중요성은 자신의 내면성을 시의 중심 대상으로 삼았다는 데서 찾을 수 있다. 그는 자신의 내면을, 그 동일성을 지키려고 안간힘을 썼다. 분열되고 해체된 내면을 폭로하는 것이 아니라, 자신의 내면을 파괴하려는 파시즘의 어두운 힘에 대해 저항하고 있다는 것이 중요하다. 서정시의 위대한 힘은 바로 이렇게 자신의 내면세계부터 통합해내는 데 있을 것이다. 비록 통합의 방법이 관념적인 것일지라도, 진정한 통합을 위한 열망, 도덕적 진보를 위한 꿈, 인간으로서의 威儀를 지키려는 의지는 높이 사야 할 것이다.

　김영랑이 자신의 내면을 지키고 진정한 통합의 방식을 꿈꿀 수 있었던 것은 바로 이러한 관념미학 때문인데, 그러한 관념미학은 미메시스 시학의 관점에서 새롭게 해석해 볼 여지가 있다. 자신을 지키고 새로운 비전을 제시하게 해주는 이데아 세계를 모방하려는 미메시스 시학은 지나치게 주관화된 서정시 해석 방식에 새로운 물꼬를 터 줄 것이다. 지극히 주관적인 양식이라고 생각해온 서정시에서 객관적이고 보편적인 의미를 추출해볼 수 있는 가능성이 열리기 때문이다. 만약 서정시에서 그러한 객관적이면서도 보편적인 미가 추출된다면, 그것은 오늘날 파편화되고 해체된 인간의 삶을 한층 고양시키면서 재통합하는 탁월한 결과를 초래할지도 모른다.

▌참고문헌

구모룡, 『제유의 시학』, 좋은날, 2000, pp.177~188.

김경복, 『서정의 귀환』, 좋은날, 2000, p.39.

김용직, 『한국현대시사 1』, 한국문연, 1996, p.87.

김준오 편, 『김영랑』, 서강대출판부, 1997, pp.187~188.

박호영, 「조지훈 문학 연구」, 서울대학교 박사학위논문, 1988, pp.57~70.

배종호, 『한국유학사』, 연세대출판부, 1990, pp.80~92.

서 림, 『말의 혀』, 새미, 2000, pp.11~16.

이숭원, 『20세기 한국시인론』, 국학자료원, 1997, pp.96~101.

정한모, 『현대시론』, 민중서관, 1973, p.183.

조지훈, 『조지훈전집 3』, 일지사, 1973, p.15.

최승호, 『한국현대시와 동양적 생명사상』, 다운샘, 1995, pp.64~91.

정효구, 「1930년대 순수서정시 운동의 시대적 의미」, 최승호 편, 『서정시의 본질과
　　　　근대성 비판』, 다운샘, 1999, pp.110~131.

方東美(정인재 역), 『중국인의 인생철학』, 탐구당, 1994, pp.107~108.

아도르노, T. W.(김주연 역), 『아도르노의 문학이론』, 민음사, 1992, pp.14~15.

벤야민, W.(반성완 역), 『발터 벤야민의 문예이론』, 민음사, 1983, p.350.

Seidler, H., *Die Dichtung*, Alfred Kroner Verlag, 1965, p.385.

— 2002, 『국어국문학』 제131호

1960년대 박목월 서정시에 나타난 구원의 시학

1. 머리말

근대 이후 서정시를 쓴다는 것은 마치 도도하게 흘러가는 탁류를 거슬러 올라가려는 행위와 같다. 근대 이후 지구상에는 미래로만 향해 엄청난 속도로 흘러가는 탁류가 범람한다. 그 가속도는 갈수록 더해가기만 한다. 서정시가 꿈꾸는 순수의 세계란 바로 그 탁류를 거슬러 올라가 그 강물의 始原에 이르고자 하는 동경의 산물이다. 태초에 있었던 시원으로서의 맑은 샘물을 그리워하고 그곳에 도달하고자 하는 행위가 순수서정시를 낳게 되는 것이다.

엄청난 양과 속도로 흘러가는 탁류를 거슬러 올라가는 이러한 저항적 태도가 근대 이후 생산되는 순수서정시의 미학적 성격을 규정짓는다. 근대 이후 순수서정시에는 다분히 근대 산업화이데올로기, 부르주아 이데올로기에 대해 저항이데올로기로 작용하는 측면이 있다.[1] 근

---

1) 최승호, 「이병기, 근대에 대한 서정적 대응방식」, 『한국적 서정의 본질 탐구』, 다운

대 이전에는 서정시가 늘 근원, 곧 샘물과 함께 하고 있었다. 샘물에 뿌리를 담그고 있었기에 탁류 속에서 그것을 그리워하는 동경이 필요 없었다. 따라서 그때의 서정시는 매우 자연발생적인 것이었다. 그러나 근원이 보이지 않는, 탁류 속에서 헤매는 근대 이후의 서정시는 탁류를 거슬러 올라가야 하는 저항적 성격을 지니게 된다. 시대의 흐름에 도전하고 거부하는, 소위 불화의 미학을 보이는 것이 오늘날 서정시의 운명이다. 그래서 오늘날의 순수서정시에는 그것이 지니는 자연발생적 성격에도 불구하고 방법적인 자의식이 분명하게 자리잡고 있는 것이다. 다시 말해, 오늘날의 순수서정시는 뚜렷한 이데올로기적 담론으로 구성되어 있다.

샘, 시원을 꿈꾼다는 것은 단순히 과거에로의 퇴행이 아니다. 서정시가 꿈꾸는 순수세계로서의 시원, 곧 근원은 서정시인이 도달하고자 하는 목표가 된다. 태초에 있었던 완벽한 과거가 미래적 목표로 기능하는 것이다.[2] 이때 그 근원은 현실의 탁류를 비추어보고 비판하는 거울이 된다. 그리고 그 탁류로서의 현실을 개혁할 수 있는 지표가 된다. 그 근원에로 거슬러 올라가 타락한 지금의 현실을 근본적으로 바꾸어 보겠다는 의지가 순수서정시에 담겨있는 것이다. 이것은 그 시원, 샘을 불신하고 부정하는 모더니즘과는 다르다. 원래부터 탁류 속에서 배태된 근대의 산물인 모더니즘은 그 탁류를 거부하면서도 탁류 속에서 탁류와 더불어 허무하게 속수무책으로 흘러갈 뿐이다. 모더니즘은 근대 이후의 산물이기에 근원에 대한 소중한 '기억'이 없는 것이다.

이에 비해 순수서정시는 과거에 있었던 '완벽한 세계'에 대한 기억에 의존하고 있다. 인류의 집단무의식 속에 자리잡고 있는 '낙원'에

샘, 1998, pp.43~46.
2) 발터 벤야민(반성완 역), 『발터 벤야민의 문예이론』, 민음사, 1983, p.353.

대한 기억3)이 모든 순수서정시의 근본 바탕인지도 모른다. 그리고 개인에게는 고향, 유년시절, 모성 등이 기억 속에서 완벽한 세계로 남아 있을 것이다. 연어가 멀고 먼 대양을 돌아와 자신의 고향을 찾아가는 것이 기억에 의존하고 있듯이, 이 기억이 없으면 인간은 그 역사적 시원에로 거슬러 올라갈 수 없을 것이다. 도도한 탁류의 흐름 속에서 그것을 거슬러 태초의 시원에 이르고자 하는 이러한 힘든 서정적 행위는 바로 우리의 의식과 무의식에 잠재하고 있는 위대한 과거, 황금시대에 대한 기억 때문이다.

우리가 기억하고 있는 황금시대로서의 과거, 시원으로서의 공간은 '단단한 가치'들이 용해되거나 증발되지 않고 보존되어 있는 곳이다. 그 '단단한 가치'는 근대 이후의 변화와 속도에 지친 우리들에게 연속감과 자기정체성을 확보해 준다. 연속성과 자기정체성은 동일성의 다른 표현이다. 모든 것이 끊임없이 변화해가고 마모되어 가는 근대적 현실, 부박한 현실에서는 이른바 '동일성'이 자신을 보존하는 하나의 정신적, 심리적 기제가 된다. 서정시가 추구하는 동일성이 바로 덧없이 변해가는 부박한 현실에 대응하여 연속성과 자족성, 전체성을 확보할 수 있는 한 방법이 되는 것이다. 서정시가 지니는 이러한 사회적 기능은 결국 그것이 지니는 역사철학적 의미에 결합되어 있다.

순수서정시는 유토피아를 지향한다. 순수서정시가 지향하는 유토피아는 바로 우리가 기억하고 있는 바 낙원이다. 이 낙원에 대한 동경 때문에 순수서정시는 탁류로서의 현실에 대해 강한 불만을 갖고 거기에 저항할 수밖에 없다. 서정시가 꿈꾸는 세계는 현실 그 자체가 아니다. 그렇다고 현실을 외면하지도 않는다. 현실 속에서 현실을 넘어서

---

3) 김석하, 『한국문학의 낙원사상 연구』, 일신사, 1973, p.1.

는 낙원을 꿈꾼다는 점에서 서정시의 구도는 이항대립적이다. 탁류로서의 현실과 이상세계로서의 낙원 사이의 대립 속에 존재하는 것이 서정시이고, 그 가운데 서정적 긴장이 유지되는 것이다. 이 이항대립적 구도에 의거하고 있는 순수서정시는 다분히 플라톤적인 모방론에 기대고 있다.[4]

플라톤적 모방론이란 초월적인 이데아 세계를 설정하여 그것으로써 현실을 비추어보고 현실을 그쪽으로 개혁해 나가려는 의지의 산물이다. 현실세계에 존재하는 기호로서의 사물을 그 의미의 근원인 이데아와 일치시키려는 행위는 바로 '은유에의 의지'의 산물이다. 플라톤적 의미에서 완벽한 은유는 결국 기표(현실세계)와 기의(이데아 세계)를 일치시키는 것이다. 그리하여 은유는 '구원의 시학'이 되는 것이다. 그리고 서정시학은 자체 내에 은유에의 의지를 지니고 있다. 왜냐하면 서정시학이 동일성에의 욕망으로 이루어져 있기 때문이다. 동일성에의 욕망, 즉 은유에의 의지가 완전하게 실현되는 곳이 이른바 낙원, 유토피아이다. 유토피아란 달리 말하면 기표와 기의가 완전히 일치되는 세계이다. 서정시는 바로 이러한 유토피아 세계를 꿈꾼다. 따라서 서정시학은 곧바로 구원의 시학이 되는 것이다.

그런데 근대의 탁류 속에서 기표와 기의는 완전히 어그러져 버렸다. 이 탁류 속에서는 결코 기표와 기의를 일치시킬 수 없다. 모더니스트들은 기표와 기의를 일치시키려는 모든 꿈을 무모한 것, 불가능한 것으로 본다. 그들은 기표와 기의가 행복하게 일치하던 '에덴'을 모르기 때문이다. 즉 그들에겐 '에덴'에 대한 기억이 없기 때문이다. '에덴'에서 아담이 모든 동물들에게 이름을 붙이면, 그 동물들은 순종하듯이

---

4) 최승호, 박목월 서정시의 이데올로기와 '어머니', 『우리말글』 제21집, 우리말글학회, 2001, pp.321~325.

흔쾌히 자기 이름으로 받아들였다. 아담의 이름 붙이는 행위는 에덴에서의 우주적 질서를 표상한다. 이렇게 낙원으로서 존재하는 '에덴'은 하나의 이데아로 기능한다. 이처럼 우리가 회복해야 할 이상세계로서의 낙원은 미메시스의 시학을 낳게 한다. 이 미메시스 시학이 곧바로 구원의 시학이 된다. 플라톤적인 의미의 미메시스란 결국 타락한 현실에 살고 있는 시적 주체가 당위적인 이데아 세계를 동경하고 모방하고 그것과 일체화를 이루어 스스로를 구원하는 방식이다. 모든 순수서정시에는 미메시스를 통해 구원에 이르고자 하는 욕망이 내재해 있다.

　미메시스의 시학이란 존재론적이다. 그러면서도 당위적이다. 모든 서정시학은 당위적인 것이다. 우리가 잃어버린 '위대한 과거'를 기억 속에서 불러내어 현실의 방향을 그 쪽으로 돌이키려는 것, 과거를 미래 속에 회복시켜 놓으려는 것, 이것이 서정시의 궁극 목표이다. 구원의 시학은 서정시의 궁극적 지향점인 것이다. 이제 서정시는 선언적일 수밖에 없고,5) 따라서 매우 래디칼해질 수밖에 없다.6)

　박목월은 통상 순수서정시인으로 평가되어 왔다. 그리고 그의 순수서정시는 소시민의 현실도피적인 것으로 해석되어 왔다. 그때 말하는 현실도피란 현실의 탁류에 잘 대응하지 못하고 과거나 자연으로 달아나는 것을 의미했다. 그런데 지금까지 필자가 살펴본 바의 서정시론에 따르면, 박목월의 순수서정시는 전혀 새롭게 해설될 소지가 있는 것이다. 더군다나 본격적인 개발독재가 시작된 1960년대 산업화 이후, 그의 순수서정시는 하나의 시대적 의미, 사회적 의미, 역사철학적 의미를 지니면서 우리에게 새로운 매력으로 다가온다. 여기서는 본격적인 근대화가 시발되는 1960년대에 박목월이 어떻게 근대화의 논리에 서

---

5) 김경복, 「서정의 귀환과 신생의 꿈」,『서정의 귀환』, 좋은날, 2000, p.28.
6) 서　림, 「서정적 유토피아와 은유에의 의지」,『말의 혀』, 새미, 2000, p.22.

정적으로 대응해 나갔는지, 시적 구원을 위해 그 자신이 얼마나 지난한 몸짓을 해나갔는지 살펴보려고 한다.

2. 가족을 통한 시적 구원

서정시의 위대한 기능 중에 하나는 '구원'에 있다.[7] 시적 구원, 곧 서정적 구원은 타락한 현실세계를 거부하고 새로운 이상세계를 일구어내는 데 달려 있다. 해체와 분열을 가중시키는 근대의 물화된 세계에 맞서서 새로운 통합의 세계를 설정하고, 거기에다 초점을 맞추어 우리의 타락한 삶을 이끌고 나가는 데 서정적 구원의 길이 열리는 것이다.[8] 따라서 서정적 구원은 불가불 이항대립적 구도를 지닐 수밖에 없다. 타락한 현실세계와 그에 맞서며 초월해 있는 이상세계 사이의 팽팽한 대립구조 속에 서정적 구원은 리얼리티를 확보하는 것이다. 이렇게 구원의 시학은 소망 없는 세계와 소망 있는 세계간의, 신성한 가치가 훼손된 세계와 훼손되지 않은 세계간의 대립적 구도 속에 진정성이 확보된다. 순수서정시가 지니는 시적 긴장은 이 이항대립적 구도가 얼마나 강렬하냐, 얼마나 리얼하냐에 달려 있다.

박목월의 초기시, 즉『청록집』,『산도화』등에 실려 있는 시들은 구원의 시학을 강하게 반영하고 있다. 특히『청록집』의 시세계는 타락한 현실 세계에서 '청노루'가 살고 있는 유토피아 세계를 그리워하는 것으로 이루어져 있다. 그러다가 1964년대에 발간된『晴曇』의 세계에 오면, 그러한 강렬한 이념지향성이 사라진다. 대신에 일상성이 강하게

---

7) 최승호, 박목월 서정시의 이데올로기와 '어머니', p.331.
8) 최승호,「머리말」, 최승호 편,『21세기 문학의 유기론적 대안』, 새미, 2000.

대두된다.『청담』의 시세계는 한마디로 생활서정시 그것이다. 일상의
생활세계에 매몰되어 가는 소시민 박목월이 그냥 하루하루 견디며 살
아가는 모습이 여실하게 드러난다.

제목 '晴曇'에서도 드러나듯이, 하늘이 맑게 개이기도 하고 흐리기
도 하는 일상적 삶의 세계가 이 시기의 주된 정조이다. 완전히 흐린
세계에서 완전히 개어 있는 세계를 꿈꾸는 것이 아니다. 이러한 것은
앞의 시기,『청록집』의 세계다.『청록집』의 작품들이 쓰여질 당시 현
실세계는 완전히 흐려져 있었던 것이다. 그러나,『청담』을 쓸 당시 현
실세계는 흐려있기노 하고 개어있기도 한, 그 두 가지가 교차 반복되
는 평범한 상황이다. 따라서 뚜렷한 이념지향적 삶이 나타날 수도 없
다. 그저 하루하루 조그만 소시민적 행복에 만족해하며 살아 갈 수밖
에 없다.

> 無題라는
> 제목을 달고
> 나의 시는
> 큰 안방 같기를 열망한다.
> 무심하고 넉넉하고
> 담담하면서도 크낙한 세계……
> 제목을 달 만한 마디는 풀리고
> 인생은 삭아내리고
>
> 계절이 바뀔 때마다
> 느낌이 살아날 때마다
> 無題라는
> 제목을 달고,
> 구김살 없는 마음으로
> 삶을 생각하고

애련하지 않는 눈으로
山川을 바라보고
나의 붓이
無題라는
제목을 달고.
자식을 기르고
사람을 생각하고
맺히지 않는 길 위에서
머리를 조아려
신을 모시고
남은 여생을
눈발이 뿌리는
겨울 장미의 뜰에서
수굿하게 살아가는
나의 나날을
무제라는
제목을 달고
큰 안방 같기를
열망한다.

-<無題 1> 전문

여기에서의 삶은 제목 '無題'에서 암시되듯이 무방향적이다. 이념을 상실해버리고 일상에 빠져버린 삶은 방향감각이 없다. 그러한 상태에서 쓰여진 시는 기껏해야 '큰 안방' 같기를 열망할 뿐이다. 큰 안방같은 시란 곧 그 속에 안주하면서 휴식을 취할 수 있는, 삶의 중심으로서의 공간을 꿈꾸는 작품이다. 그러한 시세계는 무심하면서 넉넉하고 담담하면서 큼직하다. 그러한 세계에다 이름을 붙일 만한 말마디는 다 풀어져 내리고 없다. 마치 인생이 그냥 덧없이 허무하게 삭아져 내리듯이.

그러한 삶은 따분한 현실세계를 이상적인 관념세계로 끌고 나갈 수 없다. 그냥 계절이 바뀔 때마다 수동적으로 또 하나의 '無題'라는 제목을 달고 살아갈 수밖에 없다. 그러한 삶에는 구김살이 없다. 이념지향성이 없는 만큼 땅으로 떨어져 구겨지는 일이 없다. 그냥 물 흘러가듯이 구김살 없는 마음으로 삶을 생각하고 애련하지 않는 눈으로 산천을 바라본다. 이렇듯 『청담』의 시세계에서 山川은 '애련하지 않는 눈'으로 바라보는 대상으로 바뀌어버렸다. 『청록집』에서의 자연은 지극히 애련하다. '청노루'가 살 수 있는 이상적인 공간을 설정하고 그것을 멀리 다락한 현실에서 애타게 바라보는 것은 애련할 수밖에 없기 때문이다. 이러한 소시민의 생활서정시에서는 시적 긴장미가 현저히 떨어진다. 『청록집』에서 보이는 확연한 이항대립적 구도가 현저히 약화되어 있기 때문이다. 그것은 구원에의 열망이 희미하기 때문이다.[9]

그나마 『청담』의 작품들 중에서 이항대립적 구도가 잘 드러난 것들은 '가족'을 다루고 있는 시편들이다. 이 시기 그의 시편들이 그나마 시적 긴장을 어느 정도 유지할 수 있는 것은 '가족'과 그것을 둘러싼 바깥 현실세계 사이의 대립된 구도 때문이다.

> 지상에는
> 아홉 켤레의 신발.
> 아니 현관에는 아니 들깐에는
> 아니 어느 시인의 가정에는
> 알전등이 켜질 무렵을
> 文數가 다른 아홉 켤레의 신발을.

---

9) 박목월의 시세계가 주로 이항대립적 구도에 의거하여 제작되었음을 밝힌 작업으로는 금동철의 논문이 있다.
   금동철, 「박목월 시의 텍스트 생산 연구」, 서울대학교 석사학위논문, 1994.

내 신발은
十九文半.
눈과 얼음의 길을 걸어,
그들 옆에 벗으면
六文三의 코가 납짝한
귀염둥아 귀염둥아
우리 막내둥아

미소하는
내 얼굴을 보아라
얼음과 눈으로 벽을 짜 올린
여기는
地上.
憐憫한 삶의 길이여.
내 신발은 十九文半.

아랫목에 모인
아홉 마리의 강아지야
강아지 같은 것들아.
굴욕과 굶주림과 추운 길을 걸어
내가 왔다.
아버지가 왔다.
아니 十九文半의 신발이 왔다.
아니 지상에는
아버지라는 어설픈 것이
존재한다.
미소하는
내 얼굴을 보아라.

-<家庭> 전문

위의 시에는 바깥의 현실세계, '얼음과 눈으로 벽을 짜 올린' 세계와 그 속에 포위되어 있으면서도 성곽처럼 울타리를 치고 있는 '가정'이 서로 이항대립적 구도를 이루고 있다. 시적 화자는 아버지로서 이 가정을 돌보고 있다. 그는 십구문반의 신발을 신고 '눈과 얼음의 길'을 걸어 왔다. 아홉 마리의 강아지 같은 것들을 기르기 위해 '굴욕과 굶주림과 추운 길'을 걸어 왔다. 아버지라는 인격체마저 훼손되어버리고 그저 '십구문반의 신발'로만 남아 왔다. 즉 '어설픈' 존재로 남아 왔다. 이처럼 위의 시에서는 냉혹한 바깥세계와 대결하는 '가정'이라는 또 하나의 이상적인 공동체가 보인다. 가정은 사랑의 공동체, 혈연 공동체로서 소시민인 시적 화자가 지상에서 안주할 수 있는 마지막 공간이다. 여기에서는 어떤 방향성, 이념지향성이 보이지 않는다. 그런 만큼 여기에서의 이항대립적 구도는 그렇게 강렬하지가 않다. 단지 그 가정을 지키고 유지하려는 '아버지'의 안쓰러운 안간힘만 보일 뿐이다. 이 안간힘마저 사라지면 이 시에서는 긴장미가 완전히 없어진다. 시로서 실패하게 될 위기에 처해 있다.

위의 시에서 '가정'은 통합적 기능을 수행하고 있다. 혈연과 사랑에 근거한 공동체를 지향하는 것이 해체화의 시대에 새로운 통합의 한 방식이다. 그러나 그러한 통합은 매우 소시민적이다. 그 통합은 언제 어떻게 깨어질지 모른다. 그 가족 간의 통합을 가능케 하는 어떤 형이상학적, 물질적 토대와 연결되지 않으면 안 된다.

이러한 위기를 극복하게 해주는 것은 다시금 선명한 이항대립적 구도를 시에다 도입하는 것이다. 박목월은 '가정'을 지켜줄 수 있는, 즉 냉혹한 현실세계의 폭력으로부터 보호해 줄 수 있는 장치로 절대자인 '하나님'을 작품 속에 끌어들인다.

어린것을 내가 키우나.

하느님께서 키워 주시지.
가난한 자에게 베푸시는
당신의 뜻을
내야 알지만.
상위에 찬은 순식물성.
숟갈은 한 죽에 다 차는데
많이 먹는 애가 젤 예뻐.
언제부터 측은한 정으로
인간은 얽매여 왔던가.
이만큼 낼은 선물을 사 오께.
이만큼 벌린 팔을 들고
신이여 당신 앞에
육신을 벗는 날,
내가 서리다.

－<밥상 앞에서> 부분

　이와 같이 '어설픈' 아버지로서는 지킬 수 없는 가정을 절대자인 '하나님'에게 의탁함으로써 위기의 국면에서, 파탄의 국면에서 벗어나게 된다. 이처럼 박목월의 중기 생활서정시는 느슨한 긴장을 유지해 오다 초월적 세계를 일상세계에다 대립시킴으로써 다시금 긴장을 확보하게 된다.

　유성에서 조치원으로 가는 어느 들판에 우두커니 서 있는 한 그루 늙은 나무를 만났다. 수도승일까. 묵중하게 서 있었다.
　다음 날은 조치원에서 공주로 가는 어느 가난한 마을 어귀에 그들은 떼를 져 몰려 있었다. 멍청하게 몰려 있는 그들은 어설픈 과객일까. 몹시 추워 보였다.
　공주에서 온양으로 우회하는 뒷길 어느 산마루에 그들은 멀리 서 있었다. 하늘문을 지키는 파수병일까. 외로와 보였다.
　온양에서 서울로 돌아오자, 놀랍게도 그들은 이미 내 안에 뿌리를

펴고 있었다. 묵중한 그들의, 침울한 그들의, 아아 고독한 모습. 그
후로 나는 뽑아낼 수 없는 한 그루의 나무를 기르게 되었다.

-<나무> 전문

위의 시 <나무>에는 기독교에서 말하는 '나그네 의식'이 잘 형상
화되어 있다. '지금-이곳'의 현실세계를 그림자로 생각하고 더 나은
本鄕을 사모하는 이 나그네 의식10)이야말로 박목월의 중기 생활서정
시에서 점점 사라져가던 서정적 긴장력을 다시 한번 환기시키는 구실
을 한다. 위의 시에서 나무는 수도승, 과객, 하늘문을 지키는 파수병
등의 이미지로 나타난다. 그리고 지상에 뿌리를 박고 머리는 하늘로
향하고 있는 모습에서 구도자적인 형상을 하고 있다. 즉 모든 나무는
하늘을 향해 기도하고 있는 자세를 취하고 있다. 나무를 사이에 두고
천국과 지상이 이항대립적 구도를 취하고 있는 것이다.

이와 같이 박목월의 1960년대 시집 『청담』에는 가족을 통한 시적
구원의 모습이 보인다. 그러나 바깥 현실세계와 대립하고 있는 '가정'
은 너무나도 허약하다. 그 허약한 가정을 '어설픈' 아버지로서의 '나'
가 지켜내기에는 역부족이다. 이러한 허약한 가정을 돌봐줄 절대자인
'하나님'의 세계를 시에 끌어들임으로써 팽팽한 이항대립적 구도가 회
복되었다. 그리고 이 이항대립적 구도 속에서 그의 중기 생활서정시가
구원의 시학으로서의 기능을 긴장감 있게 수행할 수 있었던 것이다.
어쨌든 이렇게 '가족'을 중심으로 한 구원의 시학이 그로 하여금 일상
성 속에서도 해체시학으로 나아가지 않게 한 것은 사실이다. 그만큼
1960년대 생활서정시에서 '가족'의 기능은 중요했다.11)

---

10) 『히브리서』 11장 13절~16절.
11) 가족의 파괴와 해체를 경험한 당대 모더니스트들의 해체시와 박목월의 생활서정
　　시를 비교해보는 것은 의미 있는 일일 것이다.

3. 고향을 통한 시적 구원

서정시의 위대한 기능의 하나는 구원에 있다고 했다. 그리고 그 구원은 타락한 현실을 거부하고 새로운 통합을 일구어 내는 데에 달려 있다고도 했다. 새로운 통합을 이루어내려면 그 통합을 가능케 하는 형이상학적, 물질적 토대가 단단한 반석처럼 있어야 한다. 바위처럼 '단단한 가치'란 근대 이후의 개발에 의해서도 마모되지 않고 삭아버리지 않는, 해체되지 않는 그 무엇이어야 한다. 그것 중에 하나가 고향이고 자연이다.[12] 앞에서도 말했듯이, 시집 『청담』의 세계가 일상생활세계에서 가족을 중심으로 단단한 그 무엇을 발견하고 유지하려 했다면, 『경상도의 가랑잎』에서는 고향에서 그것을 발견하려 하고 있다.

> 하루를
> 龍舌蘭처럼 살고 싶다.
> 自己忘却의
> 총총한 時間의 分散.
> 분주한 발걸음.
> 公轉하는 言語의
> 소용돌이 속에서
> 寂寞한 입을 다물고
> 하루를
> 龍舌蘭처럼 살고 싶다.
> 천연스럽게 앉아
> 메마르지 않게 또한 화사하지 않게
> 자기를 보듬는

---

12) 유임하, 「근대성 비판과 자연을 향한 동경―오영수 소설의 현실성」, 『작가연구』
　　제10호, 새미, 2000, pp.89~90.

　　생각하는 하루의 沈默
　　생각하는 하루의 瞑想.
　　삶의 指針을 地心으로 돌리는
　　나의 깊이
　　나의 年齡.
　　은주머니를 안으로 차고
　　하루를
　　龍舌蘭처럼 살고 싶다.

-<龍舌蘭> 부분

　서정적 지아가 살고 있는 당대는 벌써 자기 자신을 망각하게 하는 분산된 시간으로 나타난다. 파시스트적 속도가 자기분열과 해체를 가져오고 있는 형국이다. 이 파시스트적 속도에 의해 모든 사물들 사이의 관계는 해체되고 있다. 사물들과 기호들이 이미 서로 어긋나기 시작하고 있다. 이제 더는 기표가 기의를 지칭하지 못하고 있다. 그것을 두고 서정적 자아는 '公轉하는 言語'라 부르고 있다. 그러한 혼란된 언어의 소용돌이 속에서 서정적 자아는 침묵하고 싶어한다. 그러한 침묵 속에서 자기를 보듬고 삶의 지침을 地心으로 되돌리고자 한다. 자신의 삶을 地心으로 되돌리는 행위, 곧 '중심'으로 되돌리는 행위는 파편화, 해체화의 길로 치달리는 속도감에 대한 반역이다.

　서정시란 '地心', 곧 '중심'을 지향하는 정신적 행위이다. 그 '地心' 속에는 아무러한 세월이 흘러도, 어떠한 속도와 변화 가운데서도 파괴되지 않은 '단단한 실체' 같은 것이 들어있기 때문이다. 서정시란 바로 그 지심 속에 들어있는 단단한 핵(알맹이)을 중심으로 자기정체성, 연속성, 동일성을 확보하는 장치인 셈이다. 따라서 서정적 자아는 '은주머니'를 안으로 차고 하루를 용설란처럼 여유롭게 살고 싶다고 고백

한다. 이는 내면성의 깊이로 들어가는 한 방식이다. 그리고 그 내면성의 깊이에 바로 '고향'이 들어 있다. 이때 고향은 바로 '단단한 가치'가 실체로 존재하는 본질적인 곳이다. 다시 말해 본질과 현상이 분리되지 않은 곳이다. 적어도 서정적 자아의 기억 속에서 고향은 자아와 세계가 동일성을 이루고, 자아 스스로도 정신적으로 동일성 곧 연속성을 확보하는 공간이다.[13]

> 乾川은 고향
> 驛에 내리자,
> 눈길이 산으로 먼저 간다.
> 아버님과
> 아우님이
> 잠드는 先山.
> 거리에는
> 아는 집보다 모르는 집이 더 많고
> 간혹 낯익은 얼굴은
> 너무 늙었다.
> 우리집 감나무는
> 몰라보게 컸고
> 친구의 孫子가
> 할아버지의 심부름을 전한다.
> 눈에 익은 것은
> 아버님이 居處하시던 방.
> 아우님이 걸터앉던 마루.
> 내일은
> 어머니를 모시고 省墓를 가야겠다.
> 종일 눈길이

---

13) 최승호, 「박목월론 : 근원에의 향수와 근대성 비판」, 『국어국문학』 126집, 2000. 5, p.411.

그 쪽으로만 가는 山
누구의 얼굴보다 親한
그 山의 구름
그 山을 적시는 구름 그림자.

-<山> 전문

고향은 자연과 더불어 있고 자연의 일부이다. 그리고 고향은 시적
자아의 기억 속에서 생생히 살아 있어서 '친근한' 공간이다. 모든 美
란 친근함에서 탄생되는 법이다. 낯익은 데서 미를 발견하고 낯선 것
에서는 불편함을 느낀다. 미란 친숙한 것인 만큼 편한 것이다. 고향
산천이 친숙하고 편안한 것은 그곳에 혈육인 아버지와 아우가 묻혀있
기 때문이다. 그리고 '우리집'이 있고, 우리집의 감나무가 있고, 친구
가 있다. 이 낯익음 속에 바로 변화하지 않는 '단단한 가치'가 들어 있
는 것이다. 단단한 가치를 내장하고 있는 낯익은 사물 속으로 들어가
면 자아는 편안한 가운데 그 사물들과 하나로 만나게 된다. 연속성과
동일성이 이루어진다. 그리고 고향은 대도시에서의 분산된 삶으로 인
해 잃어버렸던 전체성과 자족성을 환기시켜준다.14)

이처럼 위의 시에서 보이듯 고향은 안도감을 주는 공간이다. 1960
년대 개발독재하에서 무차별적 발전과 변화 속에 내동댕이쳐진 시적
자아는 고향에 돌아옴으로써 비로소 안도감을 누린다. 1960년대 대중
가요에서처럼, 그의 시편들 속에 고향을 그리워하는 정서가 수없이 동
어반복적으로 되풀이되는 것은 이렇듯 고향이 서정적 자아에게 정체
성을 확보해 주고 안도감과 정신적 희열을 가져다 주기 때문이다.

水質 좋은 慶尙道에,

---

14) 유임하, 앞의 글, p.81.

연한 푸성귀
나와
나의 형제와
마디 고운 수너리斑竹
사람 사는 세상에
完全樂土야 있으랴마는
木器같은 사투리에
푸짐한 시루떡.
처녀애.
처녀애.
통하는 처녀애.
니 마음의 잔물결과
햇살싸라기.

-<푸성귀> 전문

『경상도의 가랑잎』에 오면 이처럼 시적인 긴장미가 다시 살아난다.
그것은 『청담』에서 보이던 느슨한 이항대립적 구도가 『경상도 가랑
잎』에 오면 다시 팽팽해지기 때문이다. 이 작품에서의 이항대립적 구
도는 타락한 현실 공간과 이상적인 고향인 경상도 땅과의 관계에 놓
여있다. 수질 좋은 경상도란 말은 살기 좋은 곳의 다른 표현이다. 그
곳에서는 연한 푸성귀와 나와 나의 형제가 마디 고운 수너리 斑竹과
구분이 되지 않는다. 사물들 사이에 경계가 없어진다. 이처럼 경계가
없어지는 그곳은 바로 樂土로 나타난다. 서정시학은 사물들 사이의 날
카롭게 대립된 경계를 지워버리고 서로 혼연일체가 되게 하는 것이다.
이로써 서정시학이 구원의 시학임이 다시 증명되는 셈이다.

樂土로서의 고향 경상도는 木器같이 투박한 사투리로, 푸짐한 시루
떡으로, 그리고 순결한 처녀애로 특징 지워진다. 박목월이 꿈꾸는 순
수서정시는 그러한 경상도 처녀애에게서 보이는 순결성과 같은 것이

다. 정신적, 육체적 순결, 이것은 모든 서정시가 꿈꾸는 궁극적 지향점
이다. 이 순결성 때문에 근대의 타락한 도시문화에 대해 순수서정시는
완강한 저항력을 지니게 되는 것이다.[15] 서정시의 위대한 기능은 타락
한 근대 자본주의 문명에 대한 거부에 있다. 어떠한 부정과도 손잡지
않으려는 서정시의 순결성이야말로 가장 反파시즘적인 것이다. 이렇
듯 서정시 쓰는 행위는 바로 그런 처녀애와 마음이 '통하는' 것과 같
다. 그럴 때 일어나는 서정적 감흥은 바로 '니 마음의 잔물결과 햇살
싸라기'처럼 황홀하게 반짝거리는 것이다.

고향에서 발견하는 樂土로서의 삶은 그저 황홀하기만 한 것은 아니
다. 그냥 자연 속에 파묻혀 자연스런 리듬에 따라 자연스럽게 살아갈
뿐이다. 그런 자연스런 삶이 곧 바로 유토피아적이라는 것이다. 박목
월이 꿈꾸는 서정적 구원은 바로 고향에서의 그런 자연스런 삶의 방
식을 회복하는 것이다.[16]

아우 보래이.
사람 한 평생
이러쿵 살아도
저러쿵 살아도
시쿵둥하구나.
누군
왜, 살아 사는 건가.
그렁저렁
그저 살믄
오늘같이 杞溪장도 서고.
허연 산부리 타고 내려와

15) T.W. 아도르노, 「서정시와 사회에 대한 담화」(플로리안 파셀, 임호일 역),『변증법
    적 문예학』, 지성의 샘, 1997, pp.197~200.
16) 한광구,『목월시의 시간과 공간』, 시와시학사, 1993, pp.216~235.

아우님도
만나잖은 가베.

―<杞溪장날> 부분

이와 같이 자연스런 리듬에 따라 사는 유토피아적인 삶은 '분별 없이' 사는 것이다. '분별 없는' 삶은 모든 서정시가 지향하는 이상적인 것이다. 앞에서도 말했듯이 서정시란 자아와 세계, 사물과 사물들 사이에 존재하는 간극, '경계'를 지우는 것을 특징으로 한다. 그 경계를 지울 때 바로 사물들 사이의 긴밀한 내적 연속성, 동일성이 확보되는 것이다.

도시에서 살고 있는 박목월이 도시생활을 가지고 시를 쓸 땐 경상도 사투리를 쓰지 않다가, 고향 경주에서의 삶을 다룰 땐 사투리를 쓰게 되었다는 것은 의미심장하다. 사투리는 도시에서 살고 있는 박목월과 고향 사람들 사이에 있는 경계를 지워버리는 역할을 한다. 사투리란 고향과 동격이면서 일부이다. 사투리는 고향과 제유적 관계에 놓여 있다. 따라서 사투리 속에는 '단단한 그 무엇'이 숨어있다. 시대의 변화, 사회발전에 따라가지 않고 오히려 그것을 거부하는 反근대적 속성이 그 속에 들어가 있는 것이다. 알고 보면 표준어란 근대의 산물이면서 근대를 끌고 가는 중심 요소이다. 이 표준어에 대항하는 사투리는 결국 근대에 저항하는 것이 된다. 1960년대 박목월처럼 의식적으로 사투리를 지향한다는 것은 명백히 근대에 대한 저항이데올로기를 내장하고 있는 것이다.

아즈바님
잔 드이소.
환갑이 낼모랜데

남녀가 어디 있고
上下가 어딨는기요.
분별없이 살아도
허물될 게 없심더.
냇사 치마를 둘렀지만
아즈바님께
술 한 잔 못 권할 게
뭔기오
북망산 휘오휘오 가고 보면
그것도 한이구머.
아즈바님
내 술 한 잔 드이소.

-<恨歎調> 부분

　위의 시에서는 건네주고 받는 술잔과 더불어 사투리가 사람들 사이의 경계를 없애고 있다. 남과 여, 신분의 상과 하에 있어서 '분별을 없애는' 행위가 사투리에 의해 가능한 것이다. 서정시는 이처럼 사물들 사이의 경계를 지워버리고, 분별을 없애고, 共同善을 추구하는 것을 이념적으로 지향한다. 북망산을 앞에 두고 자연으로 돌아와 자연과 더불어 하나가 되는 이러한 '분별 없는' 경지는 바로 1960년대 토속 서정시의 진풍경이다. 바로 이러한 진풍경 속에서 시적 구원을 성취하는 것, 이것이 박목월 그가 시집 『경상도의 가랑잎』에서 추구하는 이상적 세계이다. 타락하고, 분별이 앞서고, 계산이 늘 앞서는 냉혹한 현실세계를 초월하여 있는 낙토로서의 고향이 바로 이 시기 목월에게서 시적 구원의 처소인 셈이다.

4. 모성을 통한 시적 구원

『경상도의 가랑잎』에서 고향 경상도, 특히 경주가 시적 구원을 위한 하나의 처소로서 낙원으로서 기능함을 살펴보았다. 그런데『경상도의 가랑잎』에 나오는 고향은 낙원으로서의 모습이 다소 약해 보이는 게 사실이다. 그 시집에 나오는 경상도의 모습은 기억에 의존하고 있다기보다는 '관찰'에다 더 많이 기대어 있다. 나이가 많이 든 시인이 고향 경상도 땅을 방문하여 지금 눈에 보이는 그곳의 모습에다 과거의 기억을 중첩시키고 있는 것이다. 따라서 순전히 기억에만 의존하고 있는 시편들보다는 낙원으로서의 모습이 상대적으로 약할 수밖에 없다.

이에 비해 시집『어머니』속에 나오는 시편들은 거의가 다 기억에만 의존하고 있다. 시를 쓸 때 '관찰'보다 '기억'에 의존할 때 때로는 더욱 구체적일 수가 있다. 특히 상상력이 탁월한 시인의 경우, 기억에 의존한 상상력이 발동할 때가 관찰의 경우보다 훨씬 더 생생하고 구체적일 수 있는 것이다. 더군다나 낙원으로 설정된 유토피아로서의 고향의 모습을 그릴 땐 더욱 더 생생해질 수가 있는 것이다. 우리의 기억 속에서 사물들은 이미 허구화되어 새로운 질서로 구성되어 있기 때문이다. 기억 속의 사물들은 현실로서의 사물 그 자체가 아니라 유토피아의 세계를 위해 선택되고 재배치되는 허구화의 과정을 거치는 것이다. 현실 그 자체의 압력을 벗어나기 때문에 자유로운 상상이 가능하고, 따라서 훨씬 더 실감나게 그려질 수가 있는 것이다.

그런데 기억 속에 자리잡고 있는 유토피아로서의 고향은 이미 관념화된 고향이다. 시인의 무의식적 동경이 착색된 고향이다. 동경이 강하면 강할수록 착색의 정도가 심하고, 그만큼 유토피아로서의 성격이 짙어진다. 동경이 강하다는 것은 현실이 그만큼 타락해 있다는 것을

반증한다. 그리고 그만큼 구원에의 열망도 강해진다. 현실이 심각하게
타락했을 때, 현실의 압박을 벗어난 상상의 세계로 하여금 자유롭게
날개를 펼 수 있도록 해주는 근원인 '과거의 기억'은 그 자체 현실을
변화시킬 수 있는 계기가 된다. 타락한 현실을 구원할 수 있는 길을
열어준다는 것이다.

> 바다로 기울어진 사래 긴 밭이랑
> 아들은
> 골을 타고
> 어머니는 씨앗을 넣는디.
>
> 어느 시대이기로니
> 근심없는
> 태평성대만이 있으리요마는
> 밭머리에
> 환한 無名 꽃나무.
>
> 진실로
> 어느 시대이기로니
> 젖과 꿀이 흐르는 고을이 있으리요마는
> 밭머리에 나란히 벗어둔
> 두 켤레 신발에
> 나비 한 마리.
>
> 해는 한낮으로 달아오르고
> 음력 삼월 초순의
> 눈부신 眺望을
> 사래 긴 밭이랑 끝에 남빛 바다의 잔잔한 고임.

—<바다로 기울어진> 전문

위의 시는 시집 『어머니』 속에 실려 있는 것인데, 앞선 시집 『경상도의 가랑잎』에서보다 훨씬 더 생생하고 감동적이다. 기억 속에서 사실들이 허구적으로 재구성되었다고 볼 수 있는 것은 맨 마지막 연에서 확인이 된다. 그의 고향 경주 건천에는 바다가 보이지 않는다. 실제 현실공간으로서의 경주와는 달리 무의식 속에서 재구성된 고향의 모습이다. 하나의 강렬한 열망이 투사된 기억 속의 고향에는 바다가 환상적으로 침투해 들어가 있는 것이다. 그때의 바다는 매우 목가적이다. '사래 긴 밭이랑 끝에 남빛 바다의 잔잔한 고임'이란 부분은 박목월이 이상적으로 꿈꾸는 고향에 대한 관념을 실제 고향에다 투사한 것이라고 볼 수 있다.

이러한 목가적인 정황은 이 작품 전반에 두루 깔려 있다. 어머니와 아들은 소외됨이 전혀 없는 건강한 노동, 원시적 노동을 즐기고 있다.[17] 사실 이 작품 속의 세계야말로 태평성대요, 젖과 꿀이 흐르는 가나안 그 자체다. 약속된 장소로서의 가나안, 낙원, 곧 우리가 도달해야 할 이상세계는 '밭머리에 환한 無名 꽃나무'에 의해 구체화된다. 낙원으로서의 이상적 고향은 자연 속에 있으면서 자연의 일부이다. 그리고 그 속에 살고 있는 어머니와 아들은 자연의 일부로 편입되어 있다. 그것이 곧 '無名 꽃나무'로 나타난다. 무명 꽃나무지만 그들은 행복 그 자체 속에 있다. 환하게 꽃피어 있는 나무이기 때문이다. 그들이 자연에 완전히 동화되어 있는 모습은 '밭머리에 나란히 벗어 둔/ 두 켤레 신발에/ 나비 한 마리'에서도 재차 확인이 된다.

---

17) 소외되지 않은 건강한 '노동'이 보인다는 점에서 박목월의 이 시기 작품은 아카디아적이라기보다 유토피아적이다. 아카디아에는 그것에 도달하고자 하는 인간의 힘든 노력이 보이지 않는다면, 유토피아에는 인간적인 노력과 의지가 깃들어 있다는 것이 양자의 차이이다. 아카디아적인 자연서정시와 유토피아적인 자연서정시를 구분해서 맥을 잡아보는 일이 필요할 것 같다.

『어머니』 속의 시편들은 한결같이 '어머니'를 중심으로 이루어져 있다. 유년시절 완벽했던 어머니에의 기억 때문에 고향도 완벽해졌다고 보아야 할 것이다. 이처럼 고향의 중심에는 어머니가 자리잡고 있다. 이때의 어머니는 세계의 중심이고 존재의 근원이 된다. 앞의 시 <바다로 기울어진>에서 보이듯 시적 자아가 자연과 더불어 동화할 수 있는 것도 순전히 어머니 때문이다. 그야말로 그는 어머니를 통해 호흡하고 이 세상과 만나고 있는 것이다. 이처럼 행복한 그의 기억 속에서 어머니는 완벽한 존재로 나타난다.

> 엄마의 손을 잡고 함께 걸은
> 天陵사이 오솔길에
> 눈자위가 풀린
> 봄
> 밤
> 달무리.
> 어디로 가는 길이었을까
> 그건 잊어버렸지만
> 그날 밤의 훈훈한 바람 향기
> 엄마의 손을 잡고 함께 본
> 분황사
> 3층 탑꼭지에 푸른 달.
> 어디서 오는 길이었을까.
> 그건 잊어버렸지만
> 그날밤의 달빛이 아롱지는 냇물.
> 어머니와 함께라면 못 갈 곳이 없는.

−<어머니의 손을 잡고> 부분

어린아이가 능을 지나간다는 것은 두려운 일이다. 더군다나 달무리가 진 밤에 오솔길을 걸어간다는 것은 더욱 두려운 일이다. 그런데 어머니의 손을 잡고 걷는 아이는 전혀 두렵지가 않다. 실제 그 상황에서 아이는 두려웠을지도 모른다. 그런데 많은 세월이 흐르고 난 후 어떤 관념이 착색되고 나서는 그 날 밤이 두렵기는커녕 행복하기만 한 밤으로 바뀌었을지도 모른다. 기억은 순수하지만 않은 것이다. 우리의 관념 속에서 재구성되는 기억은 마술상자 속과 같은 것이다. 그리하여 그 날 밤의 기억은 놀랍도록 생생해지는 것이다. '그날 밤의 훈훈한 바람향기'가 그것을 말해준다. '그날밤 달빛이 아롱지는 냇물'도 그러한 작용을 한다. 이렇듯 무서운 밤 풍경이 아름다운 것으로 변하여 기억될 수 있는 것은 순전히 '함께라면 못 갈 곳이 없는' 어머니 때문이다. 그리하여 다음과 같은 작품에 이르면 어머니는 만물 속에 스며들어 아들을 보호해주는 존재로까지 발전한다.

나는
어디서나
어머니를 뵈옵게 되고
어머니의 응답을
느낀다.
거울 앞에서
면도를 하다 말고
문득 얼굴 바탕에서
살아나는 어머니의 모습.
길을 가다 말고
안으로 속삭이는
독백 속에 문득 울리는
어머니의 음성
어머니를
어디서나 발견한다.

─<무지개를 빚으려는> 부분

이쯤 되면 어머니는 박목월 개인의 실존적 어머니가 아니라, 세계의 근원적 모성을 지닌 추상적 관념적인 어머니로 바뀌게 된다. 어머니의 사랑은 우주를 창조하고 섭리하고 있는 절대자인 '하나님'의 사랑처럼 萬物 안에 편만해 있다. 우주 만물에서 어머니를 발견한다는 것은 모성을 근원적인 것으로 본다는 것을 의미한다. 일찍이 그는 <山·묘사 1>에서 자연을 '영원한 모성'이라 노래한 적이 있다.[18] 이렇게 되면 모성은 만물의 존재 근거가 되면서 또 만물을 통합하는 힘의 원천이 된다. 박목월이 생활하던 1960년대 서울은 본격적인 근대화로 인해, 잔인하고 냉혹한 산업화[19]로 인해 인산과 인간간의 관계가, 인간과 자연간의 관계가, 사물과 사물 사이의 이음새인 모든 관절들이 파괴되고 해체되어 가던 시절이었다.

박목월의 이 시기 서정시는 이런 해체화, 파편화의 현실을 거부하며 동시에 새로운 통합의 가능성을 모색하는 과정의 산물이었다. 이때 그 새로운 통합의 원리로 내세운 것이 바로 어머니, 모성이었던 것이다.[20] 만물의 존재 근거이면서 통합의 근원인 모성, 이는 이미 추상화되고 관념화된, 이데올로기가 투영된 이상적인 어머니이다. 이 어머니를 통해 현실을 시적으로 구원해 내고자 하는 것이었다. 구원자로서의 어머니! 실제 이 어머니는 절대자 '하나님'의 사랑이 구체적으로 현시된 모습이다. 궁극에 이르면 이 어머니, 모성은 절대자인 '하나님'에게 이르는 매개체가 된다. 모성을 어디서나 발견하게 된다는 것은 하나님의 신성을 어디서나 발견하게 된다는 것과 오버랩되어 있다.[21]

---

18) 박목월, 『박목월 전집』, 서문당, 1984, p.115.
19) 김우창, 「산업시대의 문학」, 『지상의 척도』, 민음사, 1981, p.43.
20) 최승호, 「박목월 서정시의 이데올로기와 '어머니'」, 『우리말글』 제21집, 우리말글학회, 2001, pp.4~11.
21) 『로마서』 제20장.

갈릴리 바다의 물빛을
나는 본 일이 없지만
어머니 눈동자에
넘치는 바다.
땅에 글씨를 쓰시는
예수님의 모습을
나는 본 일이 없지만
믿음으로써
하얗게 마르신 어머니.
圓光은
천사가 쓰는 것이지만
어머니 뒷모습에
서리는 광채.
아들의 눈에만 선연하게 보이는.

−<갈릴리 바다의 물빛은> 전문

이처럼 관념화된 모성, 이상적인 어머니는 절대자 '하나님'의 사랑
이 구체적으로 현시된 모습이다. 이 시기까지 그의 시편들에는 자신의
'하나님'을 직접 만난 모습이 잘 나타나지 않는다. 대신 어머니를 통
해 간접적으로 만나고 있는 모습이 주로 나타나고 있다.[22] 그가 자신
의 하나님을 직접 만나고 있는 모습은 그의 유고시집 『크고 부드러운
손』에 가서야 비로소 확연하게 나타난다. 이렇게 하여 그에게 있어서
어머니는 구원자인 '하나님'에게 이르는 매개체가 된다. 이와 같이 그
는 어머니, '영원한 어머니'를 통해 시적 구원에 이르고자 한다. 그 어
머니는 "어머니는/ 머리를 빗는다./ 이처럼 암담한 시대,/ 거울 앞에서/
백발을 다스리는/ 어머니의 손길./ 밤물결처럼 설레이는/ 어지러운 시
대/ 우리들 頭上에 소용돌이치는/ 돌개바람./ 어머니는/ 미소조차 머금

---

22) 최승호, 「박목월론 : 근원에의 향수와 근대성 비판」, pp.414~420.

고/ 머리를 빗는다."에서 보여주듯, 1960년대 암담한 파시즘 현실에 대항하는 힘의 원천이 되기도 한다.23) 그리고 아래의 작품에서 보이듯 우주 만물 속에 편만해 있는 모성은 시적 자아에게 삶의 균형을 잡아주는 기준이 되기도 한다. 그리고 시적 자아로 하여금 신생에의 꿈을, 미래를 향한 도전에의 의지를 불러일으키기도 한다. 서정시의 위대한 힘은 고통스럽고 허무한 타락한 일상을 비판 거부하고 새로운 미래를 예시하며 앞으로 나아가게 하는 데 있다. 모더니스트들로서는 불가능한, 미래에의 청사진을 보여준다는 점에 있어서 서정시는 대안적 기능을 갖는다.

> 겨우 收支均衡이 합치려는
> 생활의 계산 속에서
> 살며시 번진다.
> 어머니의 微笑는
> 餘裕롭고 다정하고
> 은근하고 均衡이 잡히는
> 모든 것에서
> 늘 發見되고
> 내일은
> 동트는 새벽의
> 그 신비스러운 빛살로
> 마련된다.
>
> ―<어머니의 微笑> 부분

위의 시에서 어머니의 미소는 '잘 익은 햇살 향기'로 풍겨오고, '움트는 다알리아 뿌리의 연자홍색 빛깔'로 살아나고, '오월 하늘의 구름'

---

23) 박목월, 「어머니는 머리를 빗는다」, 『박목월 전집』, pp.339~340.

으로 풀린다.[24] 그에 그치지 않고 어머니의 미소는 '겨우 수지균형이 합치려는 생활의 계산 속'에까지 들어와 준다. 어머니의 미소 때문에 모든 삶이 균형을 잡게 되는 것이다. 균형! 이것은 서정시가 '질서' 있는 세계를 구축하는 데 너무나도 소중한 것이다. 현대세계는 균형을 상실해버린 곳이다. "다정하게 포개진 접시들.// 윤나는 남비.// 방마다 불이 켜지고// 제자리에 놓인// 포근한 의자.// 안락의자// 어머니가 계시는 집안에는// 빛나는 유리창과// 차옥차옥 챙겨진 내의.(<가정> 부분)"에서 보이듯, 현대 도시적 분요한 삶에서 잃어버린 균형을 어머니를 통해서 회복하는 것이 박목월 서정시가 추구하는 목표의 하나이다. 이렇게 균형이 잡히게 되는 내일의 삶이야말로 '신비스러운 빛살'로 빛나게 되는 것이다. 이처럼 그에게 있어서 어머니는 시적 구원의 지표로 기능한다.

5. 꼬리말

본고에서는 박목월의 1960년대 순수서정시를 '구원의 시학'이란 관점에서 일관되게 고찰해보았다. 순수서정시는 구원의 시학을 자체 내에 배태할 수밖에 없다. 왜냐하면 순수서정시가 꿈꾸는 순수의 세계란 곧 바로 유토피아로서의 낙원과 같은 곳이기 때문이다. 이 순수세계는 타락한 현실세계와 대립되어 있는데 현실세계 쪽에서 바라보면 그것은 구원의 처소로 기능한다. 구원의 처소를 향한 동경으로 인해 순수서정시는 자체 내에 이항대립적 구도를 내포할 수밖에 없다. 그것이

---

24) 박목월, 『박목월 전집』, pp.340~341.

바로 순수서정시가 지니는 미적 긴장력의 핵심이다. 그리고 또한 당연히 모방되어야 마땅한 이데아로서의 순수세계는 현실을 비판하고 개혁하는 기준이자 지표로 기능한다. 이 점이 바로 순수서정시로 하여금 진보적 성격을 띠게 하는 원동력으로 작용한다. 보수적 진보주의, 진보적 보수주의 미학이 바로 순수서정시가 지니는 사회학적, 역사철학적 의미인 셈이다.

박목월의 1960년대 시들은 3권의 시집 속에 들어 있다. 맨 먼저 『晴曇』 속의 시들은 대체로 일상의 생활세계를 다루고 있는 작품들이다. 초기의 자연서정시에 보이던 강한 이념지향적 모습이 사라지고, 자질구레한 소시민적 일상성이 부각되어 있다. 이념지향적 성격이 퇴조됨과 동시에 이항대립적 구도도 약화되고 동시에 시적 긴장력도 현저히 떨어진다. 그나마 일상 가운데서도 어느 정도 긴장을 유지할 수 있는 것은 순전히 '가족' 때문이다. 가족은 일상세계 안에 포위되어 있으면서도 나름대로의 일정한 성곽을 두른 채 현실과 대립하고 있다. 시적 자아가 파악하고 있는 고난에 찬 현실은 '얼음과 눈으로 벽을 짜 올린' 세계이다. 그 속에서 사랑으로 똘똘 뭉친 가족이 조그만 성채처럼 버티고 있다. 이렇게 바깥 현실과 가족이라는 이항대립적 구도를 설정할 때 다소 시적 긴장미가 생겨난다. 어쨌든 이 시기 그의 시에서 가족, 가정은 하나의 중요한 聖所, 구원의 처소로 기능한다. 그런데 가족 그 자체만으로는 바깥 현실과 팽팽하게 대결할 수 없다. 그리하여 그는 그 가족을 지켜주는 절대자로서의 '하나님'을 시적 구조 속에 끌어들인다. 이러한 이항대립적 구도는 <나무>에 오면 기독교에서 말하는 '나그네 의식'으로 인해 더욱 뚜렷해진다. 이러한 구원의 시학적 태도로 인해 『청담』의 시들은 긴장미를 어느 정도 유지하게 된다.

『경상도의 가랑잎』에서는 '고향'이 또 다른 구원의 처소로 나타난다. 이 고향은 타락한 근대도시를 거부하고 해체된 삶을 다시 통합하는 방법을 제시해 준다. 고향에서의 통합된 삶은 개인과 개인, 개인과 사회간의 사회적 통합뿐만 아니라, 인간과 자연간의 생태학적 통합도 포괄하고 있다. 그 고향은 자연 속에서 자연의 일부로 존재한다. 그리고 그 고향에는 세월이 아무리 흘러도, 사회가 발전해도 변하지 않는, 붕괴되지 않는 '단단한 그 무엇'이 반석처럼 존재한다. 이 반석과 같은 '단단한 그 무엇' 때문에 도시생활에서 해체되었던 삶들이 재통합을 이루어 낼 수 있다. 서정시의 위대한 기능은 통합에 있는데, 이 통합은 사물들 사이의 긴밀한 내적 연속성을 확보하는 데 있다. 이 연속성이 바로 서정적 동일성을 의미하고, 그것이 또한 자기정체성을 확보하게 해준다. 근대사회에서 일상적 자아는 정체성을 상실해버린 존재이다. 그래서 정서적으로 불안해진다. 서정시의 위대한 힘은 그러한 일상적 자아에게 정체성을 확보하여 주고 우울불안증을 치료해 주는 데 있다. 즉 안도감을 갖게 하는 데 있다. 이러한 안도감은 결국 부박한 근대문명에 대한 거부로 연결되는데, 『경상도의 가랑잎』에서는 그것이 의식적인 사투리 사용으로 나타난다. 사투리란 주변부적인 것이어서 중심부적인 표준말에 대한 저항을 의미한다. 그리고 주변부 언어인 사투리 속에는 바로 '분별 없는' 삶, 곧 '경계 없는' 삶이 녹아있다. 서정시는 사물들 사이의 경계, 분별을 지워버리는 역할을 한다. 경상도 사투리는 그러한 효과를 자아내기에 알맞다.

　마지막으로 『어머니』에서는 '어머니'가 구원의 지표로 기능한다. 어머니는 시적 자아와 서정적으로 일체를 이루고 있다. 뿐만 아니라 어머니는 시적 자아로 하여금 자연과도 합일하게 해준다. 어머니 없이는 시적 자아가 자연과 더불어 하나로 될 수 없을 정도로 어머니는 절대적인 위상을 차지하고 있다. 그 어머니는 '영원한 모성'으로서 우주 만물 안에 스며 있는 존재이기도 하고 자아의 존재근거이기도 하다. 그리고 어머니와 함께 하고 있는 자연공간은 낙원, 유토피아적인 것으로 나타난다. 이 유토피아적인 공간은 매우 구체적이고 생생하다. 어릴 적 고향 경주에서의 삶을 기억해내어 쓰고 있는 이 시편들은 1960년대 제작되어졌다. 산업화가 본격적으로 시작되었고, 근대의 부정성이 점점 더 심하게 노정될 무렵 쓰여진 것이다. 이 시기의 시편들에는 타락한 현실이 文面에는 거의 나타나지 않는다. 그러나 고향을 이상적인 낙토로 강력하게 부각시킴으로써 文面에 직접 보이지 않지만, 그 이면에 고통스런 현실이 숨어있음을 지각할 수 있다. 현실에서의 고통이 크면 클수록 유토피아에 대한 열망은 강해지기 때문이다. 이 강렬한 유토피아지향성으로 인해 그의 기억의 창고는 마술상자로 변하고 유년시절에 겪었던 고향체험은 그 상자 속에서 완전히 허구화된다. 관념화된 고향과 어머니가 구원의 지표로 떠오른다. 구원의 지표로서의 어머니는 또한 절대자인 '하나님'의 사랑이 현시된 존재로 나타난다. 그에게 있어서 어머니는 구원의 궁극적 근원인 절대자 '하나님'에게 다가가는 매개체로 나타난다.

참고문헌

김경복,『서정의 귀환』, 좋은날, 2000.

김석하,『한국문학의 낙원사상 연구』, 일신사, 1973.

김우창,『지상의 척도』, 민음사, 1981.

박목월,『박목월 전집』, 서문당, 1984.

서　림,『말의 혀』, 새미, 2000.

최승호,『한국적 서정의 본질 탐구』, 다운샘, 1998.

최승호 편,『서정시의 본질과 근대성 비판』, 다운샘, 1999.

최승호 편,『21세기 문학의 유기론적 대안』, 새미, 2000.

한광구,『목월시의 시간과 공간』, 시와시학사, 1993.

벤야민, W.(반성완 역),『발터 벤야민의 문예이론』, 민음사, 1983.

아도르노, T. W.(임호일 역),『변증법적 문예학』, 지성의 샘, 1997.

— 2002,『어문학』제76집

오세영 서정시의 미메시스적 읽기

1. 머리말

서정시는 흔히 대상에 대한 자아의 주관 정서를 표현한 문학이라고 정의되어 왔다. 이러한 소박한 정의는 서구 낭만주의 이래 지금에 이르기까지 무반성적으로 내려오고 있다.[1] 일찍이 쉘링과 헤겔적인 발상에 뿌리를 내리고 있는, '대상에 대한 주체 중심적인 발화(eine subjektbetonte Aussage auf ein Objekt)' 또는 '서정적 자아에 의해 포획된 세계(die vom lyrischen Ich ergriffen Welt)'를 강조하고 있는 자이들러[2] 역시 서정시에 대한 표현론적인 접근을 넘어서지 못하고 있다. 한국에서는 조동일이 '세계의 자아화'란 용어로 서정양식을 일반화시킨 적이 있고, 그 뒤를 이어 김준오가 '동일성'이라는 용어로 더욱 깊이 표현론적인 입장에서 그 의미를 굳힌 적이 있다. 김준오가 말하는 동일성의

---

1) 김경복, 「동일성에서 物化의 시학으로」, 『신생』, 2001년 봄호, pp.167~169.
2) H. Seidler, Die Dichtung, Alfred Kroner Verlag, 1965, pp.378~385.

이론은 결국 조동일의 이론인 '세계의 자아화'라는 용어를 더욱 심화시킨 것으로 볼 수 있는데, 그것은 어디까지나 서정시의 주관적 측면을 일방적으로 강조한 데서 벗어나지 못하고 있다.[3]

그런데 우리는 여기서 서정시에 대한 소박한 정의로 되돌아가 볼 필요가 있다. 서정시에 대한 소박한 이론에는 분명히 '대상'을 고려하는 측면도 함께 포함되어 있음을 알 수 있다. 그냥 막연하게 주관 정서만을 표현하는 것이 아니라, 분명 '대상'에 대한 주관 정서를 표현하는 것을 볼 수 있다. 지금까지 우리는 서구 낭만주의의 압도적인 영향으로 '주관 정서'에만 초점을 모았지 그 객관적인 측면에는 소홀히 해온 것이 사실이다. 하지만 알고 보면 동양에서는 오래 전부터 서정시의 객관적인 측면, 곧 대상적 측면을 매우 중요시 해왔다. 소위 '情景交融'이라는 시학용어만 보더라도 동양의 서정시론에는 주관적 측면 못지 않게 객관적 측면을 꼭 같이 강조하고 있는 것을 읽을 수 있다.[4] 근대 이후 조지훈만 하더라도 서정시를 '대상의 자아화, 자아의 대상화'가 동시적으로 일어나는 것으로 정의한다.[5] 그리고 최근에 서정시의 객관적 측면에 대한 논의가 관심 있는 영역으로 떠오르고 있는데, 그것은 주로 전통적인 동양시학 때문이기도 하다.[6]

사실 앞의 소박한 정의에서 살펴본 대로, 서정시의 객관적인 측면은 낭만주의 시학에도 이미 들어 있다. 서정시에 들어있는 주관 정서는 항상 '그 무엇'을 향한 의식의 발로이기 때문이다. 이제 우리는 '그 무엇', 곧 서정적 대상에 대해서도 본격적인 관심을 가질 필요가 있다.

---

3) 김경복, 위의 글, pp.177~180.
4) 최승호, 「1930년대 후반기 시의 전통지향적 미의식 연구」, 서울대학교 박사학위논문, 1994, pp.44~51.
5) 조지훈, 「시의 원리」, 『조지훈전집 3』, 일지사, 1973, p.15.
6) 김경복, 위의 글, pp.175~176.

서정시에 들어 있는 주관 정서는 항상 '그 무엇'을 향한 정서, '그 무엇'과 일체가 되고 싶어하는 정서에 다름 아니다. 우리는 낭만주의이래 그것을 '동일성'에의 욕망이라 불러왔다. 서정시를 동일성으로 해석할 때 우리는 늘 동일화의 주체에만 관심을 모아왔지, 주체로 하여금 그러한 욕망을 갖게 만드는 대상에 대해서는 소홀히 해온 것이 사실이다. 그것은 곧바로 우리의 근대적 사고를 지배해 온 주체중심주의 철학 때문이다.

이제 우리는 주체로 하여금 동일성에의 욕망을 불러일으키게 하는 '그 무엇', 소위 대상에 대해 본격적으로 논의해 보자. '그 무엇'은 서정적 수체가 도달하고 싶어하고, 베끼고 싶어하고, 닮고 싶어하는 대상이다. 바로 모방하고 싶어하는 대상이다. 서정시에 있어서 모방(mimesis)이란 '동화'의 다른 이름이다. 이때의 대상은 시적 주체가 합일하고 싶어하는 모델이다. 이 미메시스의 대상인 모델은 객관적이고 보편적인 미를 지향한다. 우리는 지금까지 서정시에서 매우 주관적인 미만 강조하여 왔다. 그것은 바로 근대 이후 유입된 서구 낭만주의 영향 때문이다. 그런데 분명히 서정시에는 서정적 주체가 하나되고 싶어하는 보편적 모델로서의 대상이 들어 있다. 지극히 주관적인 장르라고 불리는 서구적 낭만주의 시에도 그러한 것이 보인다. 우리는 이제부터 서정시 안에 들어 있는 객관적이고 보편적인 미의 근거인 '대상'에 대한 연구를 소홀히 해서는 안 되겠다. 이것은 서정시론을 한 단계 끌어올리는 동시에 답보 상태에 있는 우리의 삶을 한층 고양시키는 일이 될 것이다.

2. 초기 해체시의 환유와 反미메시스 시학

앞에서 살펴본 바에 의하면, 서정시는 도덕적 진보를 꿈꾸는 예술 양식이다. 왜냐하면 거기에는 서정적 자아가 도달하고 합일하고 본받고 싶은 모델이 객관적이면서도 보편적인 얼굴로 자리하고 있기 때문이다. 무엇을 모방한다는 것은 적어도 베끼고 싶어하는 대상이 있다는 것이다. 이 베끼고 싶어하는 대상은 매우 이상적이고 완벽하고 유토피아적인 것이다. 따라서 서정시에는 미학적 진보가 도덕적으로 자리하고 있는 것이다.

오세영의 초기 시는 해체시로 연구되어 온 바 있다.[7] 이 초기의 해체시는 시인 본인에 의해 강력하게 부정되고 있기는 하지만, 그 이후의 서정시를 이해하는 데 큰 도움이 된다. 그의 초기 시를 이해하면, 왜 그가 그토록 자신의 초기 시를 완강히 부정하게 되는지 알게 될 뿐만 아니라, 그 이후의 서정시에다 담고자 했던 미학적 요체를 쉽게 파악하게 된다.

해체시란 여러 각도에서 이해되겠지만 후기산업사회의 해체적 국면을 기계적으로 반영하고 있는 측면이 농후하다.[8] 여기서의 '기계적인 반영'이란 것은 본 논문에서 말하는 '미메시스'와는 엄연히 다르다. 미메시스란 원래가 가치 있는 대상을 모방하고 닮고 베끼는 것이다. 플라톤적 의미에서뿐만 아니라 아리스토텔레스적인 의미에서도 미메시스는 미학적 진보를 꿈꾸는 개념이다. 먼저 플라톤적 의미에서 모방이란 그 최종 목적이 이데아 세계를 이해하고 그것을 동경하고 그것과 합일되는 것을 꿈꾸는 행위이다. 그것은 일종의 관념론적 진보이다.

---

7) 허혜정, 「소마의 그릇」, 오세영, 『반란하는 빛』, 문학동네, 1997.
8) 오세영, 「포스트모더니즘의 한국적 수용」, 『서정시학』, 2000년 봄호, pp.64.

그에 비해 아리스토텔레스적인 의미에서의 모방은 리얼리즘적인 진보이다. 아리스토텔레스에게 있어서도 모방은 단순히 현실의 감각적인 국면만 취급하는 것이 아니다. 오히려 그의 모방 개념은 감각적인 현실 속에 내재해 있는 본질적 측면에 초점이 맞추어져 있다. 그는 어디까지나 현실 속에 내재해 있으면서 그 현실을 합리적으로 발전시켜나가는 '본질'에다 이론의 초점을 맞추어 놓고 있다.

이처럼 모방론은 삶의 예술적 진보를 꿈꾸고 있다.9) 그에 비해 해체시는 파괴되고 해체된 삶의 국면을 소망 없이 적나라하게 폭로하는 일종의 허무주의에 바탕을 둔 시이다.10) 1960년대 <현대시> 동인들과 함께 해체시로 출발한 오세영이 나중에 그토록 완강하게 거부한 초기 시는 이런 의미에서, 그리고 서정시와의 비교의 의미에서 재론될 필요가 있다.

오세영의 해체시 역시 기존의 서정적 질서와 규범, 그리고 그 가치를 일거에 부정하고 전복시키고자 한다.

> 앙상한 생각들이 바람에 떤다.
> 묵은 시간의 잎사귀가 발 밑에 쌓이고,
> 죽어간 폭양(曝陽)의 빈 거리에서
> 나마저 들것에 실려나가고,
> 대낮을 사납게 헐뜯는 열 개의 손,
> 저 집념의 끝. 부서져내리는
> 눈발 속에 눈 드는 이마.
> 나는 들것에 실려
> 회상의 먼 부둣가에 잠든다.
> 잠든 파도의 주름살 너머

---

9) W.J. Wate(정철인 역), 『서양문예비평사서설』, 형설출판사, 1964, pp.16~17.
10) 오세영, 위의 글, pp.63~68.

여윈 시간들이 헐떡인다.
긴 항해의 짧은 일몰을,
바라보는 눈동자엔 눈물을,
축축히 젖어드는 체험의 지평선에서
이윽고 불붙는 파도여 달려 오라.

<음악회> 전문

　위의 시에는 전통적인 서정시의 규범이 모두 파괴되고 해체되어 있다. 서정적 질서란 주체를 중심으로 이루어질 수밖에 없는데 여기서는 그 주체가 이미 죽어 있다. 주체의 죽음은 중심의 상실을 가져오고, 그 중심의 상실은 질서의 붕괴를 초래한다. 그리고 이 질서의 붕괴는 시간의 파괴를 가져온다. 시간이란 질서의 다른 이름이고, 논리의 다른 이름이다. 위의 시에서 모든 사물들은 논리를 벗어난 상태에서 병치되고 있다. 병치란 결국 선조적 시간의 죽음 때문에 빚어지는 것이다. '묵은 시간의 잎사귀가 발 밑에 쌓이고'라는 구절에서 우리는 시간의 죽음을 읽을 수 있다. 발 밑에 쌓이는 잎사귀란 낙엽을 의미하고, 낙엽은 죽음을 의미한다. 그리고 '묵은' 시간이란 것 자체가 부정되어야 할, 극복되어야 할 근대적 시간임을 나타낸다.

　근대적 시간이란 선조적으로 나아가는 직선적 시간이다. 이 직선적 시간이란 합리적 주체, 곧 이성적 주체의 산물이다. 그런데 여기서 주체는 이미 들것에 실려나가 부둣가에 묻혀졌다. 따라서 이제 더 이상 세계에다 총체적 질서를 부여해 줄 수 있는 중심이 사라진 것이다. 이처럼 중심이 사라진 해체시에는 자아도 세계도 모두 다 병들거나 죽은 상태로 나타난다. '죽어간 폭양'이 그러하다. 태양은 자연, 우주의 중심으로서 생명의 근원을 상징한다. 그런 상징적 존재인 태양이 죽었다는 것은 모든 만물이 죽었다는 것을 의미한다.

이렇게 反생명적인 해체시는 환유적인 사유구조로 형성되어 있다. 환유란 기표와 기의의 분리를 지향한다.[11] 일상화된 삶에 총체적 질서와 의미를 부여해주는 것이 원래 언어의 고유 기능이다. 기의는 사물들 사이의 총체적 질서를 반영하는 것이다. 언어적 질서란 사물들 사이의 총체적 질서를 모방한 것이다. 이러한 질서 상태를 지향하는 사유구조를 우리는 은유라 부른다. 은유란 하나의 이데올로기이다. 꿈이다. 특히 근대체험 이후 은유는 사물들 사이의 총체적 질서를 파괴하는 힘에 대한 저항 이데올로기이다. 그에 비해 환유는 그렇게 파괴된 사물들의 정황을 폭로하는 양식이다. 환유노 하나의 저항이데올로기이다. 그러나 환유에는 생명이 없다. 모든 사물들은 죽어 있는 것으로 나타난다. 죽음으로써 그 죽음을 초래하는 것들에게 저항하는 방식이다. 사물의 생명, 곧 사물의 생명적 본질이 다름 아닌 기의이다. 그러나 후기산업사회로 들어오면 사물의 선험적 기의는 부정된다.[12] 환유에서 기표는 죽은 사물의 표면에서 자꾸 미끄러진다.

> 앙상한 눈들이 내린다.
> 헌 외투의 승려가 지나가고
> 식어버린 어휘들이 굴러다닌다.
> 현상의 미끄런 빙판 위로
> 여윈 발들이 달린다.
> 내벽엔 겨울 신앙이
> 못 박힌다.
> 로마인이 서너 명 해머를 들고
> 얼어붙은 시간을 깨고 있다.
> 사납게 외치면서 미래가

---

11) 금동철, 『한국현대시의 수사학』, 국학자료원, 2001, pp.29~32.
12) J. Derrida(김성도 역), 『그라마톨로지』, 민음사, 1996, p.125.

들창을 들여다보고 있을 때
갈릴리 내해에 잠드는 바람
갈릴리 내해에 눈은 내리고,
침울한 내장에 세계는 갈앉고,
차고 매운 발자국들이 수런대면서
황폐한 의식 위로 몰려간다.
모든 것은 닫히고 나는 서 있고
아득한 곳에서 기계가 울고 있다.
나는 꿈꾼다.
떨리는 귀에 들려오는 복음을,
깨어진 공간 위에 식어내린 햇빛을,
엷은 꿈들 위에 눈은 내리고
나는 소리치면서
어리석은 신앙으로 얼고 있다.

−<반란> 전문

　기의와 분리된 기표, 더 나아가 기의를 부정해버린 기표는 죽음에
이른다. 언어의 죽음을 오세영은 '식어버린 어휘'가 굴러다닌다고, '현
상의 미끄런 빙판' 위를 '여윈 발들'이 달린다고 표현하고 있다. 기표
와 기의가 행복하게 만나지 못하는 곳에 대화는 단절된다. 그럴 때 우
리의 의식은 황폐해진다. 모든 사물은 내 앞에서 문을 굳게 닫고 있고,
나는 그밖에 서서 얼고 있다. 서정적 언어란 본질적 언어이고, 본질적
언어란 대화적 언어이다.13) 기의를 부정해버리고 나면 대화는 죽고 없
어진다. 환유란 곧 대화의 죽음을 의미한다. 대화가 죽고 없어진 곳에
바로 이미지의 불연속성이 나타난다. 위의 시에 나타나는 해체적인 국
면, 이미지의 파편성은 바로 환유의 실체이다. 사납게 외치면서 미래

---

13) 최승호, 「조지훈 서정시학 연구」, 『한국적 서정의 본질 탐구』, 다운샘, 1998,
　　pp.19~21.

가 들창을 들여다보고 있을 때 갈릴리 내해에 바람이 잠든다는 것과 침울한 내장에 세계가 가라앉는다는 것은 내적인 연속성이 없다. 눈이 내리는 것과 침울한 내장에 세계는 가라앉는다는 것도 의미의 연속성이 없다. 이것들은 유사성이 아니라 인접성으로 연결될 뿐이다. 인접성이란 우연성의 산물이다. 필연이 없는 우연의 연발이란 무의미의 나열이고, 무의미란 바로 '어리석은 신앙'이라서 병든 주체는 모든 사물의 문 밖에서 얼고 있을 뿐이다.

그런데 무의미란, 곧 선험적 기의의 죽음이란 결국 신의 죽음을 의미한다. 오세영에게 있어서 신은 영원, 본질과 연결되는 개념인데, 그것은 모든 사물에다 총체성과 선험적 의미를 부여해주는 근원적 존재이다. 그런데 그의 초기 시에 나타나는 신은 죽어 있거나 병들어 있다.

> 결코 그 누구도
> 영원한 주인이 될 수 없는,
> 결코 그 어디도
> 영원한 목적이 될 수 없는
>
> —<차표> 부분

> 빈손으로 만져지는 생각을 제어하면서
> 직조공장의 여공들이
> 아침을 굴린다.
> 나사못이 빠진 직조기, 신의 언질은
> 관절마다 삐걱거렸다.
>
> —<감기> 부분

> 잠든 신의 머리칼을 바람이 달려들어
> 하얗게 씻어내릴 때
>
> —<포구의 닻줄> 부분

문을 밀치면 거기 놓인 십자가에
문득 와서 꽂히는 화살, 온 밤을 피가 흐르고
경험의 뜨락에 져버린 잎새들이
앙상한 그림자로 창가를 드리울 때,
한 마리 새가
문법의 가지를 차고 오른다.
난다. 파열하는 꽃잎 속을, 시간의
폭동 속을,

　　　　　　　　　　　　　　　　　　　　－〈날개〉 부분

　등단 이후 오세영은 초지일관 영원, 신, 하늘 등의 용어에 집착하고 있는 것을 볼 수 있다. 그에게 있어서 영원은 곧 하늘이고, 하늘은 신이다. 그런데 태양이 있는 하늘은 병들었고, 신 또한 죽어 있거나 병들었거나 잠들어 있다. 인생에게 영원한 주인이 되어 주지 못하는 것은 이미 신이 아니다. 영원한 목적이 될 수 없는 것도 이미 신이 아니다.

　그리고 신은 모든 사물들 사이 총체성의 근원, 동일성의 근거이다. 그런데 신의 말씀이 관절마다 삐걱거리고 있다. 관절이란 사물들 사이 동일성의 매체인데, 관절이 고장났다는 것은 동일성의 근거가 사라졌다는 것이다. 즉 신의 말씀이 제 기능을 못하고 있다는 것이다. 그렇게 해체된 삶의 모습을 나사못이 빠진 직조기에다 비유하고 있다.

　이렇게 동일성, 총체성이 파괴되고 해체되는 곳에서는 문법이 제 기능을 상실한다. 문법이란 곧 사물들의 질서이다. 거꾸로 질서의 파괴란 문법의 파괴를 가져온다. 이 모든 파괴는 신의 죽음 내지 부정에서 연유된다. 십자가에 화살이 꽂혀진다는 것은 신의 죽음 내지 부정을 의미한다. 신의 죽음은 모든 것의 의미를 상실케 만든다. 경험의 뜨락에 져버린 잎새들이 앙상한 그림자로 창가를 드리운다는 것은 의미의 상실을 뜻한다. 모든 사물의 의미가 사라진다는 것을 새가 문법의 가

지를 차고 오른다라는 식으로 드러내었다. 이때 경험하는 시간은 파열
되고 폭동처럼 우리를 덮쳐온다.

　이처럼 신이 죽어버렸거나 병들어 있는 상태에서 신이 관장하던 시
간은 비정상적인 것으로 나타난다. '부서지는 시간(<밀회>)', '음침한
시간(<도둑>)', '톱니, 저 관절에 끼인 시간(<불2>)', '잠든 시간(<불6>)',
'얼어붙은 시간(<반란>)', '여윈 시간(<음악회>)', '시간의 폭동(<날개>)',
'쓰러진 시간들(<풍금>)', '시간은 암초에 부서지다(<꽃>)' 등과 같이
비정상적인 것으로 나타나는 시간은 미래도 부정한다. 동시에 과거,
전통, 고전도 부정한다. 미래는 비전으로, 과거는 규범으로 존재하는
데 오세영의 초기 시에는 그 모든 것들이 부정된다.

　　　　무엇이 떠나든
　　　　하나의 신뢰할 절망을 원하면서

　　　　　　　　　　　　　　　　　　　－<3인의 가족> 부분

　　　　돌아오지 않는 미래를 향해
　　　　떠났다.

　　　　　　　　　　　　　　　　　　　－<빗속을 걸으며> 부분

　　　　불타는 서울의 술집들을 가리키면서
　　　　어디로 갈 것인가, 타버린 정신의 재
　　　　죽음, 혹은 창조의 불빛

　　　　　　　　　　　　　　　　　　　－<불> 부분

　　　　소멸의 한줄기 부서지는 별,
　　　　싸늘한 거리에서 고전들이 기웃거리고

　　　　　　　　　　　　　　　　　　　－<소등> 부분

      물결 위에 흩어지는 피. 저
      말라붙은 고전의 달빛 속을 흐린
      겨울이 낮게 흘러가고

                              ―<바람이여> 부분

   이처럼 오세영의 초기 시에서는 미래의 비전도 과거의 규범도 존재
하지 않는다. 사실 시적 구원이란 미래의 비전이나 과거적 규범에 의
존할 수밖에 없는데, 그런 것들이 없다는 것은 시적 구원을 포기해야
하는 상황을 초래한다. 이처럼 그의 초기 해체시에는 구원의 시학이
보이지 않는다. 서정시에 있어서 시적 구원이란 바로 모방의 대상을
발견하는 데 달려있다. 그 모방의 대상이 구원의 비전, 길을 제시해주
고, 흩어진 사물들의 잔해를 모아 하나로 통합해 준다. 이처럼 오세영
의 초기 시에는 구원의 길도, 통합의 길도 보이지 않는데, 그것은 바
로 신의 죽음을 전제로 하고 있기 때문이다. 형이상학적 존재인 신을
부정하는 데서 그의 디스토피아가 초래되는 것이다. 앞에서도 말했듯
이, 서정시는 항상 소망스런 이상적 대상을 설정하고 그것과 하나되고
싶어하는 욕망을 전제로 한다. 그러나 오세영의 초기 시에는 시적 주
체가 모방하고 싶어하는 대상이 전혀 나타나지 않는다. 우울한 디스토
피아의 세계는 결코 모방의 대상이 되어주지 못할 뿐만 아니라 오히
려 시적 주체마저 죽음으로 몰고 간다.

      내 살 속에서 희미한 불빛들이
      뛰어가고, 알콜이 출렁이는 바닷가에서
      이십세기는 불을 지핀다. 물질이 흘린
      피. 싸늘한,
      실용(實用)의 새는 날 수 있을까,
      어두운 내 얼굴을 날아서, 찬 서리 내린 굴뚝과

기계들이 죽은 무덤을 넘어서
어제의 어제를 넘어서
달에 도달할 수 있을 것인가.

전선에 걸린 달, 인간의 숲 속에서
전화가 울고 아흔아홉 마리의 이리가 운다.
저것 보라면서
불타는 서울의 술집들을 가리키면서
어디로 갈 것인가, 타버린 정신의 재
죽음, 혹은 창조의 불빛

-〈불1〉 부분

위의 시에서 바다는 알코올로 출렁이고 있다. 달은 전선에 걸려 있다. 한결같이 비정상적이고 병든 자연이다. 이때의 자연은 전통서정시에서처럼 모방의 대상이 되어주지 못한다. 이처럼 자연이 비정상적이고 병든 것으로 나타나는 것은 이십세기 전체가 불을 지피고 있기 때문이다. 그리고 내 육체 속에서도 미친 불빛이 뛰어가고 있다. 모든 물질들이 피를 흘리며 죽어가고 있다. 싸늘한 실용의 새는 과연 날 수 있을까 하고 실용주의와 그것의 산물인 자본주의 문명에 회의를 표시한다. 이 모든 죽음의 세계를 넘어 달에 도달하고자 하나 그 달 역시 죽음의 그늘을 드리우고 있다. 그리고 주체 역시 그러한 꿈을 이미 포기하고 있다. 이처럼 디스토피아로 나타난 그의 초기 시는 철저히 反미메시스적 성격을 띠고 있다.

3. 중기 낭만적 戀詩의 은유와 미메시스

오세영의 초기 시가 해체시로 되어 있어서 서정적 질서와 그것을 가능케 하는 형이상학적 존재를 부정했다면, 그의 중기 서정시들은 확고한 서정적 질서를 구축하고 있을 뿐만 아니라 그 서정적 질서를 받쳐주는 형이상학적 존재를 확보하고 있다. 이 시기 오세영의 대부분의 서정시들은 낭만풍의 연시로 이루어져 있다. 사랑시는 순수서정시의 정수를 형성하고 있다. 왜냐하면 사랑시야말로 가장 완벽한 서정적 대상을 확보하고 있기 때문이다. 사랑시에 나오는 서정적 대상은 서정적 자아가 합일하고 싶어하고, 동화하고 싶어하고, 닮고 싶어하는 가장 이상적 존재로 나타난다. 순수서정시가 미메시스적 성향을 띠고 있다는 것은 서정적 주체가 그 대상과 합일하고 싶어하는 욕망 때문이다. 이때 서정적 대상은 단순히 일상적이거나 세속적인 것이 아니다. 순수서정시에 있어서 대상은 완벽하고도 완전한 이상적 존재로 당위적 존재로 나타난다. 서정적 주체가 닮고 싶어하는, 자기 고양을 위해서 모델로 삼고 싶어하는 대상이다.

이러한 순수서정시는 은유구조로 나타난다. 은유란 차이를 인정한 가운데서 유사성을 찾는 사유방식이다. 서정적 주체와 대상은 어차피 서로 차이를 지닐 수밖에 없다. 그러나 그런 차이에도 불구하고 서로 유사성을 찾을 수 있고 찾으려 하는 것이 은유이다. 은유적 사고의 대상은 앞에서 말한 대로 완벽하고도 당위적인 존재이다. 이런 당위성이 없으면 주체가 모방할 만한 대상이 못된다.

　　님은 가시고
　　꿈은 깨었다.

　　뿌리치며 뿌리치며 사라진 흰옷,
　　빈손에 움켜진 옷고름 한 짝,
　　맺힌 인연 풀 길 없어

보름달 보듬고 밤새 울었다.

열은 내리고
땀에 젖었다.

휘적휘적 사라진 님의 발자국,
강가에 벗어논 헌 신발 한 짝,
풀린 인연 맺을 길 없어
초승달 보듬고 밤새 울었다.

배갯머리 놓여진 약탕기 하나,
이승의 봄밤은 열에 끓는데,
님은 가시고
꿈은 깨이고.

-<님은 가시고> 전문

　여기서 보이는 '님'은 서정적 주체가 너무나도 닮고 싶어하고, 일체화되고 싶어하는 모방의 대상으로 나타난다. 님은 때로 "강가에 벗어논 헌 신발 한 짝" 때문에 인간적인 존재로서 연인으로 나타나기도 하고 때로 절대적 존재로 나타나기도 한다. 부연하면, 님은 異性的 존재, 곧 에로스의 대상이기도 하고 신과 같은 형이상학적 존재이기도 하다. 오세영의 연시 전편에 나타나는 님, 당신, 너는 바로 이러한 두 가지 의미가 오버랩된 존재이다. 이러한 의미에 있어서 오세영의 연시는 한용운 계보에 닿아 있다 하겠다. 한용운에게서와 마찬가지로 오세영에게서도 '님'과 서정적 주체는 '행복한' 주종관계를 형성하고 있다.

　오세영의 위의 연시에서 '님'은 현재 떠나고 없는 존재, 곧 '숨은 신'으로 나타난다. 그 님과의 이별은 곧 낙원상실이고, 님과의 해후는 낙원회복이다. 님과 이별하기 전 님과 함께 하던 행복했던 시절은 언제나 과거이다. 그런데 여기서의 님(신)은 잠시 떠나 있거나 그 모습을 감추었을 뿐이지 죽은 것이 아니다.

숨은 신은 숨은 대로 신으로서의 역할을 다하고 있다. 숨은 신으로서의 '님'은 오세영의 낭만적 연시에서 서정적 질서를 확보해주고 있다. 위의 시는 앞의 초기 시와 달리 하나의 완벽한 구조물로 되어 있다. 이미지와 사물들이 불연속적이거나 파편적이지 않고 총체적으로 연결되어 있다. 즉 사물들 사이의 관계가 우연적이지 않고 필연적이다. 그 필연성의 근거는 바로 '님'이다. 이때 '님'은 모든 사물에다 의미와 가치를 부여해주고 사물들 사이의 총체적 진실을 보장해주고 있다. 이처럼 '님'은 서정적 총체성의 근원으로 기능하는 존재이다.

하나의 완벽한 총체적 구조는 은유 때문에 가능하다. 은유란 서정적 주체가 대상으로서의 세계에다 총체적 질서를 부여하는 행위이다. 이때 서정적 주체는 소위 '동일화', '세계의 자아화'를 수행하는 존재이다. 님과 하나가 되고 싶어하는 서정적 주체는 님의 떠남으로 인해 파탄에 빠져 있다. 님과의 이별은 곧 '무명(無明)'의 세계로 떨어지는 것이기 때문이다. 불교 식으로 말해서 님이 떠나고 없는 현실세계는 곧 색과 욕으로 점철된 고통스런 세계이다. 서정적 주체는 이 '無明'의 세계에서 벗어나고 싶어하는데, 그것은 오로지 님과의 해후에서만 가능하다. 님과의 해후는 곧 낙원회복이다. 이처럼 오세영의 '無明戀詩' 시리즈는 낙원을 상실한 서정적 자아가 다시 그것을 회복하고 싶어하는 강렬한 파토스로 이루어져 있다. 파토스는 시적 자아가 중심이 되어 대상과 하나되고자 하는 열망에서 빚어진다. 즉 파토스는 주체중심주의적 사고, '세계의 자아화'라는 지극히 주관적인 사유방식 때문에 빚어진다. 오세영의 서정시를 파토스로 끌고 가는 이 열망은 서정적 질서를 확보하고 싶어하는 시적 주체의 꿈꾸기에서 비롯된다. 오세영의 낭만적 연시가 잘 짜여진 구조로 되어 있는 것은 바로 그런 열정 때문이다. 이 열정 때문에 자아는 초승달을 보듬고 보름달을 보듬고 밤새 울 수 있고, 봄밤 열로 펄펄 끓을 수 있는 것이다.

　은유란 낙원 회복을 겨냥하고 있다고 앞에서 말했다. 낭만적인 은유란 항상 과거 내지 미래로 향하고 있다. 은유란 철저히 비현재적이다.[14] 절대적인 님과 함께 하고 있던 과거를 그리워하는 것이 은유의 한 축이라면, 님이 떠난 절망적 상태에서 언젠가 돌아올 님을 기다리는 것이 은유의 다른 한 축이다. 그리하여 은유는 언제나 방향성을 지니고 있다. 이 방향성 때문에 은유는 하나의 열망이 될 수 있다. 이 은유적 열망을 가능케 하는 것은 바로 모든 사물에다 그 의미와 가치를 보장해 주는 '님'이다. 님은 곧 은유적 사고의 목표이다.

　　금간 항아리여라,
　　靑玉빛 하늘은 깨지고,
　　七寶의 별들은 부서지고
　　빈방 홀로 새는 등불이어라.

　　금간 봄밤이어라,
　　실비 여읜 뺨에 흘러내리고,
　　강바람 마른 하상 휘몰아치고,
　　잔물결에 뒤척이는
　　나룻배 하나.

　　어디로 갈까,
　　天地四方에 님의 말소리.
　　天地萬物에 님의 숨소리.
　　어디로 갈까,

---

14) 서　림, 「시의 힘, 언어의 힘」, 『문학사상』, 2001년 11월호, pp.230~239.

뒤척이는 비단 요에
금팔찌 하나,

금간 보석이어라
靑玉빛 하늘은 깨어지고
七寶의 별들은 부서지고

-<봄 밤> 전문

‘님’이 떠나고 나면 모든 것은 깨어지고 무너지고 부서진다. 하늘도 별도 모두 파괴된다. 이처럼 시적 자아에게 있어서 ‘님’은 만물의 존재 근원이자 절대적 존재이다. ‘님’이 떠난 후 서정적 자아가 취할 수 있는 것은 바로 님과의 재회를 위한 간절한 소망뿐이다. ‘님’이 돌아와야만 모든 사물이 회복되고 그 고유의 의미를 되찾을 수 있는 것이다. 이처럼 오세영의 낭만적 연시에서는 서정적 방향성이 ‘님’에게로, ‘숨어버린 님’에게로 모아져 있다. 그 님은 결코 죽지 않고 숨어서 말소리와 숨소리로 자신을 드러내 주고 있다. 천지사방에서 천하만물 속에서.

오세영의 낭만적 연시에 나오는 ‘님’은 바로 모방의 대상, 닮고 싶어하고, 베끼고 싶어하는 모델로 나타나는데, 그 님은 항상 자신의 얼굴을 계시의 형식으로 보여줄 뿐이다.

그대는 초록 바다 깊은 심연에
은빛 퍼덕이는 물고기 비늘,
그대는 사월 실비 머금은
복사꽃 망울,
그대는 月印千江에
떠가는 돛배,
그대의 어항 속에 잠든 금붕어,

그대의 쟁반 위에 먹힌 복숭아,
그대의 꿈속에서 떠가는 돛배.

-<님의 얼굴> 전문

　여기에 보이는 모든 사물들은 님의 얼굴이 현시된 모습을 하고 있다. 만물에 님의 모습이 각각 만물의 본성대로 나타나 있다. 그리고 그 만물들은 '님'을 중심으로 총체성의 질서를 형성하고 있다. 이처럼 오세영의 낭만적 서정시에 나타난 세계는 매우 소망스럽고도 이상적인 상황을 이루고 있다. 이 이상적인 상황이 바로 서정적 질서를 가능케 한다. 이 질서가 언어적으로 표현될 때 하나의 완벽한 은유구조를 형성한다. 오세영의 낭만적 서정시들은 이렇게 하나의 단단한 총체성의 세계를 지향하고 있다. 그리고 그러한 서정적 총체성의 세계를 가능케 하는 것은 오세영이 꿈꾸고 있는 이데아의 세계 때문이다. 바로 '無明' 현실을 초월해 있는 '서쪽 세계' 때문이다. 이 '서쪽 세계'야말로 오세영의 '무명연시'의 궁극적인 모방의 대상이 되는 것이다.

씻겨질거나,
맨살에 남겨 놓은
님의 발자국.
서으로 떠나버린
님의 발자국.

-<연분> 부분

　원래 서정적 자아는 '님'과 지독하게 한 몸을 이루고 있었던 것으로 나타난다. 님의 옷에 밴 나의 혈흔은 물로 빨아질 것 같지 않고, 나의 맨살에 남겨 놓은 님의 발자국도 물로 씻겨질 것 같지 않다. 서정적 자아와 더불어 그만큼 강렬하게 완벽하게 합일을 이루고 있던 대상은 '서쪽 세계'로 가버렸다. 이제 그 님이 있는 '서쪽 세계'야말로 가장 완벽한 樂土로서 모방의 대상으로 나타난다. 그 '서쪽 세계'는 시간을 벗어난 영원한 세계로 그 모습을 보이고 있다. 서정시란 양식은 바로 시간의 파괴적인 압박과 그것으로 인해 빚어지는 허무로부터 초월적으로 벗어나는, 영원한 세계를 지향한다. 초기 해체시가 시간의 죽음을 전제로 하고 있다면, 중기 낭만적 서정시는 '영원한 시간'을 지향하고 있다. 이 영원한 시간을 획득할 때 서정적 구원이 가능해지는 것이다.15)

<blockquote>
길은 아무데나 있다.
아사녀야,
물로 가는 길, 불로 가는 길,
영원으로 가는 길은 아무데나 있다.
네가 묻는 길은
바람의 길,
또 네가 묻는 길은
안개의 길,
바람을 헤치며, 안개를 헤치며
네가 본 것은
너의 얼굴이다.
수면 위로 떠오른 가랑잎
너를 바라보는 내 눈이다.
</blockquote>

―<영원으로 가는 길> 전문

님에게로, 서쪽 세계로, 영원한 세계로 가는 길은 도처에 있다고 시

---

15) 최승호, 「<落花>에 나타난 무시간성과 제유적 세계 인식」, 이숭원 외 『시의 아포리아를 넘어서』, 이룸, 2001, pp.265~267.

적 화자는 말하고 있다. 왜냐하면 '님'은 우주 도처 만물 속에 들어있기 때문이라는 것이다. 만물을 통해 道를 찾고 영원에 이르는 방법은 이제 하나의 초월적인 은유로 끝나지 않고 제유로 연결된다.

4. 후기 자연서정시의 제유와 미메시스

오세영의 초기 해체시는 파편적이고 해체된 사물들의 관계를 기계적으로 반영하는 데 그쳤고, 중기 낭만적 연시들은 '님'을 중심으로 총체성을 형성하고 있었다. 또한 초기 해체시가 주체의 죽음을 그 특징으로 하고 있었다면, 중기 낭만적 연시들은 주체중심주의를 그 토대로 하고 있었다. 이것들에 비해 오세영의 후기 자연서정시는 유기적인 구조를 형성하고 있다. 해체적인 구조는 아예 완결된 구조를 부정한다. 사물들 사이의 연속성, 유사성을 부정하기 때문에 꽉 짜여진 틀을 형성하지 못한다. 사물들 사이의 긴밀한 관계를 가능케 하는 중심(주체)이 없기 때문이다. 이러한 중심 부재가 바로 환유구조를 형성한다. 그리고 이러한 환유구조로 구성된 사물들은 전혀 모방의 대상이 되지 못한다. 이에 비해 은유는 총체성을 지향한다. 초월적인 주체를 중심으로 하여 사물들이 긴밀하게 연속성, 유사성을 띠고 얽혀 있다. 은유적인 형태로 결합되어 있는 사물들은 모방의 대상이 된다.

이에 비해 '유기적 구조'는 총체성도 파편성도 거부한다. 사물들 사이 관계가 내적으로 연속성을 보이고 있으면서도 초월적 주체를 인정하지 않기 때문에 민주적인 관계를 보이고 있다. 사물들은 서로 부분적으로 독자성을 유지하면서도 내부적으로 긴밀히 연속되어 있다. 초월적인 중심을 부정하면서도 긴밀히 연속되어 있는 사물들은 각자가 하나의 중심을 형성하고 있다. 이러한 사물들은 총체성의 구조에서처럼 논리적이거나 인과적인 관계를 맺고 있지 않다. 논리가 아니라 직관에 의해 파악되는 이러한 많은 작은 중심들 사이에는 '虛(구멍)'가 존재하는데, 이 구멍이 바로 여백이다. 이 여백을 사이에 두고 사물들은 소위 제유적 관계를 형성하고 있다. 제유란 주지하다시피 부분으로 전체를 설명하고, 부분과 부분이, 부분과 전체가 상호 유기적으로 긴밀한 관계를 맺고 있는 삶의 방식이다.[16]

> 한 철을 치악에서 보냈더니라.
> 눈 덥힌 묏부리를 치어다 보며
> 그리운 이 생각 않고 살았더니라.
> 빈 가지에 홀로 앉아
> 하늘 문 엿보는 산까치같이,
>
> 한 철을 구룡에서 보냈더니라.
> 대웅전 추녀 끝을 치어다 보며
> 미운 이 생각 않고 살았더니라.
> 흰 구름 서너 짐 머리에 이고
> 바람 길 엿보는 風磬같이,
>
> 그렇게 한 철을 보냈더니라.
> 이마에 찬 산그늘 품고,
> 가슴에 찬 산자락 품고
> 산 드릅 속눈 트는 겨울 한 철을
> 깨어진 기와처럼 살았더니라.

―<속구룡사시편> 전문

---

16) 최승호, 「제유적 세계인식과 서정적 대응방식」, 최승호 편, 『21세기 문학의 동양시학적 모색』, 새미, 2001, pp.144~148.

앞에서 말했듯이 사물의 제유적 관계란 민주적 관계이다. 인식 주체가 중심이 되어 세계를 자아화시키는 것이 아니다. 조지훈의 말처럼 자아의 대상화와 대상의 자아화가 동시에 대등한 관계로 이루어진다. 邵康節이 말하는 '以物觀物'의 정신이 실현되는 방식이다. 以物觀物이란 서정적 주체가 인식되는 사물의 입장이 되어 사물을 파악한다는 사고방식이다.[17] 위의 시에는 이물관물의 태도가 잘 드러나 있다. 치악산에 들어와 자연 景物을 바라보는 서정적 자아는 세계를 일방적으로 자아화시키는 위치에 서는 것을 거부한다. 오히려 서정적 자아는 사물의 하나로 자신을 낮추고 있다. 그는 자신을 빈 가지에 홀로 앉아 하늘 문을 엿보는 산까치 같다고 표현하고 있다. 그리고 계속해서 자신을 흰 구름 서너 짐 머리에 이고 바람 길 엿보는 風磬 같다고, 깨어진 기와 같다고 표현한다. 여기서 풍경이나 깨어진 기와는 원래 인공물이지만 작품 속에서 하나의 자연물로 나타난다. 왜냐하면 산사 속의 삶이라는 것 자체가 자연화를 지향하고 있기 때문이다.

자연화, 인간과 자연이 온전히 하나로 만나고 있는 모습, 소위 이물관물의 완전한 모습은 제3연 '이마에 찬 산그늘 품고,/ 가슴에 찬 산자락 품고'에서 확연히 드러난다. 인식 주체로서의 서정적 자아는 절대로 사물보다 우위에 서 있지 않다. 그렇다고 아래에 위치해 있지도 않다. 완전히 사물의 입장에서 사물을 이해하려 한다. 이것이 바로 제유적 세계 인식방법이다. 그런데 제유는 앞의 환유나 은유와 마찬가지로, 세계인식 방법으로 끝나는 것이 아니라 새로운 세계의 구성 방법이 되기도 한다. 오늘날 수사학이란 단순한 도구학을 넘어서서 세계에 대한 새로운 인식방법이 되고 있다. 뿐만 아니라 그것은 적극적으로

---

17) 박 석, 「宋代 理學家 文學觀 硏究」, 서울대학교 박사학위논문, 1992, pp.68~74.

세계구성 방법으로까지 나아가고 있다. 오세영의 후기 자연서정시에 있어서 서정적 주체는 세계를 자아화, 타자화 시키는 근대적인 사고방식을 버리고 인간과 자연이 서로 대등한 입장에서 공존하는 삶의 방식을 택한다. 제유란 동일성을 지향하면서도 그 동일성을 주체 중심적으로 폭력적으로 달성하지 않는다. 그런 의미에서 제유란 민주적인 상호 공존을 지향한다.[18)]

> 산이 온종일
> 흰 구름 우러러 사는 것처럼
> 그렇게 소리 없이 살 일이다.
> 여울이 온종일
> 산 그늘 드리워 사는 것처럼
> 그렇게 무심히 살 일이다.
> 꽃이 피면 무엇하리요.
> 꽃이 지면 또 무엇 하리요.
> 오늘도 山門에 기대어
> 하염없이
> 먼 길을 바래는 사람아,
> 산이 온종일
> 흰 구름 우러르듯이
> 그렇게 부질없이 살 일이다.
> 물이 온종일
> 산 그늘 드리우듯이
> 그렇게
> 속절없이 살 일이다.

-<山門에 기대어> 전문

---

18) 최승호, 「박용래론 : 근원의식과 제유의 수사학」, 『우리말글』 제20호, 2000, pp.415
　　~418.

제유로 이루어진 동양적 산수시, 자연서정시에 있어서도 시적 대상은 완벽한 이상적인 자연으로 나타난다. 서정적 자아가 다가가 하나로 합일하고 모방하고 닮고 싶어하는 대상은 당위적인 관념화된 자연이다. 인간의 유토피아적인 이데올로기가 투영된 자연이다. 모방의 대상이 된다는 것은 결코 일상적인 것에 멈출 수가 없다. 오히려 세속적이고 일상적이고 찰나적인 것, 분요한 것을 버리고 자연 속에 들어와 자연과 더불어 자연스럽게 사는 것을 지향한다. 이런 자연스런 삶은 근대 자본주의적인 삶의 방식에 대한 하나의 미학적 저항이 된다. 심미적인 저항 방식으로서의 근대 자연서정시에는 서정적 진보, 도덕적 진보를 향한 열망이 담겨 있다고 볼 수 있다.

이러한 이상적 대상, 관념화된 대상으로서의 자연은 이미 단순한 'nature'가 아니다. 그것은 정신적인 의미를 내포한 형이상학적 자연이 된다.[19] 오세영의 후기 산수시에는 이처럼 신격화된 자연이 나온다. 이 자연은 하나의 낙원으로 존재한다. 여기서 낙원으로서의 자연은 서정적 주체에 의해 '발견'되는 것이지 회복되는 것이 아니다. 은유가 과거와 미래로 연결되고 있어서 '회복되는 낙원'을 지향한다면, 제유는 '언제나 발견될 수 있는 낙원'을 지향한다. 제유적 세계인식에 있어서 자연은 항상 낙원으로서 우리 주위를 감싸고 있다. 단지 인식 주체의 마음이 흐려져서, 욕심 때문에 자연이 낙원이라는 것을 깨닫지 못하고 있을 뿐이다. 인간이 탁한 마음을 정화시키기만 한다면, 언제든지 낙원으로서의 자연을 발견할 수 있다는 것이다. 제유에 있어서 낙원으로서의 자연은 상실된 적이 없었으니 회복될 성질의 것도 아니다. 신과 같은 자연은 항상 우리 곁에 존재하고 있다는 의식을 전제로

---

19) 서 림, 「도시적 서정시의 맥락과 현재적 가능성」, 『시와사상』, 2002년 봄호, pp.27
  ~28.

하고 있다.[20]

이러한 완벽한 자연, 신으로서의 자연이 바로 모방의 대상으로 존재한다. 제유적 사고에 있어서 모방은 소위 정경교융과 같은 방식으로 이루어진다. 제유에 있어서 대상은 은유에서보다 위상이 한층 더 높아진다. 동양에서 심신수양을 말할 때 자연을 들고 나오는 것 자체가 자연의 높아진 위상을 드러내는 것이다. 산수시나 산수화의 이념은 세속 가운데서 혼탁하게 살아가는 인간이 산수의 완전함을 보고 닮고 배우고 베껴간다는 것을 전제로 하고 있다. 인격수양이란 자연을 모방하는 데서 가능하다는 것이다. 따라서 정경론에서 이루어지는 서정적 합일은 결코 주체 중심적일 수가 없는 것이다.

초기 해체시에는 낙원이 아예 존재하지 않는다. 낙원을 가능케 하는 신이 죽어 있거나 병들어 있기 때문이다. 중기의 낭만적 서정시에서 신은 숨어 있거나 잠시 떠나 있다. 낙원의 회복이란 잠시 떠나있던 신이 다시 도래하는 것이다. 그에 비해 후기 자연서정시에 있어서는 낙원이 항상 우리 주위에 놓여 있다. 신은 죽지도 떠나지도 않고 언제나 인간 주위에서 인간을 둘러싸고 있다. 낭만적 서정시에 있어서 낙원은 회복되는 것이지만, 동양적 자연서정시에 있어서 그것은 발견되는 것이다. 따라서 제유에 있어서 서정적 동일성은 인위적인 것이라기보다 자연적인 것이다. 이물관물은 그냥 그렇게 자연스럽게 자아와 사물이 사이좋게 공존하는 것을 이상시한다.

　　다람쥐 좇아 바위 넘으면
　　여울물 막아서고,
　　여울물 좇아 계곡 건너면

---

20) 서　림, 「도시적 서정시의 맥락과 현재적 가능성」, pp.28~29.

물푸레 막아서고,
물푸레 좇아 숲 오르면
언덕에 다소곳이 서 있는 소나무.
여름 한나절 길기도 하여
청솔 그늘 아래 오수는 달다.
하늘은 못내 심심하여
흰 구름을 날리고,
흰 구름은 짐짓 솔바람 흘리고,
솔바람은 살풋
코끝 간질이는데
어이할꺼나.
히늘 문 앞에 두고 잠자는
그대,
못내 심심하여 눈 감은
그대.

─<낮잠> 전문

제유에는 '주인'이 따로 없다. 앞의 은유에서 보이던 주종관계가 사라진다. 모두가 손님으로 생명잔치에 평등하게 초대되었을 뿐이다. 제유에서는 우주를 거대한 생명의 꽃밭, 잔치 밭으로 인식한다. 제유는 한마디로 생명시학 내지 생태시학을 지향한다. 모든 사물들이 각기 타고난 생명적 본질을 최대한 발휘하며 자신의 생명력을 구가하는 것을 생의 목표로 삼고 있다.

근대 체험 이후 동양의 생명시학은 근대의 부정성을 극복하는 하나의 대안으로 떠오르고 있다. 파시스트적 속도에 끌려 다니거나 휘둘리지 않으려는 태도는 멀리 1930년대 후반 문장파의 자연시에서도 발견된다. 자연시의 이념이 전근대까지는 하나의 지배이데올로기로 작용하였다면, 근대 이후는 산업화 이데올로기의 부정성에 저항하는 이데올로기로 작용하고 있다.[21] 전근대에 있어서 자연시의 이념이 통합을 강조할 때, 그 통합이 새로운 생성을 억압하는 쪽으로 작용했다고 볼 수 있다. 그러나 근대 이후 자연 서정시의 이념은 지나친 해체에 대한 경계, 저지의 수단이 된다. 이제 서정시는 하나의 이념적 수단이다.

앞의 시 <낮잠>은 제목에서부터 매우 반근대적인 뉘앙스를 풍긴다. 느림 또는 게으름의 철학은 근대라는 거대한 폭풍 속[22]에서 자신의 주체성, 동일성을 유지하려는 전략이다. 그래서 청솔 그늘 아래 오수는 달다. 낮잠은 시적 주체가 근대라는 폭풍에 휘둘리지 않고 자신의 생명력을 즐기는 행위이다. 근대 이후 서정시라는 것 자체가 오수에의 꿈인지도 모른다. 이러한 생명의 공간은 한결같이 靜寂한 상태로 나타난다. 단순한 靜寂이 아니라 寂寞에 가깝다. 적막은 불교적인 미감과 연결된다. 적막한 가운데 모든 생명체들이 서로 긴밀하게 조화를 이루며 자신의 생명력을 즐기고 있다. 이러한 이상적인 자연 속에서의 삶을 모델로 하여 모방하고 있는 것이다. 모방은 언제나 당위적인 것이다. 그리고 거기에는 인간의 관념이 깃들어 있는 것이다. 다시 말해서 제유 역시 서정적 진보를 꿈꾸는 하나의 이데올로기이다. 그것은 근대의 부정성을 극복하고 새로운 세계를 구성하려는 하나의 대안으로 떠오르고 있다.

>   분분히
>   하얀 설편(雪片) 흩날려서
>   봄 미나리 파란 새순에 앉아
>   겨울 꽃이다.

---

21) 최승호, 「이병기, 근대에 대한 서정적 대응 방식」, 『한국적 서정의 본질 탐구』, 다운샘, 1998, pp.43~53.
22) 발터 벤야민(반성완 역), 『발터 벤야민의 문예이론』, 민음사, 1983, p.348.

물색 없이 노란 강아지 한 마리가
천방지축
눈밭을 헤집고 다닌다.

흰 나비떼를 좇아
팔랑팔랑 장다리 꽃밭을 뛰어다니는
해맑은 소녀의 원피스.

-<풍경> 전문

위의 작품은 하나의 이상적인 제유적 세계인식을 보여주고 있다. 생명적인 면에서 개체들은 서로 조화되어 있을 뿐만 아니라 약동을 보이고 있다. 즉 생명력의 면에서 모든 사물들이 상호 확산적인 교감을 보이고 있다. 소위 유기적 관계를 형성하고 있다. 작품 속 사물들 사이에만 평등하고 민주적인 관계, 곧 제유적인 관계가 형성된 것이 아니라, 서정적 자아와 대상 전체 사이에도 그런 관계가 형성되어 있다. '풍경'이란 자아중심주의를 벗어난 이물관물의 상태에서나 가능한 것이다. 동양의 산수시가 일종의 風景詩로 되어 있다는 것은 시사하는 바가 크다. 풍경시에서 바로 이물관물이 형성되는 것이다.

이렇게 평등하고 민주적인 관계로, 제유적 관계로 구성되어 있는 사물들은 각기 자신의 생명력을 즐기면서 상호 확산적으로 교감하고 있다. 이 교감의 방식이 곧 미가 실현되는 방식인데, 그 교감은 소위 '영원한 찰나', '영원한 현재'에서 이루어진다. 제유에서의 낙원 발견은 항상 순간적이면서도 영원한 의미를 지닌다. 그리고 그것은 항상 현재 시제로 나타난다. 순간적으로 직관적으로 파악된 우주의 생명현상이 영원성, 무시간성을 띠며 나타난다. 이 무시간성, 영원성은 세속적인 시간을 벗어난 곳에 고고하게 존재하며, 서정적 자아로 하여금 미학적 진보, 도덕적 진보를 이루어가게 유도한다. 제유적인 서정시가 꿈꾸는 세계는 바로 이러한 영원성의 세계이다. 이 영원성이 바로 모방의 대상이 되어준다. 그런 의미에서 제유의 시간은 항상 '현재'에 맞추어져 있다.23) 환유에서는 시간이 파괴되어 있고, 은유에서는 시간이 과거와 미래로 방향이 설정되어 있는 것에 비해, 제유에서는 이처럼 시간이 항상 현재로 맞추어져 있다. 왜냐하면 제유적 자연서정시에서의 낙원은 항상 현재적인 것으로 발견되기 때문이다. 자아가 마음만 잘 고쳐먹으면 그 낙원은 언제든지 발견되기 때문이다.

5. 꼬리말

본 논문에서는 오세영의 시 세계를 전체적으로 살펴보았다. 그의 시를 초기 해체시, 중기 낭만적 연시, 후기 자연서정시의 세 단계로 나누어 보았다. 이 세 시기의 시들을 미메시스의 관점에서 해석해 보았다.

먼저 초기 해체시는 산업화에 의해 해체된 삶을 반영하는 것을 특징으로 하고 있었다. 대상들은 해체 분열되어 있고 주체의 내면 역시 그러하였다. 그의 초기 해체시에는 주체의 죽음이 보이는데, 이 주체의 죽음은 중심의 상실을 초래하였다. 중심이 없어지니까 사물들 사이의 관계가 해체적으로 나타났다. 사물들 사이의 해체적 관계는 시간의 죽음을 가져오고 무질서와 혼돈을 초래하였다. 서정적 질서의 붕괴, 곧 디스토피아의 세계는 신의 죽음으로 인해 초래되었다. 이러한 디스토피아의 세계는 철저히 反미메시스적인 것이었다.

---

23) 서 림, 「시의 힘, 언어의 힘」, 『문학사상』, 2001. 11, pp.230~239.

초기 해체시에 비해 중기 낭만적 연시는 서정적 질서를 잘 구축하고 있었다. '님'이라는 초월적 주체를 중심으로 사물들이 서정적 총체성을 형성하고 있었다. 이 님과 함께 하고 있을 때 시적 자아는 낙원에서 살고 있었고, 님과의 이별은 낙원 상실을 가져왔다. 님과의 동일성을 추구하는 시적 자아는 은유적인 방식으로 세계를 인식하고 구성하고자 했다. 님을 중심으로 하여 하나의 잘 짜여진 세계를 구성한다는 것은 은유에의 의지의 산물이다. 은유란 서정적 주체가 이상적인 대상과 하나되고자 하는 열망에서 나온다. 이때 '님'과 서정적 주체는 일종의 '행복한' 주종관계를 형성하고 있다. 그리고 은유는 낙원 회복을 꿈꾼다. 서정적 자아에게 있어서 낙원 회복은 떠난 님과의 해후이다. 여기서 낙원을 보장해 주는 신은 죽은 것이 아니라 잠시 떠난 존재이다. 그러기에 언젠가 다시 도래해야 할 존재이다. 님은 '서쪽 세계'에서 완벽한 존재로 존재하고 서정적 자아는 '無明 세계'에서 그와의 합일을 꿈꾸고 있다. 오세영의 낭만적 연시에 있어서 궁극적인 모방의 대상은 '님'과 그 님이 살고 있는 '서쪽 세계'이다. 이것은 하나의 이데아의 세계이다. 이런 의미에서 은유란 하나의 방향성을 지니고 있다. 환유가 무질서 속에서 허무주의에 빠져 있음에 비해, 삶의 목적과 시간적 질서를 소중히 하는 은유는 희망의 담론을 생산하고 있다.

끝으로 그의 후기 자연서정시는 하나의 제유적 세계관으로 되어 있다. 그의 후기 시에 나타난 제유는 단순한 도구학도 세계인식의 방법에 그치는 것만도 아니다. 이제 그것은 근대적 삶이 빚어낸 부정성에 저항하고 대안을 제시하는 적극적인 삶의 방식이다. 그것은 이 세계를 보다 소망스러운 상태로 바꾸고자 하는 의지의 산물이다. 그의 후기 자연서정시는 이상적인 자연을 모방의 대상으로 상정하고 있다. 이때의 자연은 신격화되어 있고 신과 같이 항상 인간 주위를 감싸고 있다.

제유는 은유와 달리 낙원의 '발견'을 특징으로 한다. 상실된 낙원이 없으니 회복될 낙원도 없다. 인간이 그 마음만 잘 고쳐먹으면 언제든지 자신의 주위에 존재하는 낙원으로서의 자연을 발견할 수 있다는 것이다. 그리고 제유적인 세계 인식 내지 구성 방법은 초월적 주체 내지 중심을 거부한다. 파편성도 총체성도 거부하는 제유는 '유기적 관계'를 소중히 한다. 유기적 관계란 우주 내 모든 사물들이 주종관계를 형성하지 않고 상호 평등하고 민주적인 방식으로 공존하는 것이다. 주인 없이 손님들로만 초대된 생명의 꽃밭에서 서로 사이좋게 공존하면서 생을 즐기는 것이 그 목표이다. 이런 이상적인 생태공간이 미메시스의 대상으로 된다.

한편 사물들의 질서 내지 관계는 시간의식으로 나타나는데, 오세영의 초기 해체시에 있어서 시간은 파괴되어 있거나 해체되어 있다. 이 파괴된 시간의식이 시적 자아의 내면마저 파괴하고 말았다. 그리고 중기 낭만적 서정시에서는 시간이 과거나 미래로 초점이 맞추어져 있다. 이것은 은유가 지니는 방향의지와 연관된다. 마지막으로 후기 자연서정시에서는 시간이 무시간성, 영원성, 영원한 현재 등으로 나타난다. 제유란 순간적인 현재를 통해서 영원성에 이르는 방법이기 때문이다. 은유처럼 과거나 미래를 지향하고 있지 않기 때문에 방향성이 약하다. 그리하여 서정적 주체가 강렬한 파토스로 떨어지는 경우가 거의 없다. 그리고 시간적 질서가 잘 잡혀 있는 중기 은유적인 서정시와 후기 제유적인 서정시에서는 미메시스적 태도가 분명하게 나타나고, 시간이 파괴된 디스토피아를 드러내는 초기 환유적 모더니즘시에서는 反미메시스적 태도가 나타난다.

▌참고문헌

조지훈, 『조지훈전집』, 일지사, 1973.

최승호, 『한국현대시와 동양적 생명사상』, 다운샘, 1995.

최승호, 『한국적 서정의 본질 탐구』, 다운샘, 1998.

최승호 편, 『서정시의 본질과 근대성 비판』, 다운샘, 1999.

김경복, 『서정의 귀환』, 좋은날, 2000.

서 림, 『말의 처』, 새미, 2000.

최승호 편, 『21세기 문학의 유기론적 대안』, 새미, 2000.

최승호 편, 『21세기 문학의 동양시학적 모색』, 새미, 2001.

금동철, 『한국현대시의 수사학』, 국학자료원, 2001.

이숭원 외 26인, 『시의 아포리아를 넘어서』, 이룸, 2001.

Seidler, H., *Die Dichtung*, Alfred Kroner Verlag, 1965.

Wate, W. J.(정철인 역), 『서양문예비평사서설』, 형설출판사, 1964.

Benjamin, W.,(반성완 역), 『발터 벤야민의 문예이론』, 민음사, 1983.

Derrida, J.(김성도 역), 『그라마톨로지』, 민음사, 1996.

박 석, 「송대 이학가 문학관 연구」, 서울대학교 박사학위논문, 1992.

최승호, 「1930년대 후반기 시의 전통지향적 미의식 연구」, 서울대학교 박사학위논문, 1994.

오세영, 「포스트모더니즘의 한국적 수용」, 『서정시학』, 2000년 봄호.

— 2002, 『우리말글』 제24집

도시적 서정시의 맥락과 현재적 가능성

1. 들머리 – 도시공간, 새로운 구원의 처소

서정이란 하나의 강력한 이데올로기요 꿈이다. 특히 근대 체험 이후 서정이란 뚜렷한 방법적 자각을 동반하고 있다.[1] 주지하다시피 서정이란 서정적 자아가 대상과 하나되기를 꿈꾸는 삶의 양식이다. 전통적으로 서정은 자연을 대상으로 한 시에서 크게 발달되어 왔다. 자연서정시에 있어서 '자연'은 단순한 물리적 nature에 지나지 않는 게 아니다. 이때의 자연은 우리가 보고 느낄 수 있는, 있는 그대로의 자연이 아니라 응당 있어야 할 이상적인 자연으로 나타난다. 서구적인 전통과 닿아 있는 낭만적 자연시에서만 그런 게 아니라 동양적인 전통과 닿아 있는 소위 전통지향적 자연시에서도 사정은 마찬가지다.

우리가 도시적 서정시에 대해 알려면 자연서정시부터 먼저 이해할

---

1) 최승호, 「조지훈 서정시학 연구」, 『한국적 서정의 본질 탐구』, 다운샘, 1998, pp.11
~12.

필요가 있다. 자연서정시란 서정적 자아와 자연간의 교감 내지 일체화를 꿈꾸는 양식이다. 양식이란 삶의 방식이고 미학의 근본이다. 먼저 낭만적 자연서정시에 있어서 자연은 근대화에 의해 파괴되기 이전의 자연상태를 지칭한다. 낭만주의자들에게 있어서 자연은 까마득한 과거의 것으로 나타난다. 그것은 산업화에 의해 파괴되기 이전의 완벽한 것으로서 모든 것의 근원으로 나타난다. 이때의 이상적인 목가적인 자연은 산업화된 도시에서 죄악으로 가득 찬 삶을 살아가는 사람들의 영혼을 치유하고 사회와 역사를 바로잡을 수 있는 근원으로 나타난다. 즉 산업화로 파괴되고 해체된 삶을 사회를 재통합할 수 있는 근원으로 나타난다. 따라서 작품 속에 나타난 동경의 대상으로서의 과거적인 자연은 당연히 미래적인 의미를 동반하게 된다. 서정적 자아가 합일하고 싶어하는 과거의 낙원은 실상 미래 언젠가 이 땅에 도래해야 할 이상적인 유토피아로서의 의미를 지닌다. 과거 낙원의 모습은 현재의 타락한 삶을 비판하고 개혁할 수 있는 미래적 지표가 된다. 이처럼 낭만주의자들에게 있어서 자연은 낙원으로서 과거적인 것인 동시에 미래적인 것이다. 그리하여 그들에게 있어서 '잃어버린' 낙원은 미래 언젠가는 꼭 '회복'되어야 할 그 무엇이다. 이러한 이상적인 자연은 인간으로 하여금 모방하고 싶어하는 대상이 된다. 모방이란 이상적인 대상을 상정하고 그것을 닮으려는 은유적 행위이다. 이런 의미에 있어서 모방이란 '동화'의 다른 이름이다.[2]

그에 비해 동양적 전통에 닿아 있는 자연서정시에 있어서 자연은 언제나 완벽한 낙원으로 존재한다. 까마득한 과거에도 낙원이었고 현재에도 낙원으로 존재하고 앞으로도 영원히 낙원으로 존재할 것으로

---

2) 최승호, 「오세영 서정시의 미메시스적 읽기」, 오세영 교수 화갑논총 간행위원회 편, 『오세영의 시, 깊이와 넓이』, 국학자료원, 2002, pp.18~19.

상상되고 있다. 따라서 그것은 잃어버릴 수도 없고 동시에 미래 언젠가 회복될 그 어떤 것도 아니다.

동양사상에 있어서 자연은 그 자체 지고지순한 것으로서 절대적인 의미, 신적인 의미를 지닌다. 인간이 자연과 완벽하게 만나지 못하는 것은 인간의 마음이 흐려져 있기 때문으로 보고 있다. 자연 사물들은 언제나 완벽한 상태로 인간을 향해 그 본질을 열어 보이고 있는데, 인간만이 그렇지 못하다는 것이다. 따라서 인간이 자신의 마음만 잘 고쳐먹으면 언제나 그 둘 사이에 합일이 가능하다는 것이다. 이 때의 합일이란 기실 '발견'의 다른 이름이다. 언제나 우리 주위에서 완벽하게 존재하는 자연을 발견하기만 하면 합일은 저절로 이루어지는 것이다. 여기서는 낙원이 회복되는 것이 아니라 '발견'되는 것이다.[3] 그냥 자연으로 돌아가기만 하면 되는 것이다. 따라서 여기서의 서정적 통합 내지 동일성이란 시적 자아와 사물간의 상호 공존을 뜻한다. 낭만주의자들에게서 보이는 것처럼 잃어버린 낙원을 회복하기 위한 주체 중심의 노력이 보이지 않는다. 이때의 자연 역시 낙원으로서 개인의 삶의 문제, 사회문제, 역사문제를 해결할 수 있는 근원, 통합의 근원으로 떠오른다. 근대 이후 발생한 모든 문제를 해결할 수 있는 유일한 근원으로서의 낙원 개념이 들어있다. 전통지향적 자연서정시 역시 앞의 낭만적 자연시와 마찬가지로 신격화된 절대적 자연 개념을 가지고 있다.

이처럼 전통지향적인 자연서정시에 보이는 완벽한, 신격화된 자연 역시 모방의 대상이 된다. 동양의 산수시나 산수화란 부족한 인간이 완벽한 자연을 본받고 모방하여 자신의 삶을 완성시켜 나간다는 미학

---

3) 최승호, 「오세영 서정시의 미메시스적 읽기」, pp.36~37.

정신을 함유하고 있다. 물아일체란 이와 같이 시적 자아가 동화되고 모방하고 싶어하는 이상적 자연을 전제로 할 때 성립되는 개념이다.

지금까지 살펴본 대로 자연서정시에 있어서 자연은 매우 관념화된 것으로 나타난다. 하나의 정신적인 의미가 그 속에 내포되어 있다. 서정적 자아가 자연과 합일하고 싶어하는 이면에는 정신적 차원이 들어가 있는 것이다. 이상에서 살펴본 바와 같이 자연서정시에 있어서 대상인 자연은 있는 그대로의 자연이 아니라 있어야 할 이상적 자연임을 알 수 있다. 있어야 할 이상적인 자연이라는 의미에서 자연 그것은 매우 본질적인 성격을 확보하고 있다. 이런 본질적 존재인 자연은 인간으로 하여금 베끼고 싶고 닮고 싶어하는, 소위 모방의 대상이 된다. 이와 같이 자연서정시에는 서정적 자아가 이상적인 대상과 합일하고 싶어하는, 즉 모방하고 싶어하는 욕망이 들어가 있다. 자연서정시에 모방론적 측면이 들어가 있는 이유가 여기에 있다.[4]

이에 비해 도시적 서정시는 간단치가 않다. 도시적 서정시에도 자연이 나온다. 그러나 대체로 이때의 자연은 범신론적이거나 물활론적 의미를 지니고 있지 않다. 어떤 절대적인 의미를 지니지 못하고 있다. 도시적 서정시에 나오는 인간 역시 목가적인 인간이 아니다. 지고지순하기만 한 인간이 아니다. 자연이나 인간이 매우 일상적인 것으로 나타난다. 이와 같이 도시적 서정시에 나오는 서정적 대상은 대체로 일상적인 의미를 지닌 존재들이다. 이 일상적인 존재로서의 대상과 합일을 꾀하고 있다는 점에서 도시적 서정시는 처음부터 자연서정시와는 운명을 달리한다. 일상화된 사물이라는 이유로 쉽게 그것들은 모방의 대상이 되지 못하고 있다.

---

4) 최승호, 위의 논문, pp.36~37.

　도시적 서정시란 도시적 공간 속에 있는 대상과 서정적 자아간의 교감 내지 합일을 지향하는 시이다. 도시라는 것은 공간적 의미를 지닌다. 따라서 도시적 서정시는 엄밀히 말해서 자연서정시와 짝을 이루는 개념이 아니다. 용어상으로 말할 때 도시적 서정시와의 반대편에 서 있는 것은 농촌서정시나 전원시가 될 것이다. 그런데 농촌서정시나 전원시의 중요한 특질이 '자연'과 관계되어 있으므로 우리는 통상 자연서정시라는 큰 범주 안에 농촌서정시와 전원시를 넣을 수 있는 것이다. 이처럼 도시적 서정시는 편의상 자연서정시와 짝을 이루고 있다. 그리고 도시적 서정시에서 다루는 삶은 도시 속에 들어와 있는 자연물이나 인간에 국한되지 않는다. 거기에는 건물, 차량, 길거리, 각종 상품 등 도시 속에 있는 모든 사물이 포함된다. 이처럼 도시적 서정시란 도시 공간 내에 있는 모든 사물들을 대상으로 할 수 있다. 그리고 그 사물들은 앞에서 살펴본 바대로 대체로 일상적인 것들이다. 이런 일상적인 사물들과 서정적 자아가 관계 맺는 방식에서 도시적 서정시가 나온다.

　우리 문단이나 학계에서는 종종 도시시=해체시라는 등식으로 몰고 가려는 경향을 볼 수 있다.5) 도시적인 삶을 다룬 시는 모두 해체시라는 사고는 매우 무반성적인 것이다. 실제 우리 문학사에 있어서 도시적 삶을 다룬 시 중에는 해체시가 아닌 서정시가 엄청나게 많이 있다. 지금도 매우 활발하게 창작되고 있고 앞으로는 더욱 많아질 것이다. 도시시=해체시로 보는 관점에는 도시=악으로 보는 편견이 들어 있다. 도무지 도시에서는 희망을 발견할 수 없다고 단정지어 버리는 편견인 것이다. 도시를 악으로 보는 것은 낭만주의자들에게서도 마찬가

---

5) 김준오, 『도시시와 해체시』, 문학과비평사, 1988, pp.117~139.

지다. 그들은 농촌, 자연=선으로 보고 도시=악으로 보고 있다. 이런 이분법은 너무나도 허무맹랑하다. 국토 전체가 도시화되어 있고, 농촌 역시 자본에 의해 파괴되어 있다. 이제 우리의 농업은 전통적인 그대로의 것이 아니다. 계절의 순환원리에 따라, 낮과 밤의 순환원리에 따라 농사짓는 게 아니다. 우리의 농업은 이제 제조업으로 바뀌어버렸다. 이제 와서 농촌에서 지고지순한 것을 바라는 행위는 그야말로 농촌현실을 모르는 자들의 시대착오적인 잠꼬대에 지나지 않는다. 그리고 우리의 도시가 전적으로 타락한 것도 아니다.

기존의 우리 문학 권력은 도시와 농촌을 그저 악과 선이라는 기계적인 이분법으로 안이하게 구분하는 데 편승해왔다고 해도 과언이 아닐 것이다. 이렇게 리얼리티가 결여된 이분법적 사고를 기존 문학 권력이 오히려 조장해온 측면도 있다고 보아야 할 것이다. 실제 도시 공간 내에서 도시적 생활을 최대한 향유하면서 문학에서는 딴소리하고 있다면, 그것은 위선이다. 그러한 시는 교묘하게 쓰여져 재미는 줄지언정 감동과는 거리가 멀다. 재미있는 시는 많은데, 감동적인 시가 거의 없다. 이러한 이유로 오늘날 시가 독자들로부터 외면 받는 것이다. 정작 죽고 없어져야 할 시들 때문에 시 자체가 죽게 된 지경에 있다.

도시에도 종교가 있고 사상이 있고, 사랑과 꿈을 가진 인간이 있고, 인간과 더불어 공생하고 있는 자연도 있다. 즉 도시에도 생수가 있고 생수의 근원이 있다. 다시 말해 도시공간에도 우리의 분열된 삶을 통합시키려는 시도가 있고, 통합의 근원이 있다. 도시 속에서의 삶이란 대체로 일상적인 것이다. 그런데 그 일상적인 삶을 일상성 속에 매몰시키지 않고 본질적인 것으로 끌어올리려는 꿈이 있는데, 이 꿈이 바로 도시적 서정시를 가능케 하는 원동력이다.

본질적인 삶이란 일상화되고 파편화된 사물들 사이의 관계를 전체적인 것으로 유기적인 것으로 통합시키는 것이다. 총체적이거나 유기적인 의미를 부여하는 것이 바로 본질인 것이다. 분열된 사물들 사이의 관계를 통합적인 것으로 만들어내는 데에는 사람과 사람 사이의 사랑, 종교, 자연물 등이 작용하게 된다. 통합의 근원으로 그러한 것들이 있다는 것이다.

도시적 서정시란 도시공간 내에서 일상적 사물을 대하는 시적 자아의 태도와 세계관에 의해 좌우된다. 일상적 사물을 그냥 일상성, 파편성 속에 가두어 두고 재통합에의 꿈을 꾸지 않는다면 그야말로 해체시로 떨어지고 만다. 파편화된, 해체화된 도시적 삶의 방식을 그냥 허무하게 절망적으로 무반성적으로 반영하는 것으로 그치는 게 그러하다.

그러나 일상적인 사물들을 본질적인 것과 연결시키려 들 때 소위 도시적 서정시는 가능하게 된다. 그런데 도시적 서정시에도 크게 두 가지가 있다. 도시공간 속의 일상적 사물들과 서정적 자아가 행복하게 결합을 하는 경우가 있고, 내심으로 행복한 결합을 꿈꾸고는 있으나 겉으로는 대립과 갈등을 노정하는 불행해 보이는 경우가 있다. 앞의 것은 동일성의 서정시이고, 뒤의 것은 비동일성의 서정시이다. 동일성의 서정시란 자아와 세계가 행복하게 만나기를 시도해서 그렇게 만나는 경우이다. 이때 도시적 공간 내의 일상적 대상들은 주로 본질적인 것과 연결되어 있기에 시적 자아의 모방의 대상이 된다. 그에 비해 비동일성의 서정시란 자아와 세계가 행복하게 만나기를 꾀하나 쉽게 동일성에 이르지 못하고 현실 속에서의 갈등적인 측면을 강하게 역설적으로 부각시키는 경우이다. 대부분의 도시적 서정시는 후자에 속한다. 이 비동일성의 도시적 서정시 속에 나오는 일상화된 대상들은 본질적인 것과 연결되지 못하고 있기 때문에 모방의 대상이 되지 못하고 있다. 동화하려다 오히려 갈등을 노정하고 있다. 그러나 그 이면에는 동일성에의 강한 갈망이 들어있다.

그리고 후자의 시, 곧 비동일성의 서정시에는 도시 소시민의 애환을 다룬 대부분의 시가 포함된다. 도시공간을 산책하면서 도시풍경을 애잔하거나 우울하게 바라보는 서정시가 여기에 포함된다. 그러나 같은 산책자의 문학이면서도 파편성, 일상성에 함몰된 것은 서정시에서 제외시킬 필요가 있다. 여기서 말하는 서정시란 反해체시의 의미로 국한된다.

우리 詩史에서 무수한 도시적 서정시가 쓰여졌으나 제대로 '도시적 서정시'란 이름으로 연구되어온 경우는 거의 없다고 볼 수 있다. 우리는 통상 서정시라 하면 자연서정시를 떠올리고, 도시시 하면 해체시를 떠올려 왔기 때문이다. 우리나라 인구의 80% 이상이 살고 있는 도시를 외면하지 말고 이제 도시에서의 삶에도 희망과 꿈을 가질 필요가 있다. 관념화되고 추상화된 자연은 오늘날 사회적 역사적 문제를 해결해 줄 수가 없다. 사회적 역사적 문제를 도외시하고서는 개인의 문제도 해결할 수 없다. 사회학적 매개항이 결여된 자연서정시로서는 사회와 역사는커녕 개인도 구원할 수 없기 때문이다. 1990년대 이후 크게 유행하는 자연서정시에 보이는 '나만의 자연', '나만의 유토피아', '나만의 물아일체'를 구가하는 미의식은 이제 본격적으로 비판받을 때가 왔다.

아무래도 희망은 자연보다 인간에게 더 있는 것이다. 인간이 회복되고, 인간과 인간 사이의 관계가 회복되어야 자연도 그에 따라서 회복되는 것이다. 이 명제는 인간의 역사가 지속되는 한 영원할 것이다. 이제 시적 구원은 자연에서보다 인간에게서, 인간이 사는 도시에서, 사람과 사람 사이의 관계에서 그 길을 찾아야 한다.

2. 도시적 서정시의 맥락

한국 현대시사에서 도시적 공간에서의 삶을 서정적인 분위기로 노래한 최초의 시인은 아마 정지용일 것이다. 그는 1926년『학조』창간호에 <카페 프란스>, <슬픈 인상화>, <파충류 동물> 등 몇 편의 모더니즘 시를 발표한 바 있다.

> 옮겨다 심은 종려나무 밑에
> 빗두루 슨 장명등,
> 가페 프란스에 가쟈.
>
> 이놈은 루바쉬카
> 또 한놈은 보헤미안 넥타이
> 뼷적 마른 놈이 압장을 섰다.
>
> 밤비는 뱀눈처럼 가는데
> 페이브먼트에 흐늙이는 불빛
> 카페 프란스에 가쟈

－<카페 프란스> 부분

기존 연구자들 중 일부는 이들 시에 다다이즘적인 편린들이 나타난다고 지적한 바 있는데,6) 그것은 적절한 해석이 아니다. 다다이즘은 글자 크기나 배열을 좀 색달리 했다고 이루어지는 게 아니다. 그것은 기존의 언어체계나 통사질서를 전면 부인해야 한다. 부르주아 이성중심주의 담론체계를 전복시켜야 한다. 그런 면에서 보면 앞의 세 작품은 전체적인 질서를 잘 유지하고 있다. 글자 크기나 배열의 변화가 전

---

6) 김학동,『현대시인 연구』Ⅰ, 새문사, 1995, p.494.

체 작품의 꽉 짜여진 구조를 파괴시키지 못하고 있다. 이들 작품은 근대 도시적 삶과 그 애환을 매우 절제되고 세련된 모습으로 보여주고 있다. 그리고 근대 도시적 삶이 파편화되어 나타나지도 않는다. 일상화되어 있는 도시적 삶이지만 그것들은 전체적으로는 잘 짜여져 있다. 그가 작품 내에서 구조적 질서를 유지할 수 있는 것은 영미모더니즘의 영향을 받았기 때문이다. 그런데 이 시가 비록 최초로 쓰여진 도시적 서정시임에는 틀림없으나 한국적 현실과는 무관해 보인다. 이 작품들에 나오는 도시는 쿄토 쯤으로 보이지 식민지 수도 경성으로 보이지는 않는다. 이 작품들은 정지용이 쿄토 동지사 대학에 재학하고 있을 당시 쓰여졌고 일본 유학생들의 잡지인 『학조』에 게재되었던 것이다.

한국 현대문학사에 있어서 경성이 근대적인 도시 모습으로 나타나는 것은 1930년대 이후의 일이다. 한국에서 본격적인 도시적 서정시는 아무래도 김광균에 의해 시작되었다고 해야 할 것이다. 그는 주로 도시적 풍경을 통해 소시민의 일상적 삶과 그에 따른 애환을 매우 절제된 형식으로 드러내고 있다.

> 차단-한 등불이 하나 비인 하늘에 걸려 있다.
> 내 호올로 어델 가라는 슬픈 신호냐
> 긴- 여름해 황망히 나래를 접고
> 늘어선 고층(高層) 창백한 묘석(墓石) 같이 황혼에 젖어
> 찬란한 야경 무성한 잡초인양 헝클어진 채
> 사념(思念) 벙어리 되어 입을 다물다
>
> ―<와사등> 부분

와사등은 요즘 말로 가스등이다. 가스등은 1930년대 식민지 수도

경성이 근대화되어 가는 모습을 상징적으로 드러내어주는 사물이다. 근대적 문물인 이 가스등은 종래 자연서정시에 나오는 자연물과 같이 모방의 대상이 되어주지 못하고 잇다. 1920년대 전반기 김소월의 낭만적 자연서정시에 나오는 자연은 서정적 자아가 모방하고 싶어하는 대상이다. 서정시에서의 모방이란 시적 자아가 대상을 닮고 베끼고 싶어하는 욕망의 소산이다. 닮고 베낀다는 것은 곧바로 동일화의 과정이다. 시적 자아와 대상 사이에 유사성을 발견하고 싶어하는 은유적 이데올로기의 산물이다. 그렇게 닮고 싶어하는 대상은 언제나 있는 그대로의 자연이 아니라 응당 있어야 할 이상적인 자연으로 나타난다고 앞에서 말한 바 있다. 이처럼 은유에의 의지와 욕망은 당위적인 것과 연결되어 있다.

그에 비해 김광균의 <와사등>에 나오는 가스등은 결코 모방의 대상이 되지 못하고 있다. 가스등은 모방하고 싶어하는 시적 자아로 하여금 어딜 어떻게 가라는 방향감각을 제시하지 못하는 한갓 슬픈 신호에 지나지 않는다. 시적 자아에게 모델이 되어주지 못한다. 그러나 시적 자아는 내심 가스등을 향해 그런 욕망을 지니고 있다. 자신에게 방향감각을 제시해줄 모델이 되어줄 것을 은근히 기대하고 있다. 그가 낯선 거리의 아우성 소리에 까닭 없이 눈물겨워하는 것은 바로 대상과의 동일화에 대한 욕망과 그것의 좌절 때문이다. 이처럼 김광균의 도시적 서정시에는 여전히 대상과 하나되고 싶어하는 욕망과 좌절, 애환과 미련이 남아 있다. 이러한 동일화에의 욕구가 작품의 유기적 총체성을 만들어내고 있다. 이 시는 결코 해체적이지 않다. 작품 내의 사물들이 상호 유사성을 보이며 긴밀하게 연결되어 있고, 정서 또한 일관되어 있다. 수사적 태도도 해체시에서 보이는 환유가 아니라 은유로 되어 있다. 은유는 동일성을 지향하는 서정적 태도의 산물이다.[7)]

　　1950년대 대표적 모더니스트로 알려진 박인환에게는 서정적인 시들이 상당수 있다. 그는 비록 해체시 계열의 모더니즘을 의식적으로 지향하였지만 기질적으로 전형적인 서정시인인 것이다. 그가 남긴 대표적인 도시적 서정시로 <세월이 가면>이 있다.

　　　　여름날의 호숫가
　　　　가을의 공원
　　　　그 벤치 위에
　　　　나뭇잎은 떨어지고
　　　　나뭇잎은 흙이 되고
　　　　나뭇잎에 덮여
　　　　우리의 사랑이 사라진다 해도
　　　　지금 그 사람의 이름은 잊었으나
　　　　그의 눈동자 입술은
　　　　내 가슴에 있네
　　　　내 서늘한 가슴에 있네

　　　　　　　　　　　　　　　　　　　-<세월이 가면> 부분

　　도시적 서정시에서 사물들간 서정적 통합을 가능케 하는 한 원동력이 바로 사람들 사이의 사랑이다. 이 사랑은 남녀간의 에로스적인 것에 그치지 않고 보다 본질적인 것으로까지 나아가기도 한다. 박인환에게 있어서 사랑은 남녀간 에로스적인 것이다. 사랑하는 사람의 이름은 잊었지만 그의 눈동자, 입술은 내 가슴에 추억으로 남아 있다. 사랑은 가고 과거만 추억으로 남아 있다. 그것도 서늘한 가슴에 남아 있다. 남녀간의 사랑이란 형이상학적인 것에까지 연결되지 않으면 대상의 이름도 잊혀지고, 그에 대한 열정도 다 식어버리고 만다. 단지 에로스

---

7) 서　림, 『말의 혀』, 새미, 2000, pp.17~22.

적인 추억만 남아 헛돈다. 이러한 에로스적인 사랑도 어느 정도는 연속성, 유사성을 확보해 준다. 특히 추억이라는 게 유사성을 가능케 하는 보물상자와 같은 것이다. 그러나 그 추억도 시간이 지나면 근대의 일상적이고 파괴적인 힘에 붕괴되고 만다. 그는 결국 反서정주의적 해체시로 나아갈 수밖에 없었던 것이다. 이처럼 동일성의 서정시, 곧 서정주의 시를 쓰려면 일상화된 사물들을 유의미하게 통합해 줄 수 있는 형이상학적 근원이 필요하다.

1960년대 박목월의 『청담(晴曇)』에 나오는 시편들은 도시적 서정시가 나아가야 할 길을 매우 구체적으로 보여주고 있다. 『청담』에 들어 있는 시들은 소시민 박목월이 대도시 서울에서 겪는 일상적 삶과 애환을 다루고 있다. 해방 전 박목월의 자연서정시는 유토피아에 대한 낭만적 열정으로 가득 차 있었다. 그가 그리는 유토피아로서의 자연의 모습은 단순히 현실도피적인 것이 아니라 일제 말기 타락한 식민지 수도 경성에서의 삶의 방식을 비판하고 개혁해나가는 지표로서의 역할을 하고 있었던 것이다. 그러다가 해방을 맞고 본격적인 개발독재로 근대화가 진행되자 도시적인 일상으로 들어온 박목월은 심각한 위기를 맞는다. 도시적 일상에 매몰되면 이항대립적 긴장이 무너지기 때문이다. 서정시라는 게 원래 구원의 의미를 내장하고 있는데, 이항대립적 구도가 약해지면 구원의 메시지가 소멸된다.8) 그가 1960년대 서울에서 소시민으로서 살면서도 일상성에 매몰되지 않으려고 발버둥친 모습이 『청담』과 『어머니』, 『경상도의 가랑잎』 등에서 보인다. 그는 도시적인 무의미한 일상성에 빠지지 않기 위해 '가정'이라는 성스러운 공간을 설정한다. 그의 눈에 비친 도시공간은 "눈과 얼음으로 벽을 짜

---

8) 최승호, 「1960년대 박목월 서정시에 나타난 구원의 시학」, 『어문학』 76집, 한국어문학회, 2002, pp.487~490.

올린 세계"이다. 이 적대적인 도시공간 내에서 유일한 구원의 성소는
아직 가정밖에 없는 것으로 나타난다.

> 아랫목에 모인
> 아홉 마리의 강아지야
> 강아지 같은 것들아
> 굴욕과 굶주림과 추운 길을 걸어
> 내가 왔다.
> 아버지가 왔다.
> 아니 十九文半의 신발이 왔다.
> 아니 지상에는 아버지라는 어설픈 것이 존재한다.
> 미소하는
> 내 얼굴을 보아라.
>
> —〈가정〉 부분

　이때 가정은 시적 자아가 유일하게 동일성을 확보할 수 있는 공간
이고 적대적인 세계와 맞서서 자신을 구원할 수 있는 처소이다. 그러
나 그 속에서 가족적 통합의 중심축을 형성해야 하는 아버지는 한갓
'어설픈 것'에 지나지 않는다. 이 어설프고 불안한 가족적 연대는 근
대라는 폭풍 앞에 언제 무너질지 모른다. 그래서 그 제목조차 날이 흐
리다가 개다가를 반복한다는 의미의 '청담'으로 되어 있다. 이 시기
위태롭고도 무의미해 보이는 소시민적인 일상적 삶은 보다 강력하고
본질적인 존재와 연결되지 않으면 완전히 무의미한 일상성으로 떨어
지고 말 것이다. 바로 그 지점에서 그는 절대자 '하나님'과 만나게 된
다. 그가 적대적인 도시공간에서 가족적 통합, 서정적 통합을 할 수
있게 된 근본원인은 바로 절대자와의 만남 때문이다.
　1970년대는 한국에서 도시문학이 개화된 시기이다. 산업화가 어느

정도 진척되고 나서 도시문제가 본격적으로 노정되기 시작한 때이다. 이 도시문제는 주택문제, 노동문제, 계급문제, 성문제 등 자본주의 사회가 일반적으로 발생시킬 수밖에 없는 보편적인 현상이었다. 따라서 1970년대에 이르면 도시문학은 보편성을 띠기 시작한다. 몇몇 개인의 기호와 취미의 문제가 아니라 국가적 사회적 문제로 대두된 것이었다. 이 시기 도시적 서정시를 대변하는 시인으로 감태준과 이태수를 들 수 있다.

> 바다에 깔리는 때 무덤 빈 술병, 속에 살아있는 것은 혼 없는 두꺼비, 우리는 갈라섰다, 끝없이 몰리고 풀리는 행렬 속으로, 놈은 이제 기적소리에도 가볍게 떠밀리고, 떠밀리는 놈의 등에서, 아니, 그의 물결소리가 들리는 머리 위 공간에서, 나는 그때 새들의 고향을 얼핏 보았다.

-<귀향> 부분

위의 시에는 상경하였다가 서울에서 판도 못 벌리고 떠도는 자의 절망감과 그것을 바라보는 도시 소시민의 페이소스가 짙게 깔려 있다.[9] <흔들릴 때마다 한 잔>이란 작품 역시 거대도시 서울에 아무 연고도 없이 내던져져 떠도는, 뿌리뽑힌 자의 애환이 지배하고 있다. <몸 바뀐 사람들>이란 작품은 달동네에 살다가 강제 철거당하고 다시 몸 한 채로 집이 된 사람들의 재처럼 풀풀 날리는, 뒤틀린 삶을 드러내고 있다. 이처럼 1970년대 감태준의 도시적 서정시는 본격적인 도시문제－계급문제, 주거문제, 노동문제 등을 다루고 있음을 알 수 있다. 1960년대까지 나타난 도시문제보다도 훨씬 절박한 것들이다. 이 시기에 이르러 도시적 서정시는 생생한 구체성을 획득한다. 그것은 바

---

9) 김재홍, 『한국 현대시의 사적 탐구』, 일지사, 1998, pp.298~299.

로 도시적 서정시가 계급적 경제적으로 육화되기 시작했기 때문이다. 도저하게 흘러가는 자본의 파괴적인 힘 앞에서 뿌리뽑힌 자가 지닐 수밖에 없는 절망감은 그의 시들로 하여금 비동일성의 서정시로 나아가게 한다.

패배한 '놈'의 머리 위 공간에서 얼핏 본 '새들의 고향'은 시적 화자가 도시에서도 여전히 통합의 근거, 동일성의 고향을 찾고 있음을 보여준다. 그러나 그것은 어디까지나 새들의 고향이지, 도시에서 패배한 자가 돌아갈 수 있는 진짜 고향은 아니다. 고향마저 잃어버렸을 때 시적 자아는 동일성을 찾고 기댈 언덕을 상실해 버린다. 다만 연기처럼 '다같이 풀리는 기쁨'만이 존재한다. 그렇게 다같이 해체되고 거덜 나 가는 존재들끼리의 애환을 서로 나눌 수밖에 없는 정서적 동일성, 즉 '새들의 고향'에서나마 동일성의 고향을 찾으려는 욕망이, 밖으로 드러난 비동일성의 세계, 적대적인 세계 속에 알맹이로 틀어박혀 있다.

도시 소시민의 실존적 불안을 주제로 1970년대부터 꾸준하게 一家를 형성해가고 있는 이태수의 시는 역량에도 불구하고 크게 조명을 받지 못하였다. 그것은 한국의 비평계가 도시적 서정시에 대해 너무 무관심하였기 때문이다. 도시시 하면 해체시만 생각하는 그들에게 한국 현대시의 중요한 한 부분이 결락된 것이다. 서구 모더니즘 시론으로 설명할 수 없는 것에는 속수무책인 그들로서는 당연하다 하겠다. 이태수의 다음과 같은 시도 동일성을 지향하고 있는 비동일성의 도시적 서정시이다.

> 별 하나 위태롭게 매달려 있단다
> 보이지 않는 어떤 큰 손도
> 발목을 묶어대고

> 푸석한 얼굴에 탈이나 뒤집어쓰고
> 떠돌기만 한단다
> 이름도 없는 병, 숨어서 앓으며
> 밥 빌러 가는
> 거지 되어 애비는
> 거리에서 거리로 흩날리기만 한단다
>
>   −<잠자는 아기 곁에서> 부분

위의 시에서 시적 자아는 비록 도시 속에서 비참하게 파괴된 삶을 살아가지만 여전히 어떤 본질적이고도 고상한 꿈을 꾸고 있다. '별' 하나 위태롭게 매달려 있다는 데서 여전히 그러한 꿈을 꾸고 있다는 것을 읽을 수 있다. 그가 본질적인 삶을 갈망할 수 있는 것은 바로 '잠자는 아기' 때문이다. 그리고 '별' 때문이기도 하다. 이 별은 본질적인 존재로서 루카치가 말한 총체성의 근원이다. 그러나 그에게 있어서 '별'은 매우 위태롭게 매달려 있다. 실존적 불안의 모습을 보여주고 있다.[10] 그런데 그의 실존은 본질을 부정하지 않는다. 본질은 사물들 사이의 동일성을 확보해주는 형이상학적 근원이다. 여기서 그가 여전히 동일성의 꿈을 꾸고 있음을 알 수 있다. 그리고 <길은 안 보이고>, <낮에 꾸는 꿈> 등에서 여전히 서정적 꿈을, 비전을 마음 깊이 간직하고 있음이 역설적으로 드러난다. 꿈이 있는 한 서정시인이다.

최승호는 그야말로 1980년대 도시적인 서정시를 대표하는 시인이다. 그는 등단 이후 일관되게 도시문제를 자본주의 문명비판의 입장에서 시로 다루어 왔다. 그에 와서 도시문제는 인간의 끝없는 '욕망'과 관련된다. 도시문제를 마르크스주의자들처럼 구조적 측면에서라기보다 욕망의 입장에서 다루기 때문에 그의 시는 또 다른 독특한 새로운

---

10) 김재홍, 위의 책, pp.299~300.

서정성을 획득하게 된다.

>바퀴 달린 기계들이 질주하는 아스팔트다
>작은 차들이 큰 차에 대해 공포를 느끼는 아스팔트다
>인간이 쥐처럼 벌벌 떤다
>불어나고 우글쩍거리고
>충돌하며 인간의 피를 먹는 기계들
>전파상의 로큰롤, 자동차의 경적
>귀는 먹먹해지고
>소음이 땡삐처럼 뜰끓는 거리가 붕붕거린다
>붕붕거리는 소리를 쫓아 뒤질세라 떼지어 붕붕거리며
>중고차시장으로 폐차장으로
>고철을 향하여 질주하는 욕망의 바퀴들이다.

>―<붕붕거리는 풍경> 전문

　그의 시가 욕망문제를 다루고 있음에도 불구하고 해체시로 빠지지 않을 수 있는 것은 보고자적 태도 때문이다. 그는 도시문명이라는 객관적 사물을 차가울 정도의 객관적 태도로 다룬다. 그리고 이미지들 사이에 연속성도 유지하고 있다. 이미지의 연속성이란 무엇인가? 그것은 인식되는 대상들을 하나의 전체적인 구도 속에서 파악하고 싶어하는 욕망이다. 자본문명에 의해 파괴되는 도시적 사물들을 다시금 하나의 총체적인 틀 안에서 회복하려는 욕망이다. 이 욕망이 워낙 강하기에 차라리 냉정한 보고자적 태도로 나타나는 것이다. 이처럼 그의 시는 비록 겉으로는 비동일성의 모습을 나타내 보이나 속으로는 동일성을 향한 강한 이데올로기와 욕망을 내장하고 있는 것이다. 이러한 ‘통합에의 욕망’은 <공장지대>와 같은 생태환경시로 연결될 수밖에 없다. 생태환경시란 결국 자본에 의해 거딜나고 해체된 삶을 재통합하고

자 하는 욕망의 산물이기 때문이다. 그가 꿈꾸는 세계는 그렇게 사물들 사이의 비틀리고 적대적인 관계가 해소되고 정상적인 관계로 회복되는 시공간이다. 이 회복에의 열망이 바로 겉으로 보이는 비동일성의 세계 이면에 숨어 있는 동일성의 세계를 지향하는 의지의 다른 이름이다.

3. 도시적 서정시의 현재적 가능성

도시적 서정의 미래적 가능성은 곧 현재적 가능성에서 비롯된다. 현재적 가능성이 없으면 미래적 가능성도 없기 때문이다. 여기서는 1990년대 이후 오늘에 이르기까지의 도시적 서정시를 몇 가지 유형별로 고찰하여 앞으로 그것들이 어떻게 전개될 것인지 예상해보기로 한다. 먼저 동일성의 도시적 서정시부터 살펴보겠다.

등단 때부터 초지일관 생태환경시를 고집해 온 이하석의 경우 도시적 서정시 역시 생태시학과 연결된다. 그는 자본주의 문명으로 물화되고 소외되고 상품화된 도시적 삶에, 해체된 삶에 새로운 시적 구원의 길로 '초록 생명의 길'을 제시한다.

> 풀무치는 초록의 길을 따라, 산이나 들에서 이 도시의 깊은 곳으로 왔다. 처음엔 들판에서 쉽게 이어진 초록의 길이 도시 변두리의 빈터로 이어졌으리라. 그 다음엔 우리가 모르는 풀에서 풀로 이어진 길이 풀무치를 미세하게 이끌었으리라. 그렇다, 이 도심의 회색 콘크리트의 세계에도 자세히 보면―풀무치의 눈으로 보면―들과 산으로 이어진 초록의 길이 있다. 아무도 찾으려 하지 않는 그런 신비한 길이. 단순하게 자연이라 단정지을 수는 없지만 우리 삶 속에는 그렇

게 열린 길이 있다.

-<초록의 길> 부분

이하석의 시에 나타나는 도심 속의 자연물은 단순한 소품도 풍경도 아니다. 비록 일상적 공간 속에 존재하지만 그것은 일상성을 벗어난 본질세계와 연결되어 있다. 그에게 있어서 본질세계란 다름 아닌 도시를 둘러싸고 있는 거대한 자연이다. 비록 도시가 인공정원으로 공중에 떠있는 것 같지만, 그 인공정원도 자연이라는 거대한 정원과 호스로 연결되어 생수를 공급받고 있는 것으로 나타난다. 그 호스는 바로 자연에서 도시로 이어지는 초록의 길이다. 도시 속의 자연물을 그도 역시 단순하게 자연이라 규정지을 수 없는 것이라고 유보적인 태도를 보이고 있다. 도심 속의 자연물이 비록 거대한 자연과는 다를지언정 그것들은 거대한 자연(본질)과 연결되어 있으면서 도시적 삶에 구원의 길을 열어준다고 인식하고 있다. 그에게 있어서 도심 속의 초록은 일정하게 통합의 구실을 해준다. 그런데 그의 시속에 나타난 자연은 너무나 신격화되어 있다. 자연 자체가 통합, 동일화의 근거로 떠오르다 보니 자연이 신격화될 수밖에 없다. 그러나 자연을 신격화하는 것은 도시문제를 해결해 나가는 데 그렇게 바람직하지 못하다. 오늘날 도시문제, 생태환경문제를 초래한 것도 인간이지만, 그것을 주체적으로 해결해야 할 것도 인간의 몫이다.

같은 대구 시인이면서 일관되게 도시적 공간을 시의 무대로 삼아온 이태수는 그 흔한 생태시에 별로 유혹된 바 없어 보인다. 그에게 있어서 도시는 늘 실존적 공간이다. 본질은 존재하나 그 본질로부터 유리되고 버려진 삶의 공간이 도시이다. 그가 잠깐 안동이라는 소도시로 옮겼을 때 그 곳은 본질과 연결된 공간이었다. 이렇게 보면 그의 실존적 불안은 늘 도시와 연결된다. 늘 실존적 불안에 떨면서도 그는 가톨릭 신앙 때문에 절망적이지는 않다. 언제나 그에게는 '그'라는 형이상학적 존재가 따라다니기 때문이다.[11]

> 정처 없는 나그네 같이
> 언제나 배고픈 거지처럼, 마음은 속절없이
> 날개를 편다. 그가 있는 옥빛 마을을 향하여
> 날개를 퍼덕인다.
> 샐비어 붉은 꽃잎처럼 마음은
> 땅바닥을 뒹굴면서도 타오른다.
> 그가 걸어놓은
> 커다란 거울 속에 그의 모습이 어른거린다.
>
> —<그래도 나는 꿈꾼다> 부분

땅바닥에 뒹굴면서도 '그'가 있는 옥빛 마을을 향해 꿈을 꾸고 샐비어처럼 붉게 타오를 수 있는 것은 바로 '그' 때문이다. 이 형이상학적이면서도 인격적인 존재인 '그'가 그의 시를 동일성의 세계로 이끌고 간다. 실존적인 불안에 떨면서도 해체로 나가떨어지지 않을 수 있는 것은 바로 '그'가 통합적 근거가 되어주기 때문이다. 이 '그'는 해체적인 환유가 아니라 통합적인 은유의 토대이다. 이태수 시에 보이는 이러한 종교성이 앞으로 많은 도시적 서정시의 미학적 핵이 되어줄 것이다. 그런데 그에게 있어서 '그'는 완전히 절대적인 모습으로 나타나지 않는다. '그'가 나를 찾아온다기보다 '나'가 그를 찾고 있다. 그게 실존적 불안의 원인이다.

필자 역시 등단 때부터 일관되게 도시적 서정시를 추구해 왔다. 필

---

11) 서 림, 「근원에의 향수, 둥글음의 미학」, 『대구의 시』, 대구시인협회, 1999, pp.316~320.

자에게는 비동일성의 도시적 서정시도 있고 동일성의 도시적 서정시도 있다. 최근 필자가 추구하는 도시적 서정시는 비동일성을 아우르는 동일성의 시학으로 되어 있다.

> 이 도시 중심에 휩싸여
> 이리저리 개구리밥처럼 떠다니는,
> 뿌리가 없는 내 이층 방
> 햇볕도 들지 않는 창틀에
> 싸구려 화분 30개.
> 허공에 떠서
> 뿌리가 땅에까지 못 미치는
> 국화, 장미, 소심란, 선인장…… 들,
> 내 방을 땅가죽에 한번 붙여보려고
> 뿌리가 화분 밑바닥을 뚫어보려 애쓰다
> 그만 실타래처럼 엉켰네.
>
> 그 실타래에다 호흡을 불어 넣어주고
> 그 실타래로 어지러운 지구의
> 궤도를 지켜주고 있는,
> 이 탁한 하늘들 저쪽의 하늘.

−<뿌리가 땅에까지 못 미치는> 부분

　도심 속에 살고 있는, '뿌리'를 땅바닥에까지 내리지 못하고 있는 삶. 그 삶을 붙잡아 주고 있는 화분 속의 식물들. 그 식물들을 통해 어지러운 지구의 궤도를 지켜주고 있는 절대자의 모습을 통해 필자는 강력한 은유체계를 드러내고 싶었다. 절대자 중심의 총체성의 세계, 절대자를 중심으로 이루어지는 동일성의 세계야말로 진정한 시적 구원의 길이라고 믿고 있기 때문이다. 앞으로 도시적 서정시가 나아갈 수 있는 강력한 비전으로 내세워 보았다. 왜냐하면, 갈수록 자본문명과 인간의 이기심, 죄성에 의한 분열과 해체가 가속화될 것이고, 그 가속화에 맞설만한 힘은 종교밖에 없다고 보기 때문이다.

비동일성을 통해 동일화에의 열망을 역설적으로 표현한 시, 즉 비동일성의 도시적 서정시로는 1990년대에도 앞의 최승호가 단연 돋보인다. 중요한 시인이면서도 충분히 조명 받지 못한 시인으론 서규정, 김상미가 있다.

> 지나가는 여자를 보고 금홍아 하고 살짝 불렀더니
> 내 안에서 마침 기침소리가 난다. 금홍아 한번 더 부른다면
> 각혈을 하리라. 그 다음 순서는 레몬향이 어쩌고저쩌고
> …(중략)…
> 청산아 하고 부르면 내 몸이 흰나비처럼 너훌너훌, 왼쪽엔
> 강이 흐르고 오른쪽엔 산이 흐르는 내 고향 웃가인리
> 보리밭에서 보리야 하고 부르면 보리나무에서 흰쌀이 투둑투둑
>
> －<금홍아> 부분

서규정의 도시적 서정시에서 시적 화자들은 거대도시에서 매우 적대적인 삶을 살아가고 있다. 위의 작품에서 시적 자아는 자본문명시대에 스스로를 거덜나고 해체된 사람이라고 실토하고 있다. 나이트클럽에서도 놀이의 상대인 여자와 항상 반대편으로 향하는 백일몽에 사로잡혀 있다. 그런데 이러한 적대적인 삶이 해체적인 데로까지는 나아가지 않는다.12) 그를 서정의 틀 안으로 지켜주는 것은 그를 생산해낸 고향 웃가인리이다. 그 곳에서는 모든 것이 풍족하여 보리밭에서 보리야 하고 부르면 보리나무에서 흰쌀이 투둑투둑 떨어진다. 이처럼 완전히 적대적이고 해체적인 도시에서도 서정성이 가능한 것은 고향에 대한

---

12) 서　림, 『말의 혀』, pp.108~114.

백일몽 때문인데, 백일몽은 어디까지나 백일몽! 그 백일몽은 강력한
통합의 에너지원이 될 수 없다. 그래서 비동일성의 도시적 서정시로
나타나는 것이다. 앞으로 이러한 類의 도시적 서정시는 계속 생산될
것이다.

전라도 농촌에서 태어나고 장성한 서규정이 부산이라는 거대도시에
서 도시적 서정시를 꽃피웠다면, 부산 태생인 김상미는 더 큰 도시 서
울의 도심 한 귀퉁이 삼청동 낡은 한옥에 초라한 개미처럼 세 들어 살
고 있다. 김상미 역시 역량에 비해 크게 평가를 못 받아 온 것은 도시
적 서정시를 써왔기 때문으로 보인다. 그가 만약 해체적인 도시시를
썼다면 더욱 크게 부각되었으리라.

> 내 방에는 개미들이 많습니다. 나는 호랑이보다 개미들을 더 무서
> 워합니다. 그걸 아는 하느님이 자꾸만 내 방으로 개미를 내려보내나
> 봅니다. 나는 미안해, 정말 미안해, 하면서 개미들을 죽입니다. 방을
> 훔칠 때마다 젖은 걸레에 묻어 나오는 개미들의 시체, 끔찍합니다.
> 나는 그렇게 조그맣고 착한 것들이 무섭습니다. 조그맣고 착한 것들
> 이 내 삶의 행간 사이사이에 느닷없이 뛰어들어 내 눈과 마음 얼룩
> 지게 만드는 것이 무섭습니다.
>
> ―<개미> 부분

김상미는 도시적 일상사를 자신의 삶과 연결지어 매우 솔직하고 대
담하게 시를 쓰는 시인이다. 그가 세 들어 사는 삼청동 낡은 방에는
개미들이 많이 나타난다. 그는 호랑이보다도 개미를 더 무서워한다.
그 조그맣고 착한 것들, 생의 집착을 한없이 불러일으키는 예쁜 것들
을 손으로 눌러 죽여야만 하는 삶의 서글픔을 매우 담백하게 드러내
고 있다. 사실 여기서 이 성실하고 예쁘고 희망을 품고 맹목적으로 살
아가는 개미는 거대도시 속에 개미처럼 살아가야 하는 시적 자아의

은유적 등가물이다. 그는 개미처럼 희망을 가지고 있다. 그러나 그 희망을 가지고 산다는 게 더 불행일 수도 있다. 그 희망이라는 괴물이 무서워 자꾸 달아난다. 이처럼 김상미의 도시적 서정시는 희망을 가질 수도 없는, 있는 희망마저 버려야 하는 비정한 비동일성의 세계로 나타난다. 그러나 그 속에는 끝끝내 희망을 버리지 못하고 살아갈 수밖에 없는 자가 꿈꾸는 동일성에의 욕망이 은밀히 도사리고 있다.

4. 마무리

본고에서는 지금까지 도시적 서정시의 맥락과 현재적 가능성에 대해 살펴보았다. 도시적 서정시란 도시 공간 속에 있는 대상과 서정적 자아간의 교감 내지 합일을 지향하는 시이다. 도시적 서정시는 도시 공간 내에서 일상화된 사물들을 대하는 서정적 자아의 태도와 세계관에 따라 그 유형이 분류된다.

도시적 서정시는 흔히 말하는 도시시(해체시)처럼 일상화된 사물들을 대상으로 하고 있으나, 그 일상화된 사물들을 본질적인 것과 연결시키고자 애쓴다. 본질적인 것이란 일상화되고 파편화된 사물들을 총체적이고 유기적인 것으로 통합시켜내는 것과 연관 있다.

도시적 서정시에는 크게 두 가지가 있다. 도시 공간 속의 일상적 사물들과 서정적 자아가 행복하게 결합하는 경우가 있고, 내심으로는 행복한 결합을 꿈꾸고는 있으나 겉으로는 대립과 갈등을 노정하는 불행해 보이는 경우가 있다. 앞의 것은 동일성의 도시적 서정시이고, 뒤의 것은 비동일성의 도시적 서정시이다. 앞의 동일성의 도시적 서정시란 도시공간 내의 일상적 대상들을 주로 본질적인 것과 연결시키고 있기에 서정적 자아의 모방의 대상이 된다.

그에 비해 비동일성의 도시적 서정시란 서정적 자아가 일상화된 대상들과 행복하게 만나기를 꾀하나 쉽게 동일성에 이르지 못하고 현실적 갈등을 강하게 역설적으로 부각시키는 경우이다. 대부분의 도시적 서정시는 후자에 속한다. 이 비동일성의 도시적 서정시에 나오는 일상화된 대상들은 본질적인 것과 연결되지 못하고 있기 때문에 모방의 대상이 되지 못하고 있다. 모방하려다, 즉 동화되려다 도리어 심한 갈등을 노정하고 있다. 그러나 그 이면에는 동일성에의 강한 갈망, 즉 모방에의 열망이 도사리고 있다.

흔히 말하는 도시시(해체시)는 도시적 서정시에서 제외시킨다. 왜냐하면 여기에는 동일성, 은유, 모방에의 측면이 배제되어 있기 때문이다. 여기서는 서정시를 어디까지나 反해체시의 의미로 사용하고 있다.

지금까지 모방, 곧 은유에의 욕망이라는 관점에서 서정시, 그것도 도시적 서정시에 대해 해석해 보았는데, 보다 정밀한 검증이 보완되어야 할 것이다.

▌참고문헌

김재홍, 『한국현대시의 사적 탐구』, 일지사, 1998.

김준오, 『도시시와 해체시』, 문학과비평사, 1988.

김학동, 『현대시인 연구』 I, 새문사, 1995.

대구시인협회 편, 『대구의 시』, 대일, 1999.

문흥술, 『시위의 울림』, 청동거울, 1999

서 림, 『말의 혀』, 새미, 2000.

오세영 교수 화갑논총 간행위원회 편, 『오세영의 시, 깊이와 넓이』, 국학자료원, 2002.

최승호, 『한국적 서정의 본질 탐구』, 다운샘, 1998.

최승호, 『서정시의 이데올로기와 수사학』, 국학자료원, 2002.

최승호, 「1960년대 박목월 서정시에 나타난 구원의 시학」, 『어문학』 76집, 한국어문학회, 2002.

— 2002, 『우리말글』 제26집

저자 **최승호**

시인(필명 : 최서림)
1956년 경북 청도 출생
서울대학교 국어국문학과 및 동 대학원 졸업
대구대학교 국어교육과 교수 역임
현재 서울산업대학교 문예창작학과 교수
제1회 클릭학술문화상 수상

[저서]
『한국현대시와 동양적 생명사상』(다운샘, 1995)
『한국적 서정의 본질 탐구』(다운샘, 1998)
『서정시의 이데올로기와 수사학』(국학자료원, 2002)
시론집 『말의 혀』(새미, 2000)
편저 『서정시의 본질과 근대성 비판』(다운샘, 1999)
　　『21세기 문학의 유기론적 대안』(새미, 2000)
　　『21세기 문학의 동양시학적 모색』(새미, 2001)
시집 『이서국으로 들어가다』(문학동네, 1995)
　　『유토피아 없이 사는 법』(세계사, 1997)
　　『세상의 가시를 더듬다』(문학동네, 2000)
　　『구멍』(세계사, 2006)

서정시와 미메시스 ▪ ▪ ▪

인　쇄　2006년　6월　22일
발　행　2006년　6월　29일

저　자　최 승 호
펴낸이　이 대 현
편　집　권 분 옥
펴낸곳　도서출판 역락
　　　　서울 성동구 성수2가 3동 301-80 (주)지시코 별관 3층
　　　　전화 • 3409-2058, 3409-2060 / FAX • 3409-2059
　　　　홈페이지 • http://www.youkrack.com
　　　　이메일 • youkrack@hanmail.net
　　　　등록 • 1999년 4월 19일 제303-2002-000014호

정 가　15,000원
ISBN　89-5556-478-3-93810

▪ 잘못된 책은 교환해 드립니다.